acabus

Sibylle Narberhaus

Schattenmeer

Sylt-Krimi

acabus

Narberhaus, Sibylle: Schattenmeer. Sylt-Krimi.
Hamburg, acabus Verlag 2019

1. Auflage
ISBN: 978-3-86282-706-0

Dieses Buch ist auch als eBook erhältlich und kann über den Handel oder den Verlag bezogen werden.
ePub-eBook: ISBN 978-3-86282-708-4
PDF-eBook: ISBN 978-3-86282-707-7

Lektorat: Laura Künstler, Hannah Göing, acabus Verlag
Satz: Lea Oussalah, acabus Verlag
Cover: © Annelie Lamers, acabus Verlag
Covermotiv: © Leuchtturm von GEYER ARTWORX

Bibliografische Information der Deutschen Nationalbibliothek:
Die Deutsche Nationalbibliothek verzeichnet diese Publikation in der Deutschen Nationalbibliografie; detaillierte bibliografische Daten sind im Internet über http://dnb.d-nb.de abrufbar.

Der acabus Verlag ist ein Imprint der Diplomica Verlag GmbH, Hermannstal 119k, 22119 Hamburg.

Prolog

Die Temperatur lag nur knapp über dem Gefrierpunkt. Es war Ende November, und die Dunkelheit hatte sich schleichend über den Tag gelegt und somit sein nahendes Ende unverkennbar eingeläutet. Wenn er noch lange hier stehen würde, würde er sich eine dicke Erkältung einhandeln, vielleicht eine Grippe oder sogar eine Lungenentzündung. Automatisch griff er mit der rechten Hand in seine Jackentasche und tastete nach dem Nasenspray. Er inhalierte zwei Stöße und ließ es zurück in die Tasche gleiten. Gleich fühlte er sich besser. Langsam wurden seine Füße kalt. Mittlerweile hatte es obendrein zu regnen begonnen. Er trat von einem Fuß auf den anderen und bewegte die Zehen, damit sie warm wurden, machte jedoch keine Anstalten, seinen Posten aufzugeben. Regen tropfte vom Schirm seiner Mütze. Seinen Blick hielt er auf das Wohnhaus auf der gegenüberliegenden Straßenseite gerichtet. Das Haus lag in einer ruhigen Wohngegend am Stadtrand mit hübsch angelegten und gepflegten Gärten. Die Hecken waren selbst jetzt im Winter akkurat in Form gebracht worden. Plötzlich nahm er eine Bewegung wahr. Sein Warten wurde belohnt. Licht erhellte eines der zur Straßenseite hin gelegenen Fenster. Dann sah er sie. Ein wohliges Kribbeln breitete sich in seiner Körpermitte aus. Er konnte erkennen, wie Sie vor dem Fenster auf- und abwanderte und dabei telefonierte. Zwischendurch lachte sie immer wieder. Es fiel ihm schwer, sich an ihrem Anblick sattzusehen. Was war sie für ein wundervolles Wesen, geradezu von göttlicher Schönheit. Sie bewegte sich mit einer Grazie, die er selten bei einer Frau gesehen hatte. Dazu dieses mitreißende Lachen! Eines Tages würde sie ihm gehören, es brauchte nur Geduld. Allein diese Vorstellung war der Motor für den Antrieb und die Kraft, sein Ziel unbeirrt zu verfolgen. Doch im Augenblick war es zu früh, sich ihr vollkommen zu offenbaren. Der Moment musste wohl überlegt sein, alles musste perfekt sein. So wie sie. Als sie plötzlich mitten in der Bewegung abrupt stehen blieb und in seine Richtung blickte, fühlte er sich ertappt und trat sofort ein paar Schritte tiefer in den Schutz der Dunkelheit. Hatte sie ihn womöglich gesehen? Hatten ihn seine Träumereien unvorsichtig werden lassen? Während er grübelte, drehte sie ihm den Rücken zu, ohne die Vorhänge zuzuziehen. Erleichterung machte sich mit jedem Zentimeter, den sie sich bewegte, in ihm breit. Nun konnte er erkennen, dass das Gespräch offenbar beendet war, denn sie hielt das Telefon nicht länger an ihr Ohr. Dann verschwand sie aus seinem Blickfeld, der Raum blieb jedoch erleuchtet. Gerade als er überlegte, den Rückzug anzutreten, tauchte sie erneut am Fenster auf. Sie hatte sich zwischenzeitlich umgezogen und trug jetzt ein Nachthemd, unter dem sich ihre Rundungen deutlich abzeichneten, und das lange Haar fiel ihr in blonden Wellen über den Rücken. Wie gebannt starrte er durch das Fenster. In Gedanken fuhr er mit den Fingern durch die seidenen Locken und umfasste mit seinen Händen ihre festen Brüste. Er musste unwillkürlich schlucken, und trotz der Kälte, die ihn umgab, wurde ihm glühend heiß. Umgehend zerrte er an seinem Schal, den er fest um den Hals gewickelt hatte, denn ihn überkam gleichzeitig das Gefühl zu ersticken. Bevor seine Fantasie überhandnehmen konnte, zog sie die Vorhänge zu.

»'Nabend!«

Als er durch eine Stimme neben sich aus seinen Träumereien gerissen wurde, erschrak er beinahe zu Tode. Tief in Gedanken hatte er die Welt um sich herum gänzlich ausgeschaltet. Die Begrüßung kam von einer Frau, die mit ihren beiden Zwergpudeln einen abendlichen Spaziergang machte. Widerwillig erwiderte er ein »Guten Abend« und machte sich dann auf den Heimweg. Morgen war auch noch ein Tag. Als er sicher war, dass ihn niemand beobachtete, klemmte er eilig eine rote Rose hinter den Scheibenwischer ihres Wagens, auch auf die Gefahr hin, dass die empfindliche Blume bis zum nächsten Morgen durch die Kälte Schaden nehmen würde. Er näherte sich seinem Ziel Stück für Stück.

* * *

»Das letzte Mal Sport mit der 8b«, murmelte sie vor sich hin, als sie morgens kurz vor 7.30 Uhr die Umkleidekabinen der Turnhalle aufschloss. Dabei wurde sie von einem Anflug von Wehmut erfasst. Mit dem klappernden Schlüsselbund in der Hand marschierte sie den langen Gang entlang bis zu der schweren Doppeltür, hinter der sich die eigentliche Sporthalle befand. Als sie die Tür öffnete wie jeden Morgen, schlug ihr der typische Geruch von Bohnerwachs in Kombination mit Desinfektionsmitteln in einem gewaltigen Schwall entgegen. Eine abscheuliche Mischung, doch heute entlockte ihr dieser Chemiecocktail lediglich ein schwaches Lächeln. Zielstrebig steuerte sie auf die verglaste Front zu und betätigte die Schalter der automatischen Fensteröffner, um frische Luft hereinzulassen. Schließlich wollte sie vermeiden, dass ihre Schüler gleich mit Beginn der ersten Stunde in Ohnmacht fielen. Als nächstes schloss sie die Metallschränke auf und holte das Netz mit den Volleybällen hervor. In ein paar Tagen begannen die Sommerferien, und das alte Schuljahr war beendet. Für sie würde nicht nur ein Schuljahr mit zu korrigierenden Klausuren, anstrengenden Elternabenden und -sprechtagen sowie nicht enden wollenden Zeugniskonferenzen zu Ende gehen, sondern auch ihre berufliche Schullaufbahn. Nach reiflicher Überlegung hatte sie sich dazu entschlossen, den Schuldienst an den Nagel zu hängen. Noch war sie jung genug, um einen Neustart zu wagen. Irgendwann war sie zu der Erkenntnis gelangt, dass man nicht aufhören sollte, seinen Zielen und Wünschen zu folgen. Doch je älter man wurde, desto mehr verließ einen der Mut. Das hatte sie oft bei ihren Mitmenschen beobachtet. Begriffe wie Sicherheit und Gewohnheit, letztendlich auch Bequemlichkeit rückten immer weiter in den Fokus und spielten am Ende eine entscheidende Rolle. Diese Attribute ergriffen zunehmend Besitz von einem und machten ein Stück weit träge. Vermutlich mischte sich zu alledem auch eine Portion Feigheit, die Angst vor der Ungewissheit. Aus dem gewohnten Trott auszubrechen, kostete eine Menge Entschlossenheit, das stand außer Frage. Prinzipiell mochte sie ihre Arbeit und auch die meisten ihrer Schüler, aber sie war in der letzten Zeit nicht mehr richtig glücklich gewesen. Damals war sie mit klar definierten Vorstellungen in diesen Beruf gegangen, hatte jedoch im Laufe der Zeit feststellen müssen, dass die Realität ernüchternd anders aussah. Manchmal hatte sie das Gefühl, gegen eine dicke Wand aus Ignoranz und Sturheit anzurennen, die sich nicht durchbrechen ließ, so sehr sie sich anstrengte. Es mangelte an Spielraum für eigene Ideen, jedenfalls an ihrer Schule. Oft lag die Ursache dafür schlichtweg am fest definierten Lehrplan, was wiederum sehr frustrierend war. Für sie gab es jetzt kein Zurück mehr, aber sie war überzeugt, ihre Entscheidung niemals bereuen zu werden.

Eine Gruppe Schüler, die in die Turnhalle geschlurft kam, riss sie aus ihren Grübeleien.

»Morgen, Frau Bachner«, grummelten einige Teenager vor sich hin. Sie wirkten alles andere als ausgeschlafen. Immerhin nahmen sie ihre Lehrerin überhaupt zur Kenntnis. Sie konnte sich glücklich schätzen und honorierte diese Zuwendung mit einem Schmunzeln. Erwachsene zu grüßen – von Lehrern einmal ganz zu schweigen – galt bei einigen Jugendlichen als uncool und war etwas für Streber und Schleimer. Davon abgesehen empfanden sie Schule ohnehin als ätzend und obendrein als pure Zeitverschwendung. Alles, was man fürs Leben wissen musste, konnte man sich jederzeit bequem vom heimischen Sofa aus über das Internet aneignen. Wozu sollte man sich also den ganzen Tag in einem öden Klassenzimmer aufhalten? Diese Auffassung musste sie sich ein ums andere Mal anhören.

»Guten Morgen, ihr könnt euch schon warm machen. Zehn Runden einlaufen, hopp«, trieb sie die müde Meute vorwärts, und stellte die Musikanlage an, die auf ihr Bestreben hin für die Schule angeschafft worden war. Sie versuchte, ihre Schüler stets zu motivieren, was nicht immer einfach war, daher untermalte sie den Sportunterricht gerne mit aktueller Musik. Leider rückte das Interesse für sportliche Aktivitäten für einige Schüler weit in den Hintergrund. Das galt im Übrigen für beide Geschlechter. Viele Jugendliche verbrachten ihre Freizeit auf dem Sofa vor dem Fernseher oder Computer und stopften sich mit Chips oder Süßigkeiten voll.

Das Klingeln zur ersten Stunde ertönte und zwischenzeitlich war die gesamte Klasse vollzählig eingetrudelt. Die Schüler liefen brav ihre Runden, bis auf einige, die ihre Sportsachen vergessen hatten oder eine mehr oder weniger glaubwürdige

Entschuldigung der Erziehungsberechtigten vorlegen konnten. Als ihre Lehrerin kannte sie die Ausreden, ohne die Entschuldigungsschreiben überhaupt lesen zu müssen. In den meisten Fällen waren es ohnehin immer dieselben Gesichter, die am Rand saßen. Doch heute, unmittelbar vor den Ferien, wollte sie sich nicht mehr darüber ärgern.

»Handys weg!«, forderte sie die vier Turnbeutelvergesser auf, die seitlich an der Wand wie die Hühner auf der Stange auf der Bank saßen.

»Ach, Mensch, Frau Bachner«, maulte einer von ihnen.

»Handys in die Taschen! Sofort! Wir befinden uns noch immer im Unterricht, auch wenn ihr nicht aktiv daran teilnehmt. Ihr könnt aber gerne eine Theorieaufgabe bekommen, wenn euch das lieber ist«, stellte sie klar und versuchte dabei, eine strenge Miene aufzusetzen, um ihrer Autorität mehr Ausdruck zu verleihen. Da sie trotz ihrer Ende zwanzig sehr jugendlich wirkte, wurde ihr manchmal von den Schülern nicht der nötige Respekt entgegengebracht. »Das gilt auch für dich, Janette! Los!«

»Schon gut, bleiben Sie mal hübsch geschmeidig!«, erwiderte das Mädchen demonstrativ gelangweilt und zog eine Grimasse. Trotzdem zeigte die Androhung Wirkung und die heiß geliebten Smartphones wurden, wenn auch nur widerwillig und unter Murren, in den Rucksäcken verstaut.

Nachdem die Doppelstunde zu Ende war, schickte sie die Schüler zum Duschen. Aber auch das sollte in Zukunft nicht mehr ihre Sorge sein. Sie war froh, sich nicht länger um die Lücken kümmern zu müssen, die in der häuslichen Erziehung entstanden waren. Einige Eltern waren augenscheinlich nicht in der Lage, ihren Sprösslingen die grundlegenden Werte mit auf den Weg zu geben. Und das bezog sich nicht nur auf das Thema Körperpflege. Sie atmete tief durch und verließ die Turnhalle.

Nach der großen Pause genoss sie eine Freistunde, bevor sie in einer der zehnten Klassen Deutschunterricht gab. Sie saß allein im Lehrerzimmer und trank einen Becher des schwarzen Gebräus, das den Namen Kaffee nicht annähernd verdient hatte. Möbelbeize wäre wohl die treffendere Beschreibung. Keine Ahnung, wer ihn heute Morgen aufgesetzt hatte. Die Person war entweder mit dem falschen Fuß aufgestanden oder wollte sich an den Kollegen rächen – wofür auch immer. Sie war gerade in einen Artikel über Trendsportarten in einer Zeitschrift vertieft, als die Tür aufflog und ihr Kollege Achim Wagner hereinpolterte. Er trug wie immer eine ausgewaschene Jeans mit ausgebeulten Knien sowie ein schlabbriges Sweatshirt, das sie höchstens zur Gartenarbeit anziehen würde. Auf sein Äußeres legte er nie besonders viel Wert, hielt sich aber trotz allem für unwiderstehlich mit seiner lässigen Art, die er täglich aufs Neue unter Beweis zu stellen versuchte. Bei den Schülern genoss er nicht sonderlich viel Sympathie. Die Resonanz auf sein Verhalten im Lehrerkollegium hielt sich die Waage. Sein krampfhaftes Bemühen, cool und jugendlich zu wirken, überschritt regelmäßig die Grenze zum Peinlichen. Doch das schien ihn in keiner Weise zu verunsichern, geschweige denn zu stören.

»Hallo, Samaya, wie fühlt man sich kurz vor der Entlassung in die freie Welt?«, fragte er mit spöttischem Unterton und ließ seine uralte Ledertasche, die an einigen Stellen speckig glänzte, laut auf den Tisch knallen. Achim war der einzige unter den Kollegen, der sie durchweg mit ihrem vollen Vornamen ansprach. Sonst wurde sie von allen nur Sam genannt. Achim Wagner war ihr von der ersten Minute an unsympathisch gewesen. »Was liest du da?«, erkundigte er sich mit gerunzelter Stirn.

»Hallo, Achim! Nichts, was dich interessieren würde. Und ehrlich gesagt, kann ich es kaum erwarten, Leute wie dich nicht länger ertragen zu müssen«, entgegnete sie, ohne von ihrer Zeitschrift aufzusehen. Endlich konnte sie auf die aufgesetzte Freundlichkeit, mit der sie ihm stets begegnet war, verzichten. Nicht mehr lange und er gehörte ebenfalls ihrer Vergangenheit an. Sie sehnte den Augenblick herbei, da dieser Mann endgültig aus ihrem Leben verschwand.

»Oh, was sind wir bloß heute wieder gereizt, Engel«, ließ er nicht locker, nahm Platz und lehnte sich zufrieden auf seinem Stuhl zurück. Dann zog er ein Nasenspray aus der Tasche und nahm lautstark zwei Züge. »Was hatten wir für eine schöne Zeit!«, seufzte er theatralisch.

Er verschränkte beide Arme hinter dem Kopf, lehnte sich zurück und sah sie herausfordernd mit seinem selbstgefälligen Grinsen an. Sie versuchte, sich nicht von seinem provokanten Verhalten beirren zu lassen.

»Weißt du was, Achim?« Sie drehte sich zu ihm um. »Lass mich einfach in Ruhe, okay? Ich dachte, das Thema hätten wir endgültig geklärt. Und nenn mich nicht Engel!«, setzte sie nach.

Er lachte übertrieben. »Sieh dich an! Deine blauen Augen und dein blond gelocktes Haar! Das ist doch engelsgleich. Obwohl dein Wesen eher das Gegenteil verkörpert.« Er deutete mit seinen Zeigefingern zwei Teufelshörner an.

Sie verspürte eine unangenehme Kälte in seinem letzten Satz, ging jedoch nicht darauf ein, sondern verstaute wortlos die Zeitschrift in ihrer Tasche, hängte sich diese über die Schulter und marschierte an ihm vorbei nach draußen. Im Vorbeigehen schlug ihr der Geruch seines aufdringlichen Rasierwassers entgegen, das sie in der Nase kitzelte.

»Denk dran, man sieht sich immer zweimal im Leben, Engel!«, rief Achim ihr laut lachend hinterher, aber sie tat, als wären seine Worte nicht mehr bis zu ihr vorgedrungen. Sie wusste nur eines, sie brauchte dringend frische Luft. Im Türrahmen stieß sie beinahe mit einem weiteren Kollegen zusammen: Thilo Moll.

»Hoppla! Wohin so eilig?«, fragte er und wich ihr in letzter Sekunde aus.

Doch sie rauschte wortlos an ihm vorbei. Thilo sah ihr verwundert nach. Gleich darauf tat es Sam leid, dass sie ihm kaum Beachtung geschenkt hatte, aber sie war zu wütend gewesen. Er war die Unscheinbarkeit in Person und es vermutlich gewohnt, des Öfteren übersehen zu werden, aber niemals von ihr. Thilo Moll war einer der stillen Vertreter seiner Zunft. Stets um die Sympathien und das Wohlwollen seiner Mitmenschen bemüht – wenn auch erfolglos, unterrichtete er Physik und Chemie an der Schule. Nicht gerade die absoluten Lieblingsfächer, mit denen er wenigstens in dieser Hinsicht hätte punkten können. Thilo versuchte, mit jedem gut auszukommen. Im Gegensatz zu Achim Wagner reizte er Sam nicht ständig mit Machosprüchen oder zweideutigen Bemerkungen – im Gegenteil –, er versuchte, sie zu unterstützen, wo er konnte. Zuweilen empfand sie diese kollegiale Fürsorge jedoch als regelrecht erdrückend, auch wenn seine Absicht lediglich freundlich gemeint war. Schließlich war sie kein kleines Mädchen mehr, das sich nicht allein in der Welt zurechtfand und an die Hand genommen werden musste. Böse Zungen behaupteten, Thilo hätte noch nie eine Freundin, geschweige denn überhaupt jemals etwas mit einer Frau gehabt.

»Was ist denn in unsere Kollegin gefahren?«, erkundigte sich Thilo Moll bei Achim, der mit einem gelangweilten Gesichtsausdruck auf seinem Stuhl lümmelte.

»Woher soll ich das wissen? Vielleicht hat sie ihre Tage«, brummte Achim, zog ein Schulheft aus dem Stapel neben sich und durchblätterte es desinteressiert.

»Weil außer dir niemand anwesend ist, und es nicht das erste Mal wäre, dass du sie bis aufs Blut reizt. Lass sie doch endlich in Ruhe und akzeptiere, dass sie nichts mit dir zu tun haben will.« Thilo nahm einige Unterlagen aus seinem Fach an der Wand. Dabei fiel sein Blick auf das schwarze Brett daneben, auf dem mit Hilfe von Reißzwecken neben diversen Kleinanzeigen und Ankündigungen auch jede Menge Fotos des gesamten Kollegiums angebracht waren. Auf einem der Bilder lachte Sam an der Seite eines anderen Kollegen in die Kamera. Das Foto war beim letzten Lehrerausflug entstanden, erinnerte sich Thilo. Wie fröhlich und wunderschön sie darauf aussah. Es wunderte ihn nicht, dass sie bei ihren Schülern außerordentlich beliebt war.

»Oh, spielst du mal wieder ihren Retter in der Not, edler Ritter?« Achim deutete eine Verbeugung an. »Gib dir keine Mühe, die ist eine Nummer zu groß für dich. Außerdem ist sie sowieso bald weg. Ich befürchte, das wird sehr hart für dich werden, oder, Thilo? Jeder weiß doch, dass du bis über beide Ohren »heimlich« in sie verknallt bist, oder glaubst du, das hätte niemand bemerkt? Du scharwenzelst doch ständig um sie herum wie ein dressiertes Hündchen. Und was ist die Gegenleistung? Na? Sie macht sich letztendlich lustig über dich.«

»Hör auf, Achim! Du weißt, dass das nicht wahr ist. Das ist völliger Quatsch!«, protestierte Thilo und merkte, wie er rot wurde.

»Ach nein? Woher willst du das wissen? Kennst du sie so gut?«, versuchte Achim seinen Kollegen aus der Reserve zu locken.

»Ich … ich weiß es eben«, begann Thilo, hilflos zu stottern, und fühlte sich in die Enge getrieben.

Jetzt kribbelte es zu allem Überfluss heftig in seiner Nase, sodass er ein Niesen nicht länger zurückhalten konnte. Dieser Heuschnupfen plagte ihn zusehends und wurde von Jahr zu Jahr schlimmer. Krampfhaft suchte er nach seinem Nasenspray.

»Allergie, was? Das Problem kenn' ich zur Genüge!« Achim hielt ihm sein Spray hin.

»Danke, aber ich habe mein eigenes. Irgendwo muss es sein.« Er durchsuchte seinen Rucksack.

»Siehst du, wie leichtgläubig du bist? Du glaubst ernsthaft, ich hätte dir von meinem Spray gegeben? Pfui Teufel! Aber so ist es mit unserer Kollegin auch. Für dich mag Samaya vielleicht ein Engel sein, aber Frauen ihres Kalibers brauchen keine weichgespülten Schlaumeier wie dich, sondern echte Kerle, die ihr auch mal zeigen, wo es lang geht.«

»Tatsächlich? Und du bist so einer, ja? Komisch nur, dass sie regelmäßig die Flucht ergreift, sobald du in ihrer Nähe auftauchst«, setzte sich Thilo zur Wehr. Was glaubte sein Kollege, wer er war, dass er derartige Urteile fällte?

»Träum schön weiter, Thilo! Irgendwann kommt das böse Erwachen. Garantiert. Wir werden ja sehen, wer am Ende recht behält«, versicherte Achim seinem Lehrerkollegen. Dann erhob er sich, klemmte sich den Stapel Hefte unter den Arm und schlurfte aus dem Lehrerzimmer.

Nach der sechsten Stunde hatte Sam unterrichtsfrei. Das passte hervorragend in ihren Zeitplan, da sie nachmittags einen Termin mit ihrem Vermieter bezüglich der Wohnungsübergabe hatte. Herr Schöff hatte ihre Kündigung mit außerordentlichem Bedauern entgegengenommen. Eine derart korrekte und ruhige Mieterin habe er selten gehabt, hatte er mehrfach betont, als sie ihn von ihren Umzugsplänen in Kenntnis gesetzt hatte. Ihre Möbel konnte sie zum größten Teil verkaufen oder an die Nachmieter weitergeben. Besonders erleichtert war sie, dass sie die Küche, die sie erst vor einem knappen Jahr angeschafft hatte, zu einem guten Preis verkaufen konnte. In ihrer neuen Wohnung war bereits eine Küche vorhanden, und auch der Rest der Wohnung war möbliert. Die Umzugskartons mit den restlichen persönlichen Sachen waren größtenteils fertig gepackt und würden in den nächsten Tagen abgeholt werden. Es handelte sich ohnehin nur um eine Handvoll Kisten. Ihre jetzige Wohnung war nicht besonders groß, aber umso gemütlicher, und auch ihr neues Heim hatte nur wenige Quadratmeter mehr. Sie verfügte zusätzlich über einen Balkon und einen separaten Vorratsraum neben der Küche.

In vier Tagen sollte es endlich so weit sein. Dann würde sie in ihr neues Leben starten. Viele ihrer Mitmenschen hielten sie für komplett verrückt, da sie ihre sichere Anstellung als Lehrerin an den Nagel gehängt und gegen eine ungewisse Zukunft eingetauscht hatte. Das spürte sie deutlich, auch wenn es kaum jemanden gab, der sie direkt auf das Thema ansprach. Dennoch war sie fest entschlossen und bereit, das Risiko einzugehen. Was am Ende dabei herauskam, wusste sie nicht, aber das wusste schließlich niemand im Voraus, ermutigte sie sich selbst. Einen Versuch war es allemal wert. Und jetzt war es ohnehin zu spät für einen Rückzieher. Im Lehrerkollegium hatte sie absichtlich niemandem erzählt, wo genau sie hinging und was zukünftig ihre Aufgabe sein würde. Sie hatte auf Fragen immer ausweichend geantwortet. In erster Linie wollte sie mit dieser Taktik verhindern, dass Leute wie Achim, um die sie lieber einen weiten Bogen machte, erfuhren, wo sie demnächst ihre Zelte aufschlagen würde.

Die nächsten Tage zogen sich wie Kaugummi, und die Unterrichtsstunden plätscherten gemächlich vor sich hin. Alle fieberten nur einem Ziel entgegen – den großen Ferien. Sam begegnete ihrem Kollegen Achim nur ab und zu in den großen Pausen im Lehrerzimmer, wo sie glücklicherweise nie mit ihm allein war. Meistens war Thilo ebenfalls anwesend. Er konnte zuweilen anstrengend sein mit seiner Besserwisserei und Fürsorge, aber das war ihr immer noch lieber als Achims Überheblichkeit und seine zweideutigen Anspielungen. Unter den Lehrkräften herrschte eine entspannte und ausgelassene Stimmung. Man konnte regelrecht spüren, wie der Stress der vergangenen Wochen mit jedem Tag nachließ. Die Zensuren standen lange fest, die Zeugnisse waren geschrieben und es gab keine Konferenzen mehr. Im Grunde ging es nur noch darum, die verbleibende Zeit mit den Schülern möglichst sinnvoll zu nutzen. Am letzten Schultag betrat Sam mit einem mulmigen Gefühl in der Magengegend das Schulgelände. Bewusster als gewöhnlich betrachtete sie ein letztes Mal die Umgebung. Wenn man tagein, tagaus die gleichen Wege benutzte, verkümmerte am Ende der Blick für Kleinigkeiten. Damit war vermutlich die allgemeine Betriebsblindheit gemeint, überlegte sie, als sie an einem Kondomautomaten unweit der Toiletten vorbeikam. Sie stutzte für einen Augenblick. Hing der schon länger da? Sie konnte sich nicht daran erinnern, ihn jemals bewusst wahrgenommen zu haben. Dass es diese Automaten an einigen Schulen seit Kurzem gab, hatte sie gehört, aber auch an ihrer Schule? Diese Tatsache war ihr augenscheinlich entgangen.

An der Schule war es Tradition, dass sich Lehrer und Schüler nach der Zeugnisübergabe gemeinsam in der Aula trafen. Der Rektor hielt seine mit Anekdoten des vergangenen Schuljahres gespickte Ansprache und entließ anschließend alle in schöne und erholsame Ferien. Dieses Jahr gab es jedoch eine kleine Programmänderung. Nach der üblichen Rede hatten ihre Schüler anlässlich ihres Abschiedes eine kleine Vorführung in Form eines Poetry-Slams einstudiert. Obwohl Sam ihre Gefühle meistens gut unter Kontrolle hatte, konnte sie die Tränen der Rührung nicht zurückhalten. Im Anschluss verabschiedeten sich die Kollegen mehr oder weniger rührend von ihr und wünschten alles Gute für die Zukunft. Auf eine gesonderte Abschiedsfeier im Kollegenkreis hatte sie bewusst verzichtet. Sie hatte in der vergangenen Woche einen Kuchen gebacken und ihn neben ein paar anderen Süßigkeiten ins Lehrerzimmer gestellt. Sie war kein Freund von großen Abschieden. Sam trennte ihr Privatleben generell strikt vom Berufsleben, auch wenn sie dadurch manchmal auf Unverständnis stieß und gelegentlich als Sonderling abgestempelt wurde. Nun stand sie beinahe ganz allein in der leeren Aula. Der eben noch gewaltige Geräuschpegel war vollständig verhallt. Sie nahm ihre Tasche und machte sich auf den Heimweg, erleichtert darüber, alles überstanden zu haben. Sie überquerte ein letztes Mal den Parkplatz, stieg in ihr Auto, das sie bereits am Morgen fertig gepackt hatte, und startete den Motor. Sie verließ diesen gewohnten

Ort mit einem lachenden und einem weinenden Auge, wobei Ersteres überwog. Mit eingeschaltetem Radio fuhr sie auf die Autobahn Richtung Norden. Gleich an der Auffahrt stand ein junger Mann, der per Anhalter unterwegs war. Sein Ziel war Kiel, wie ein quadratisches Pappschild verriet, das er demonstrativ vor dem Körper hielt. Um seine Chancen auf eine kostenfreie Mitfahrgelegenheit zu steigern, hatte er es um den Zusatz »habe Kekse« ergänzt. Sam musste schmunzeln. Der Typ sah sympathisch aus, aber sie nahm grundsätzlich keine Anhalter mit, selbst keine mit Humor. Über ein gesundes Misstrauen verfügte vermutlich jeder Mensch, ihres dagegen war – milde formuliert – äußerst ausgeprägt.

Nach knapp drei Stunden Fahrt erreichte sie die Verladestation des Sylt Shuttle in Niebüll. Nur noch die Überfahrt mit dem Autozug nach Westerland und ihr Ziel rückte in greifbare Nähe. Ihr neues Zuhause war Sylt – die beliebte Ferieninsel, der nördlichste Zipfel Deutschlands und einer der schönsten Plätze der Welt, wie sie fand. Mit der Insel verband sie viele schöne Kindheitserinnerungen, aber auch einen schmerzlichen Abschied. An der Verladestation war es erwartungsgemäß sehr voll, da die Ferien in einigen Bundesländern zeitgleich begonnen hatten und alle Welt sich auf den Weg in den Urlaub machte. In zähem Tempo quälte sich die Blechlawine zu den Terminals. Als Sam an der Reihe war, wählte sie an dem Fahrkartenautomaten eine Hinfahrt ohne Rückfahrt. Ein seltsames Gefühl machte sich in ihr breit, gleichzeitig aber ein gutes. Nachdem der Automat ihre EC-Karte und das Ticket ausgespuckt hatte, öffnete sich die Schranke, sodass sie hindurchfahren und sich in die vierte

Spur einreihen konnte. Eine elektronische Anzeigetafel zeigte, dass circa eine Stunde Wartezeit bis zur nächsten Verladung vor ihr lag. Die Zeit bis dahin nutzte sie, um sich in dem angrenzenden Bistro »Port Sylt« ein Brötchen und einen Kaffee sowie eine Tageszeitung zu kaufen. Da es bewölkt, aber angenehm warm war, hielten sich die meisten der wartenden Fahrgäste außerhalb ihrer Autos auf. Alt und Jung wuselten umher, aßen Eis oder Pommes, suchten die Toiletten auf oder führten ihre Hunde zwischen den wartenden Autos spazieren. Es herrschte eine entspannte Atmosphäre trotz der langen Wartezeit, da alle dem Urlaub entgegenfieberten. Als Sam mit Kaffeebecher und Brötchen bewaffnet zu ihrem Wagen zurückkehrte, fiel ihr in einer der Wartereihen ein großer, schwarzer SUV mit Münchner Kennzeichen und verdunkelten Scheiben auf. In seiner Nähe hatte sich eine Handvoll junger Frauen positioniert, die aufgeregt durcheinanderschnatterten und ständig ihre Handys hochhielten, um irgendetwas oder irgendjemanden fotografieren oder filmen zu können. Vielleicht war es auch nur ein neuer Trend, Selfies zu machen, überlegte Sam. Wenn für eine Woche der Strom ausfallen würde, würde eine ganze Generation Amok laufen, dachte sie, während sie herzhaft in das belegte Brötchen biss. Mittlerweile knurrte ihr Magen derart laut vor Hunger, dass man sie zweifelsohne für eine Bauchrednerin halten konnte. Während sie kaute und die Zeitung studierte, drang plötzlich ein hysterisches Kreischen an ihr Ohr. Neugierig blickte sie in Richtung des SUV, dessen Türen sich geöffnet hatten. Vier Männer mit dunklen Sonnenbrillen waren ausgestiegen und wurden sogleich von der Horde junger Frauen umringt. Sie hatten Schwierigkeiten, sich ihren Weg durch den aufdringlichen Fanclub zu bahnen. Sam konnte ihre

Gesichter nicht erkennen. Die Frauen schienen es besonders auf einen von ihnen abgesehen zu haben. Er war groß, breitschultrig und trug eine braune Lederjacke und Jeans. Der Trubel um seine Person schien ihm unangenehm zu sein, denn er zog den Schirm seiner Baseballkappe tief ins Gesicht. Mit eiligen Schritten verschwand die Männertruppe in Richtung der Waschräume. Sie konnten von Glück reden, dass ihnen die weibliche Fangemeinde nicht bis auf die Herrentoilette folgte. Vielleicht, ging es Sam durch den Kopf, handelte es sich bei den Männern um Popstars oder etwas in der Art, anders konnte sie sich das Verhalten der Frauen nicht erklären. Mit einem gleichgültigen Schulterzucken schob sie sich den letzten Bissen Brötchen in den Mund und widmete sich wieder der Tageszeitung. Mittlerweile war der Kaffee in dem braunen Pappbecher so weit abgekühlt, dass sie ihn gefahrlos trinken konnte.

Nach einer gefühlten Ewigkeit wurde endlich die Auffahrt auf den bereitstehenden Autozug freigegeben. Sam bedauerte ein bisschen, dass sie mit ihrem Wagen im unteren Teil des Zuges stehen musste. Sie hätte gerne den Blick von der Etage darüber genossen. Doch die oberen Plätze waren den Besitzern von hohen Fahrzeugen und solchen mit Dachgepäckboxen oder Fahrrädern vorbehalten. Auch der dunkle SUV der vier Männer aus München wurde vom Bahnpersonal nach oben dirigiert. Was soll's, sagte sich Sam, schließlich konnten nicht alle oben stehen. Zwischenzeitlich hatte sich die Sonne hinter den dicken Wolken hervorgekämpft. Während der Fahrt über den Hindenburgdamm, der das Festland mit der Insel Sylt verbindet, konnte man den weiten Blick auf das Wattenmeer genießen. Sam öffnete die Scheibe ihres Wagens, streckte den Kopf ein Stück heraus und sog mit geschlossenen Augen die würzige Nordseeluft ein. Der Fahrtwind blies ihr kräftig ins Gesicht. Ein wundervolles Gefühl. Dann öffnete sie die Augen wieder und ließ den Blick über die scheinbar unendliche Weite des Wattenmeeres schweifen. Mit einem Schlag fühlte sie sich frei und unbeschwert, sämtlicher Ballast der vergangenen Zeit sowie die letzten Zweifel an ihrer Entscheidung wurden mit dem Wind in alle Himmelsrichtungen zerstreut. Auf dem Wasser, das sie umgab, kräuselten sich hier und da kleine Wellen, je nachdem, in welche Richtung der Wind sie trieb. Die aufkommende Flut bedeckte den nackten Meeresboden, und die Strahlen der Sonne glitzerten auf der Wasseroberfläche. Dichte Schwärme von Seevögeln demonstrierten am Himmel eindrucksvoll ihre Formationskünste. Schafe, deren Felle mit roten und blauen Farbmarkierungen versehen waren, wanderten gemächlich auf dem Deich und dem angrenzenden Weideland umher. Einige von ihnen hatten sich hingelegt und kauten nunmehr mit stoischer Gelassenheit vor sich hin, gänzlich unbeeindruckt vom Rattern des vorbeifahrenden Zuges. In der Ferne war der schwarz-weiße Leuchtturm von Kampen zu erkennen, wie er stolz im Licht der hochstehenden Sonne strahlte, eingebettet in sattgrüne Wiesen. Jetzt hatte der Zug den Hindenburgdamm hinter sich gelassen und die Insel Sylt erreicht. Sam atmete tief ein und blickte aus dem Fenster. Auf den Feldwegen rund um den Ort Morsum waren unzählige Fahrradfahrer und Spaziergänger unterwegs. Dazwischen standen Pferde auf den Weiden rechts und links des Bahndammes, zupften das saftige Grün oder dösten in der Sonne. Dabei wehten ihre langen Mähnen und Schweife im Wind.

Als der Zug in Westerland sein Ziel erreichte und endgültig zum Stehen kam, wurden sogleich die Motoren der Wagen angelassen. Ein Rumpeln verriet, dass in der oberen Reihe die Autos nacheinander vom Zug rollten. Nur vor Sam herrschte Stillstand. Nichts bewegte sich. Bei heruntergelassener Scheibe steckte sie den Kopf aus dem Fenster, um nach dem Grund dieser Zwangspause zu sehen. Sie sah einen Bahnangestellten, der gerade im Begriff war, irgendein Gerät zur Seite zu rollen. Kurz darauf setzten sich die Autos vor ihr ebenfalls in Bewegung und verließen eines nach dem anderen den Zug. Alles deutete darauf hin, dass eines der vorderen Fahrzeuge Starthilfe benötigte und somit den kurzen Stau verursacht hatte. Sam fuhr in Richtung Norden nach List, den am nördlichsten gelegenen Ort der Insel. Dort wartete ihr neues Zuhause auf sie. Ihr Navigationsgerät führte sie direkt vor ein gepflegtes Mehrfamilienhaus, in dem sie eine von vier Wohnungen gemietet hatte. Sam hatte unglaubliches Glück gehabt und war durch eine Bekannte ihres Bruders an diese für Sylter Verhältnisse bezahlbare und möblierte Wohnung gekommen. Das Problem, Dauerwohnraum auf Sylt zu bekommen, war nicht neu, und die Situation hatte sich in den letzten Jahren nicht grundlegend verbessert – eher das Gegenteil war der Fall. Sam parkte ihren Wagen auf einem der Stellplätze vor dem Haus und stieg aus. Mit dem Schlüssel, den ihr die Vermieterin vor ein paar Tagen per Kurierdienst hatte zukommen lassen, öffnete sie die Haustür und betrat den Eingangsbereich. Drinnen empfing sie der frische Geruch von Putzmitteln und kitzelte ihr in der Nase. Augenscheinlich war hier vor Kurzem frisch gewischt worden, denn an einigen Stellen schimmerten die Fliesen noch feucht. Links neben dem Eingang entdeckte Sam eine große Magnettafel. Auf ihr waren diverse Zettel und Informationsblätter der Hausverwaltung befestigt. Sam nahm sich vor, sie in den nächsten Tagen in aller Ruhe zu studieren. Jetzt war sie einfach nur gespannt auf ihre neue Bleibe. Was sie bislang gesehen hatte, gefiel ihr ausgesprochen gut, das Haus machte einen freundlichen und gepflegten Eindruck. Sie nahm ihre Umgebung weiter in Augenschein, denn bislang kannte sie sie ausschließlich von Fotos, die sie per E-Mail erhalten hatte. Die Zweizimmerwohnung, die Sam gemietet hatte, lag im ersten Obergeschoss. Durch den Balkon auf der Südseite schien ihr die Sonne entgegen, als sie die Wohnungstür öffnete. Sie stellte ihr Gepäck im Flur ab und ging direkt ins Wohnzimmer, wo sie den hauchdünnen Vorhang beiseitezog und die Balkontür öffnete. Als sie hinaustrat, bot sich ihr ein herrlicher Ausblick auf das Meer, gefolgt von einem unbeschreiblichen Glücksgefühl, das sie durchströmte. Sie konnte kaum glauben, dass sie diesen Ausblick ab sofort jeden Tag würde genießen können. Eine kreischende Möwe zankte sich auf der unter ihr gelegenen Rasenfläche mit einem Artgenossen um ein Stück Brötchen und riss Sam aus ihren Gedanken. Nachdem sie noch einen Moment die wärmenden Sonnenstrahlen genossen hatte, ging sie hinein, um sich den Rest der Wohnung genauer anzusehen. Auf dem kleinen Esstisch, um den vier Stühle standen, waren eine Flasche Sekt und ein hübscher Blumenstrauß mit den besten Grüßen der Vermieterin platziert. Welch nette Begrüßung, dachte Sam, und ein Lächeln breitete sich über ihr Gesicht aus. Insgesamt gefiel ihr die Wohnung in der Realität sogar um einiges besser als auf den Bildern. Ihr neues Zuhause war kaum größer als ihr altes und völlig ausreichend, befand Sam. Dazu kam die unmittelbare Nähe zum Meer, die durch nichts zu toppen war. Nachdem sie sich einen ersten Eindruck verschafft hatte, begann sie, ihre Taschen auszupacken und ihre Sachen in die Schränke und Schubladen einzuräumen. Die Umzugskartons mit ihrem sonstigen Hausrat sollten morgen im Laufe des Vormittages eintreffen, hatte sie von der Spedition am Morgen mitgeteilt bekommen.

Es war kurz nach 18.00 Uhr, als Sam mit allem fertig war. Sie beschloss, nach Westerland zu fahren, um sich in einem Supermarkt mit Lebensmitteln und allem anderen einzudecken, was sie fürs Erste benötigte. Als sie dort ankam, herrschte reger Betrieb, und sie ergatterte nur mit Mühe und Not einen freien Parkplatz. Wie es schien, waren die Menschen den Tag über unterwegs gewesen und kamen erst am frühen Abend zum Einkaufen. Nachdem Sam sich durch unzählige Gänge geschoben und alles zusammengesucht hatte, steuerte sie mit ihrem vollen Einkaufswagen auf die Kassen zu. Nach einer gefühlten Ewigkeit war sie endlich wieder auf dem Parkplatz und verstaute die Einkäufe im Kofferraum ihres Autos. Noch immer hatte sie das Piepsen der Kassenscanner im Ohr. Im Anschluss an einen Abstecher zu einem Drogeriemarkt fuhr sie zurück nach List.

Die erste Nacht in ihrer neuen Wohnung hatte Sam hervorragend geschlafen. Sie wurde vom Geschrei der Möwen geweckt. Schlaftrunken wankte sie zum Fenster und zog das Rollo hoch. Der Himmel war blau und wolkenlos. Der Tag versprach, schön zu werden, obwohl man sich an der See niemals sicher sein konnte, denn das Wetter war oft unberechenbar und konnte von einer Minute auf die andere wechseln. Mit einer Tasse heißem Kaffee und einer Schale Müsli setzte sie sich auf den Balkon. Im Schatten war es noch recht kühl, aber in ihrem dicken Fleecepulli trotzte sie der morgendlich frischen Nordseeluft.

Gerade als sie das Frühstück beendet hatte, klingelte es an der Wohnungstür. Die Leute von der Spedition standen davor, um Sam ihre Umzugskartons zu bringen. Sie bat die Männer, die Kisten zunächst im Flur zu stapeln, bis sie endgültig entschieden hatte, wohin sie im Einzelnen sollten. Nachdem die Speditionsmitarbeiter gegangen waren, machte sich Sam auf den Weg nach Westerland, um sich beim Ordnungsamt umzumelden und den damit verbundenen Papierkram schnellstmöglich zu erledigen. Glücklicherweise traf sie dort auf keine langen Warteschlangen. Eine hilfsbereite Angestellte hieß sie zunächst auf der Insel freundlich willkommen und versorgte sie anschließend mit allen notwendigen Formularen. Nach einer halben Stunde war Sam sozusagen eine offizielle Sylterin, jedenfalls auf dem Papier. Denn sie würde immer eine Zugezogene bleiben, darüber war sie sich im Klaren.

Sam ließ ihren Wagen auf einem Parkplatz in Westerland stehen und ging zu Fuß über die Flaniermeile, die Friedrichsstraße, zur Westerländer Promenade ans Meer. In der Friedrichstraße wimmelte es von Touristen, und auch am Strand waren die meisten Strandkörbe längst besetzt. Ein weiterer Urlaubstag war in vollem Gange. Nur das Meer hatte sich vom Trubel zurückgezogen, es herrschte Ebbe. Sam schlenderte die Promenade entlang und kaufte sich eine Limonade an der »Crepêrie am Meer«. Damit nahm sie auf einer der weißen Bänke Platz und ließ ihren Blick zufrieden über den Strand und die Nordsee schweifen. Plötzlich hörte sie in ihrer Tasche das Handy brummen. Sie zog es hervor und sah auf das Display. Die Sonne blendete stark, aber sie konnte trotzdem erkennen, dass eine Textnachricht ihres Bruders eingegangen war. Statt zurückzuschreiben, rief sie ihn kurzerhand an.

»Hi, meine Süße, wie geht es dir? Hast du schon Heimweh?«, fragte er, nachdem es höchstens zweimal geklingelt hatte.

»Hallo, Tom, mir geht es total gut. Ich sitze gerade auf einer Bank in der Sonne und schaue aufs Meer. Was will man mehr? Aber wie es scheint, hast du bereits Sehnsucht nach mir.«

»Ich mache mir eben Sorgen um meine kleine Schwester, das wird doch wohl erlaubt sein«, sagte er, und sie konnte sein schelmisches Grinsen regelrecht vor sich sehen.

»Die Bedenken kannst du dir sparen. Ich komme gut zurecht. Die Fahrt war problemlos, und die Wohnung ist ein absoluter Glückstreffer. Vorhin habe ich mich sogar schon umgemeldet. Du siehst, ich habe alles im Griff. Und am Montag ist mein erster Arbeitstag.«

»Freut mich zu hören. Bist du stark aufgeregt?«

»Ja, natürlich bin ich nervös«, gab sie zu.

»Du wirst sehen, alles wird gut laufen. Du hast die richtige Entscheidung getroffen, davon bin ich felsenfest überzeugt.«

»Das sagst du so einfach.«

»Ja, weil ich dich kenne und weiß, was dir guttut. Übrigens habe ich in nächster Zeit ein paar Tage in Flensburg zu tun. Vielleicht kann ich es so arrangieren, dass ich anschließend einen Abstecher zu dir nach Sylt machen kann. Was hältst du von der Idee?«

»Das wäre großartig!«, freute sich Sam. »Wir haben uns lange nicht gesehen. Wann kommst du denn?«

»Das entscheidet sich erst in den nächsten Tagen. Außerdem hängt es davon ab, wie schnell wir mit den Vertragsverhandlungen vorankommen«, erklärte er und verfiel in einen geschäftsmäßigen Ton.

»Sag mir rechtzeitig Bescheid, okay? Dann überlege ich mir etwas Schönes, was wir machen können. Du wirst staunen, wie viel sich auf der Insel verändert hat. Es ist eine Ewigkeit her, dass ich hier war.« Die Melancholie gemischt mit tiefem Schmerz in ihrer Stimme war unüberhörbar.

»Sam? Alles okay?«

»Ja, sicher«, wiegelte sie schnell ab.

»Du hörst von mir, sobald ich den Termin festgemacht habe. Also, Süße, halt die Ohren steif und alles Gute für Montag. Ich denke an dich. Du packst das!«

»Danke, mach es auch gut!« Dann war das Gespräch zu Ende.

Nachdem sie eine Weile in der Sonne gesessen und dem bunten Treiben am Strand zugesehen hatte, schlenderte Sam zurück zu ihrem Wagen und fuhr nach Hause. Als sie ihre Wohnung fast erreicht hatte, machte sie spontan einen Abstecher zu dem Hotel, in dem sie am Montag ihren neuen Job antreten würde. Sie parkte das Auto in der Nähe und lief die letzten paar Meter zu Fuß. Das Hotel war keine riesige Bettenburg, sondern wirkte von außen auf den ersten Blick eher klein und überschaubar, dafür aber sehr exquisit. Das verrieten die gewählten Materialien wie Naturstein und Teakholz, die in dem zweigeschossigen Haupthaus und den zwei rechts und links angrenzenden Nebengebäuden verbaut waren. Eine geschwungene Rampe führte in eine Tiefgarage. Selbst würde Sam sich einen Aufenthalt dort sicher nicht leisten können. Nachdem sie einmal um das Gebäude herumgewandert war, kehrte sie zu ihrem Auto zurück.

In ihrer Wohnung schob sie einen Auflauf in den Ofen und setzte sich später zum Essen auf den Balkon. Im Anschluss machte sie sich daran, ihre Kartons auszupacken. Die Bücher stellte sie in die hohen Regale im Wohnzimmer. Den Teil des Geschirrs, den sie nicht entsorgt oder verschenkt hatte, brachte sie in den Küchenschränken unter. Obwohl die Wohnung über Geschirr verfügte, wollte sie nicht auf ihr eigenes verzichten. Darunter befanden sich einige Erinnerungsstücke, von denen sie sich nicht trennen mochte.

Nicht mehr lange und sie würde endgültig aus der Gegend verschwunden sein. Er hatte beobachtet, wie mehrere Männer in blauen Latzhosen diverse Kartons aus dem Haus trugen und sie anschließend in einem Lieferwagen verstauten. Für einen kurzen Moment hatte er mit dem Gedanken gespielt, einen der Männer zu fragen, wohin die Sachen gebracht wurden, aber als sie unvorhergesehen auf der Bildfläche aufgetaucht war, hatte er den Gedanken umgehend verworfen. Sie hätte ihn sehen können. Das Risiko war damit zu hoch, dass alles frühzeitig ein Ende nahm. Während er das Geschehen von seinem Versteck aus verfolgte, arbeitete er weiterhin fieberhaft an seinem Plan. Da fiel sein Blick plötzlich auf ihren Wagen. Natürlich! Das Auto. Das war die Lösung! Genauso würde es funktionieren. Warum war ihm das nicht schon viel früher eingefallen? Sein Geistesblitz erschien ihm geradezu genial und der Gedanke daran versetzte ihn augenblicklich in Hochstimmung. Das aufregende Prickeln und die aufschäumende Freude, die seinen Körper durchströmten, waren vergleichbar mit einer Champagnerflasche, die, zu stark geschüttelt, jeden Moment den Korken herauskatapultierte. Er musste sich beherrschen und durfte jetzt keinen Fehler machen. Die Hand zur Siegerfaust geballt, verließ er zufrieden vor sich hin lächelnd heimlich sein Versteck. Er entfernte sich in der Gewissheit, seinem Ziel ein gewaltiges Stück näher gekommen zu sein.

Heute war es soweit, Sams erster Arbeitstag. Sie war früh aufgestanden, um pünktlich um 8.00 Uhr bei ihrem neuen Arbeitgeber zu erscheinen. Der Himmel war bedeckt, und es sah nicht so aus, als würde die Sonne eine Chance erhalten, sich durch die dichte Wolkendecke zu schieben. Mit gestrafften Schultern marschierte Sam auf die Eingangstür zu. Hinter dem Tresen der Rezeption, einer harmonischen Kombination aus Holz und Edelstahl, blickte eine dunkelhaarige Frau in ihrem Alter auf.

»Moin. Was kann ich für Sie tun?«, fragte sie mit einem strahlenden Lächeln. Sam fiel sofort auf, dass sie ausgesprochen hübsch war.

»Guten Morgen, mein Name ist Samaya Bachner. Ich …«

»Ach, Frau Bachner! Herzlich willkommen! Mein Name ist Kim Seitner. Ich werde gleich Herrn Feldtmann Bescheid geben, dass Sie da sind«, erklärte sie und griff zum Telefonhörer. »Herr Feldtmann? Frau Bachner ist da.« Sie hörte einen Moment zu. »In Ordnung, ich richte es ihr aus.« An Sam gewandt sagte sie: »Herr Feldtmann lässt ausrichten, dass er sich ein paar Minuten verspäten wird. Sie können gern im Frühstücksraum auf ihn warten.«

»Ja, gerne«, erwiderte Sam und folgte der jungen Frau in den Raum.

»Wollen wir uns duzen?«, fragte Kim Seitner. »Das ist unter den Angestellten hier üblich.«

»Klar, kein Problem. Ich bin Sam.«

»Schön, Kim.« Sie reichte Sam die Hand. »So, hier ist der Frühstücksraum. Bis Herr Feldtmann kommt, kannst du dir gern Kaffee oder Saft nehmen. Bedien dich! Wir sehen uns dann später. Guten Start.«

»Danke, Kim. Dann bis später.«

Kim eilte mit schnellen Schritten zurück zur Rezeption, während Sam sich im Frühstücksraum einen ersten Eindruck verschaffte. Er war hell und freundlich eingerichtet. Einige Hotelgäste saßen bereits beim Essen. Die meisten schliefen jedoch noch oder ließen den Tag langsam angehen, schließlich verbrachten sie hier ihren Urlaub. Auf den Sitzbänken lagen Kissen, die das gleiche Design hatten wie die Vorhänge an den Fenstern. Sie steuerte auf einen Tresen zu, auf dem eine Karaffe mit Orangensaft und Gläser standen. Mit einem Glas Saft in der Hand setzte sie sich an einen kleinen Tisch in der Ecke.

Nach einer guten Viertelstunde betrat ein kleiner Mann im dunkelgrauen Anzug den Raum. Er sah umher und steuerte dann direkt auf Sam zu.

»Manfred Feldtmann. Herzlich willkommen, Frau Bachner«, begrüßte er sie und streckte ihr seine verschwitzte Hand entgegen. »Bitte entschuldigen Sie die Verspätung. Heute Morgen ist der Teufel los!« So als müsste er seine Aussage unterstreichen, tupfte er sich mit einem Taschentuch demonstrativ die Schweißperlen von der Stirn.

»Guten Morgen! Kein Problem«, erwiderte Sam und musterte ihr Gegenüber unauffällig. Ihr neuer Arbeitgeber war mindestens einen Kopf kleiner als sie selbst. Sein Hemd spannte über dem voluminösen Bauch, und sein Kopf wurde von einem spärlichen Haarkranz eingerahmt. So hatte sie sich ihren zukünftigen Chef nicht vorgestellt. Das Bild, das sie im Internet gesehen hatte, schien vor Jahren aufgenommen worden zu sein und hatte kaum noch Ähnlichkeit mit dem Original, was nun vor ihr stand. Persönlich hatte sie Manfred Feldtmann bislang nicht kennengelernt, denn das Vorstellungsgespräch hatte in Hamburg direkt mit der Hotelinhaberin, Beate Brühling, stattgefunden. Frau Brühling und Tom kannten sich seit vielen Jahren, und somit hatte er den Kontakt zu ihr hergestellt, als Sam ihm von ihrem Vorhaben erzählt hatte. Zunächst war es Sam nicht recht gewesen, dass ihr Bruder sich in ihre Pläne einmischte, aber es gelang ihm schließlich, sie zu überzeugen, sich gute Chancen nicht durch falschen Stolz zunichtemachen zu lassen. Im Nachhinein war sie ihm dankbar für seine Unterstützung.

»Schön, schön. Dann zeige ich Ihnen zuerst Ihren Arbeitsplatz, bevor wir uns mit dem bürokratischen Teil beschäftigen. Wenn Sie mir bitte folgen wollen.« Mit diesen Worten machte er auf dem Absatz kehrt, und Sam folgte ihm.

Trotz seiner enormen Körperfülle legte er ein beachtliches Tempo an den Tag. Sam musste sich beinahe anstrengen, Schritt zu halten. Sie kamen als Erstes an der Rezeption vorbei und bogen von da aus in einen langen Gang ab, der zum Fitness- und Wellnessbereich führte. Auf dem Weg dorthin erklärte Manfred Feldtmann Sam unentwegt die Besonderheiten und Vorzüge des Hotels. Offensichtlich war er hoch motiviert und stolz auf seine Arbeit. Sie gelangten zu einem kleinen Empfangstresen, hinter dem ihnen ein junger Mann freundlich zunickte.

»Moin, Herr Feldtmann. Wen haben Sie uns denn da mitgebracht? Ist das die neue Kollegin?« Seine Augen blitzten neugierig auf.

»Ja. Darf ich vorstellen? Das ist Frau Bachner, Herr Koch.«

»Angenehm, ich bin Sam«, sagte sie und schüttelte dem jungen Mann die Hand.

»Hi, ich bin Alex. Willkommen im Team.« Er zeigte ein strahlendes Zahnpastalächeln.

»Herr Koch ist einer unserer Surflehrer. Er gibt aber auch Fitnesskurse hier im Haus. Ein direkter Kollege von Ihnen, wenn Sie so wollen. Aber bitte kommen Sie, ich zeige Ihnen jetzt noch die anderen Räumlichkeiten.« Feldtmann schien es äußerst eilig zu haben und drängte weiter. Sie erreichten den Fitnessraum, der unter den Kollegen auch Folterkammer genannt wurde, wie Feldtmann in einem Nebensatz erwähnte. Sam sah an einer Wand einige Laufbänder, Crosstrainer und Ergometer, allesamt penibel nebeneinander angeordnet. Auf der gegenüberliegenden Seite befanden sich die übrigen Sportgeräte sowie weiteres Equipment, darunter Hanteln, unterschiedlich farbige Gymnastikbälle und Yogamatten.

»Hier drüben«, erklärte Feldtmann auf dem Weg zum nächsten Raum, »finden die Kurse statt, die Sie in erster Linie durchführen werden.«

Neugierig spähte Sam durch die Tür in den Raum. Er besaß Fenster und war an einer Seite komplett verspiegelt.

»So, jetzt bringe ich Sie abschließend zum Wellnessbereich. Hier entlang, bitte.«

Als sie durch eine automatische Tür traten, kam ihnen eine Frau mit kurzem, knallrotem Haar entgegen. Sam schätzte sie auf höchstens Mitte 20. Eine bunte Tätowierung schlängelte sich um ihren Arm, und ihr linkes Ohr zierten etliche Ohrstecker.

»Ach, Frau Clausen, schön, dass wir Sie zufällig treffen. Das ist Ihre neue Kollegin, Frau Bachner«, ließ Feldtmann seine Angestellte wissen.

»Hallo, ich bin Lorena. Auf gute Zusammenarbeit!«, erwiderte sie und reichte Sam die Hand.

»Danke. Ich bin Sam.«

»Interessanter Name. Sorry, aber ich muss los. Wir quatschen später mal ausgiebig!« Mit diesen Worten flitzte sie weiter.

Scheinbar sind hier alle ständig in Eile, überlegte Sam und sah ihr nach, wie sie in einem der Räume verschwand.

»Frau Clausen arbeitet als Kosmetikerin und Masseurin«, erklärte Feldtmann. »So, jetzt bringe ich Sie zur Rezeption zurück. Auf dem Weg dahin zeige ich Ihnen zum Abschluss das Schwimmbad mit dem Saunabereich. Dann haben Sie alles gesehen, was für Sie von Bedeutung ist.«

Als sie in einen weiteren Gang einbogen, schlugen Sam warme, feuchte Luft und ein Hauch von Chlor entgegen. Dahinter musste das Schwimmbad liegen, vermutete Sam und wurde in ihrer Annahme bestätigt, als ihr Chef die Tür öffnete. Das Schwimmbecken war mit Unterwasserlampen illuminiert, die das Wasser hellgrün erstrahlen ließen. Ein Gast zog in gleichmäßigen Zügen seine Bahnen und ließ sich von den Besuchern nicht stören. Im Hintergrund erklang leise Entspannungsmusik. Feldtmann erläuterte Sam die Besonderheiten des Schwimm- und Saunabereiches und führte sie zu guter Letzt zur Hotelrezeption zurück.

»So, Frau Bachner, ich denke, Sie haben alles gesehen. Sollten Sie Fragen haben, wenden Sie sich bitte an die Kollegen. Frau Seitner wird Ihnen ihre Schlüssel und alle notwendigen Dinge überreichen. Die Arbeitspapiere hat meine Sekretärin, Frau Pischke, soweit fertiggemacht. Die Unterlagen können Sie sich bei nächster Gelegenheit direkt bei ihr abholen.« Er warf einen Blick auf seine Armbanduhr. »Ich muss mich nun von Ihnen verabschieden, ein weiterer Termin steht an.«

»Haben Sie vielen Dank«, rief Sam ihrem Chef hinterher, der sich bereits im Eiltempo auf den Weg gemacht hatte. »Der hat es aber eilig! Ist er immer so im Stress?«, wollte Sam wissen.

»Das kommt häufig vor, aber heute scheint er es wirklich brandeilig zu haben.« Kim Seitner zuckte mit den Schultern. »Na, schwirrt dir jetzt der Kopf?«

»Ein bisschen. Ich befürchte, ich werde mich in der ersten Zeit hoffnungslos verlaufen. Am besten lege ich mir schleunigst einen Kompass zu«, scherzte Sam.

»Ach was, den brauchst du nicht. Nach ein paar Tagen kennst du die Wege im Schlaf«, beruhigte Kim ihre neue Kollegin. »Hier, das ist dein Mitarbeiterausweis.« Sie reichte Sam eine rechteckige Plastikkarte an einem Band. »Damit kommst du überall rein. Das ist sozusagen ein Generalschlüssel. Pass bitte gut darauf auf.«

»Das mache ich. Danke.«

Dann überreichte Kim Sam ein Stück Papier. »Das ist dein wöchentlicher Dienstplan. Dort sind alle deine Termine eingetragen. Eine Kopie davon hängt hier hinten im Büro und auch bei euch im Sportbereich. Wenn ihr Dienste tauschen wollt, könnt ihr das absprechen, sagt mir aber bitte Bescheid, damit ich immer auf dem aktuellen Stand bin.« Sam warf einen neugierigen Blick auf das Papier. »Deine Kollegen lernst du bestimmt bald alle kennen.«

»Lorena und Alex sind wir vorhin begegnet«, berichtete Sam.

»Ach, gut. Die sind beide total in Ordnung. Wir alle sind so etwas wie eine große Familie. Tja, ich schlage vor, du gehst am besten in den Sportbereich und lässt dich von Alex vor Ort einweisen. Er kennt sich am besten von allen aus. Ich rufe ihn eben an und frage, ob er Zeit hat.«

»Okay, ich hoffe, ich finde den Weg.« Sam lächelte verlegen.

Gegen 17.00 Uhr hatte Sam Dienstschluss. Erschöpft, aber mit einem zufriedenen Gefühl, begab sie sich auf den Heimweg. Sie hatte den ersten Arbeitstag erfolgreich hinter sich gebracht, und es hatte Spaß gemacht. Am Nachmittag hatte sie zwei weitere Angestellte, Björn und Gesa, kennengelernt. Dem ersten Eindruck nach zu urteilen, schienen sich alle gut untereinander zu verstehen, ganz wie Kim angedeutet hatte. In ihrer Wohnung angekommen, stellte Sam sich zunächst unter die Dusche und machte sich anschließend etwas zu essen. Mit einem Buch legte sie sich später aufs Sofa. Irgendwann musste sie eingeschlafen sein, denn als sie erwachte, war es kurz vor Mitternacht und ihr Nacken schmerzte von der unbequemen Haltung. Langsam rappelte sie sich auf und schlurfte ins Bad. Dann kuschelte sie sich in ihr Bett und schlief keine fünf Minuten später tief und fest.

Am nächsten Morgen erwachte sie erholt und ausgeschlafen. Während des Frühstücks studierte sie die Sylter Rundschau, die Tageszeitung der Insel, die sie sich beim Bäcker um die Ecke gekauft hatte. Schließlich wollte sie informiert sein und wissen, was den Sylter und den Rest der Welt bewegte. Sams erster Kurs begann an diesem Tag erst um 9.30 Uhr, daher konnte sie sich mit dem Frühstück und der Zeitungslektüre ruhig Zeit lassen.

An der Rezeption wurde sie erneut von Kims Strahlen begrüßt. Sie war die gute Seele des Hotels, und Sam von Anfang an mit ihrer offenen und freundlichen Art sympathisch.

»Guten Morgen! Hast du den ersten Arbeitstag gut überstanden?«, fragte sie, ohne oberflächlich zu klingen.

»Hallo, Kim! Ja, aber ich war zugegebenermaßen ganz schön erledigt. Hätte ich nicht erwartet«, gab Sam im Vorbeigehen zu. Kim lachte und schenkte sogleich dem klingelnden Telefon ihre Aufmerksamkeit.

Als Sam den Wellnessbereich erreichte, erwartete sie, auf Alex zu treffen, aber der Mann, den sie hinter dem Tresen erblickte, war weder Alex noch Björn. Sam steuerte auf ihn zu. Der Unbekannte hob erst den Kopf, als sie direkt vor ihm stand und sich durch ein leises Räuspern bemerkbar machte. Er war von kleiner Statur und untersetzt, hatte aschblondes Haar, das verstrubbelt und ungekämmt in alle Richtungen zeigte, und machte alles in allem einen eher ungepflegten Eindruck. Als er Sam ansprach, sah er sie mit leicht zusammengekniffenen Augen beinahe feindselig an.

»Du bist die Neue, oder?«, stellte er missmutig fest.

»Ja, mein Name ist Sam«, stellte sie sich vor und streckte ihm die Hand entgegen. Doch er machte keine Anstalten, die Begrüßung zu erwidern. Sam ließ ihre Hand sinken und fragte: »Und du arbeitest auch im Hotel?«

»Sicher. Oder sehe ich aus, als ob ich meine Freizeit hier verbringen würde?«

»Nein, natürlich nicht«, erwiderte Sam perplex. Eine bessere Antwort war ihr auf die Schnelle nicht eingefallen. Das war mit Abstand der unangenehmste Zeitgenosse, der ihr seit langem über den Weg gelaufen war. Sein ungehobeltes Benehmen toppte sogar das ihres Ex-Kollegen Achim Wagner. »Wie heißt du?«

Er stöhnte genervt. »Torben. Sonst noch Fragen?«

»Vorläufig nicht, danke. Ich gehe mich mal umziehen, ich gebe gleich einen Kurs«, verabschiedete sich Sam und machte sich auf den Weg zu den Personalumkleiden. Seltsamer Zeitgenosse, dachte sie, während sie den langen Flur entlangging. Torben war ohne ein weiteres Wort hinter seinem Tresen abgetaucht.

Nachdem Sam umgezogen war, begab sie sich in den Kursraum, in dem bereits zwei ihrer Teilnehmer warteten. Wenig später stießen drei weitere weibliche Gäste dazu, und Sam startete ihren 30-minütigen Power-Gymnastik-Kurs. Es war ein ungewohntes Gefühl, dass sie die volle Aufmerksamkeit genießen durfte, vollkommen anders als in der Schule, wo sie sich bisweilen gefragt hatte, für wen sie überhaupt unterrichtete. Die Schüler waren oft nicht hundertprozentig bei der Sache. Da wurde im Deutschunterricht heimlich unterm Tisch mit dem Handy gespielt oder einfach verträumt aus dem Fenster gesehen. Manchmal konnte Sam das Verhalten sogar nachvollziehen, nicht jeder Lehrstoff machte wirklich Spaß. Ihr auch nicht.

Nach einer halbstündigen Pause, in der Sam schnell eine Banane aß, erwartete sie im Fitnessraum, der Folterkammer, ein Hotelgast, der einen Einzeltermin gebucht hatte. Es handelte sich um eine Frau, Mitte 50, die nicht aussah, als hätte sie jemals in ihrem Leben Sport getrieben. Dafür war sie komplett durchgestylt, was ihre Sportbekleidung betraf. Das Stirnband, das sie um den Kopf trug und das von ihren kleinen hellen Löckchen umspielt wurde, harmonierte farblich mit ihren nagelneuen Sportschuhen. Sie stellte sich Sam als Gitta Heinberg vor und hatte sich vorgenommen, während ihres Urlaubs einige Pfunde purzeln zu lassen. Sams Aufgabe sollte es sein, sie bei diesem Vorhaben tatkräftig zu unterstützen. Sie erkundigte sich nach den bisherigen sportlichen Erfahrungen, um anhand dessen einen individuellen Trainingsplan zusammenstellen zu können. Wie vermutet, machte Frau Heinberg in ihrer Heimat Bochum keinerlei Sport.

»Ab und zu spielen mein Mann und ich eine Runde Minigolf«, erklärte sie stolz. Für mehr reiche nie die Zeit, gab sie unverblümt zu. »Und außerdem esse ich einfach zu gerne«, fügte sie lachend hinzu und deutete auf ihre runden Hüften. Ihr üppiger Busen wippte dabei auf und ab.

Sam führte sie zu einem Ergometer und nahm die entsprechenden Einstellungen vor. Mit etwas Mühe kletterte Frau Heinberg auf das Gerät und begann auf der Stelle enthusiastisch zu strampeln.

»Für den Anfang genügen 10 Minuten, Frau Heinberg«, betonte Sam. »Wenn es piepst, dürfen Sie aufhören. Sollten Sie sich nicht gut fühlen oder sollte ihnen vorher die Puste ausgehen, dann selbstverständlich auch früher. Wir wollen Ihrer Gesundheit schließlich nicht schaden – ganz im Gegenteil. Ich bin in der Nähe, falls etwas sein sollte. Sagen Sie einfach Bescheid, wenn Sie Hilfe benötigen.«

»Haben Sie vielen Dank, Sam. Mehr schaffe ich bestimmt nicht, aber wenigstens ein bisschen Bewegung muss schon sein. Und wenn es bloß das Gewissen beruhigt.« Sie zwinkerte fröhlich. »Nachher wollen mein Mann und ich in die Kupferkanne nach Kampen. Da ist der Kuchen besonders lecker!«, erklärte sie und bekam einen verzückten Gesichtsausdruck. Sam amüsierte sich innerlich.

»Warte, Sam!«, hörte sie Kim völlig außer Atem hinter sich keuchen, als sie im Begriff war, nach Dienstschluss das Hotel zu verlassen.

»Hallo, Kim! Was ist los?«

»Wir gehen heute Abend etwas trinken. Ich wollte fragen, ob du mitgehen willst.«

»Wer ist denn wir?«, wollte Sam wissen.

»Lorena und Britt. Gesa hat keine Zeit. Was meinst du? Hast du Lust? Wir treffen uns um 19.30 Uhr am Hafen in List. Wir bleiben auch nicht zu lange, schließlich müssen wir alle morgen wieder früh raus.« Kim sah ihre Kollegin abwartend an.

»Klar, ich komme mit. Ich nehme mal an, bei Britt handelt es sich um eine weitere Kollegin?«

Kim nickte zustimmend. »Ja, richtig. Sie hat bis einschließlich heute Urlaub. Schön, dass du mitkommst. Dann bis später.«

Pünktlich zur verabredeten Zeit stand Sam am Hafen inmitten von Menschen, die die abendliche Sommerstimmung genossen. Überall flanierten Touristen und Einheimische über den großen Platz am Lister Hafen oder saßen an Tischen, aßen und tranken, erzählten und lachten ausgelassen. Sam wurde sofort von einem regelrechten Urlaubsgefühl ergriffen. Sie genoss es, das bunte Treiben zu beobachten. Ein Kleinkind in einem Kinderwagen brüllte aus vollem Hals, da der Schnuller heruntergefallen war. Die Mutter bemerkte es nicht, denn an der anderen Hand zog ein etwas größeres Kind, das unbeirrt auf ein Karussell zusteuerte. In einigem Abstand folgte der Vater, hielt ein Handy am Ohr und fühlte sich anscheinend nicht verpflichtet, sich um seine Familie zu kümmern. Sam gegenüber saß ein junger Mann mit einem großen, schwarzen Hund auf einer Bank. Er wartete offenkundig auf jemanden. Höchstwahrscheinlich handelte es sich dabei um seine Partnerin, die sich in einem der Geschäfte aufhielt, denn er war von mehreren Einkaufstüten umgeben und blickte immer wieder genervt auf seine Armbanduhr. Ein älteres Ehepaar mit einem Kleinkind – vermutlich Großeltern mit ihrem Enkelkind – steuerten direkt auf den wartenden Mann mit Hund zu. Das kleine Kind stolperte ungelenk vorweg, und die Oma folgte in leicht nach vorne gebeugter Haltung, um den Sprössling jederzeit vor dem Fall retten zu können. Sam bekam allein vom Hinsehen Rückenschmerzen.

»Ach, schau, Leon, ein Wauwau! Wollen wir mal fragen, ob du ›ei‹ machen darfst?«, sagte die ältere Dame in künstlich hoher Tonlage zu dem kleinen Racker.

Wenn Sam so etwas hörte, stellten sich ihr jedes Mal die Nackenhaare auf. Warum konnte man mit Kleinkindern nicht normal sprechen?

Die Dame wandte sich an den Hundebesitzer und fragte: »Hallo, junger Mann, beißt Ihr Hund?«

Er sah sie an und erwiderte im Spaß: »Nein, der schluckt im Ganzen.«

Die geschockte Großmutter riss die Augen auf und zog ihr Enkelkind umgehend von der vermeintlichen Bestie weg. Empört schimpfend entfernte sie sich. Sam musste herzhaft lachen. Als der junge Mann sie bemerkte, hellte sich seine Miene auf, und er zuckte grinsend die Achseln. Als Sam sich die Lachtränen aus den Augen wischte, erblickte sie Kim, die mit Jeans und einer bunten Bluse bekleidet, durch die Menschenmenge auf sie zukam. Sie war wirklich eine Schönheit.

»Hallo, Sam. Was ist denn mit dir los? Wartest du schon lange?«, erkundigte sie sich und steckte sich die Sonnenbrille ins Haar.

»Nein, höchstens ein paar Minuten.«

»Und weshalb weinst du?«

»Das war eben urkomisch, erzähl ich dir später. Wo sind die anderen? Kommen sie nicht?«

»Doch, die anderen kommen gleich, sie suchen noch nach einem Parkplatz.«

Draußen vor der Bootshalle von Gosch suchten Sam und Kim die Reihen nach freien Plätzen ab und eroberten schließlich ganz hinten einen freiwerdenden Tisch. Sie saßen gerade, da tauchten auch Lorena und Britt auf. Britt, klein und rundlich mit schulterlangen Haaren, war für die Kosmetikbehandlung im Hotel zuständig, wie Sam erfuhr. Sie war eine echte Sylterin und verbrachte bereits ihr ganzes bisheriges Leben auf der Insel. Sie war als Einzige von ihnen verheiratet.

»Was hast du gemacht, bevor du bei uns angefangen hast?«, erkundigte sich Britt bei Sam.

»Ich war Lehrerin für Sport und Deutsch«, erklärte Sam und sah in die verblüfften Gesichter ihrer Begleiterinnen.

»Ach, und so einen Job gibt man einfach auf? Als Lehrer hat man doch wahnsinnig viel Zeit, wenn ich an die vielen Ferien denke. Also, warum hast du dich umentschieden?«, führte Lorena das Fragespiel weiter.

»Aus einer Laune heraus habe ich das nicht beschlossen. Die Entscheidung habe ich mir reiflich überlegt, das kannst du mir glauben. Aber so easy wie der Beruf dargestellt wird, ist er nicht. Heutzutage Lehrer zu sein, ist kein Kindergeburtstag, jedenfalls wenn man seinen Job ernst nimmt. Oft sind die Eltern sogar anstrengender als ihre Kinder.«

»Hast du deshalb gekündigt?«, mischte sich Britt ein.

»Es ist nicht so, dass ich Kinder nicht mag, aber Sport war mir immer sehr wichtig. Ich weiß nicht, wie ich es euch erklären soll, damit ihr mich nicht falsch versteht.« Sie machte eine Pause. »Ist ja egal, es hat sich halt so ergeben.«

Als Sam ihre Erklärung nicht weiter fortsetzte, spürte Kim ihr Unbehagen und wechselte schnell das Thema. »Das Leben spielt eben manchmal ein seltsames Spiel. Aber wir haben es gut getroffen. Nette Kollegen und eine super Location, um die uns bestimmt viele Leute beneiden. Was meint ihr?« Sie breitete die Arme aus und sah umher.

»Das stimmt«, bestätigte Lorena und prostete den anderen zu.

Kurz vor 22.00 Uhr brachen die Frauen schließlich gemeinsam auf. Rund um das Hafengelände war es kein bisschen leerer geworden in der Zwischenzeit. Der angrenzende große Parkplatz war nach wie vor voll belegt. Neben teuren Sportwagen standen ebenso Mittelklasse- und Kleinwagen. Alles war vertreten. Sam begleitete ihre drei Kolleginnen bis zum Parkplatz, wo sie sich voneinander verabschiedeten. Lorena und Britt fuhren nach Westerland zurück, Kim wohnte in Wenningstedt, und Sam trat den Heimweg zu Fuß an, da sie es nicht weit hatte.

Er strich mit den Fingern über das Foto, das mehrere kleine Löcher vom mehrmaligen Anbringen durch Reißzwecken aufwies. Das Papier an den Ecken war leicht gebogen und ausgefranst. Es fühlte sich gut an, ihr so nah zu sein, und erfüllte ihn mit einer tiefen Zufriedenheit. Die Tatsache, dass das Bild eine weitere Person neben ihr zeigte, hatte ihn für einen kurzen Moment verärgert, doch dann hatte er beherzt zur Schere gegriffen und den Störenfried eliminiert. Jetzt galt seine ungeteilte Aufmerksamkeit allein ihr.

Sicher würde niemandem auffallen, dass ausgerechnet dieses Bild fehlte und nicht mehr an seinem angestammten Platz hing. Eines Vormittags war er für einen Moment allein im Lehrerzimmer gewesen, da hatte er spontan die Gelegenheit genutzt und es von der Pinnwand genommen. Leichte Skrupel begleiteten sein Handeln, die er allerdings schnell verdrängte, als er das Foto in seiner Jackentasche verschwinden ließ. Nun betrachtete er es erneut. Er führte das Stück Papier mit geschlossenen Augen zu seinem Mund und berührte es sanft mit den Lippen wie bei einem Kuss. Bald, so dachte er, bald würde er sie wiedersehen. Sehr bald sogar.

Den Rest der Woche über hatte Sam ein volles Trainingsprogramm für ihre Gäste ausgearbeitet, langsam gewöhnte sie sich an den neuen Arbeitsrhythmus. Obwohl sie unentwegt beschäftigt war, war es eine angenehme Arbeit. Mittlerweile fühlte sie sich als echtes Mitglied des Teams und kam mit allen aus. Auch Björn, den sie selten sah, da er ausschließlich außerhalb des Hotels auf dem Wasser Segeln und Surfen unterrichtete, war ein sympathischer junger Mann. Im Gegensatz zu Torben, mit dem Sam nicht warm wurde. Ihre Begegnungen waren nach wie vor von gegenseitigem Misstrauen und Abneigung geprägt, auch wenn Sam bemüht war, sich ihre ablehnende Haltung nicht anmerken zu lassen. Bei den übrigen Arbeitskollegen war Torben ebenfalls nicht sonderlich beliebt, aber sie vertraten einhellig die Ansicht, er wäre im Grunde ein netter Kerl und könne keiner Fliege etwas zuleide tun. Er sei einfach ein komischer Kauz und Eigenbrötler. Das änderte jedoch nichts an Sams Unbehagen, wenn sich ihre Wege kreuzten.

Am Samstag arbeitete Sam nur bis mittags, anschließend hatte sie bis Montagmorgen frei. Das traf auf Lorena, Kim und Britt gleichermaßen zu. Daher beschlossen die jungen Frauen, sich Samstagabend ins Sylter Partyleben zu stürzen. Sam hatte zwar versucht, Einspruch zu erheben, der blieb allerdings erfolglos, denn sie wurde eindeutig überstimmt und wollte letztendlich nicht als Spielverderberin dastehen. Schließlich war sie die Neue im Bunde. Folglich trafen sie sich in Kampen vor einem der angesagten Clubs. Britts Ehemann verbrachte das Wochenende bei seinen Eltern auf dem Festland, und Britt nutzte die Gelegenheit, mal wieder ausgelassen zu feiern und tanzen zu gehen. Lorena konnte es ebenfalls kaum abwarten, richtig einen drauf zu machen, wie sie es nannte. Kim und Sam waren eher aus ähnlich ruhigem Holz geschnitzt. Was nicht bedeutete, dass sie nicht gerne ausgingen, aber sie mochten es ein wenig dezenter. Schon gar nicht wollten sie nach Kampen, wo sich alle auf der Suche nach irgendwelchen Promis versammelten. Sehen und gesehen werden, hieß die Devise. Das entsprach absolut nicht Sams Naturell. Britt und Lorena warteten herausgeputzt, als die Taxen von Kim und Sam fast zeitgleich eintrafen. Vor dem Club hatte sich eine dichte Menschentraube gebildet, denn die Türsteher kontrollierten jeden einzelnen Besucher streng und nicht jeder Gast erhielt Zutritt.

»Oh Gott, ist das voll! Müssen wir da unbedingt rein?«, stellte Sam mit Blick auf die Menschenansammlung fest. »Wir können doch woanders nur etwas trinken gehen und uns unterhalten. Da drinnen versteht man bestimmt sein eigenes Wort nicht. Und die Getränkepreise werden uns in den Ruin treiben«, versuchte Sam ihre Begleiterinnen im letzten Moment umzustimmen.

»Das ziehen wir jetzt durch, das wird bestimmt lustig«, konterte Britt und war von ihrem Vorhaben nicht abzubringen.

Kim zuckte lediglich mit den Schultern, sie hatte sich offensichtlich ihrem Schicksal ergeben. Schließlich folgte Sam ihren Kolleginnen widerstandslos zum Eingang. Nachdem sie die Türsteher erfolgreich passiert hatten, schlug ihnen aus dem Inneren des Clubs eine Welle aus lauter Musik, zuckenden Lichtblitzen und gewaltigem Stimmengewirr entgegen. Willkommen in der modernen Hölle, dachte Sam und musste sich anstrengen, die anderen nicht im dichten Gedränge zu verlieren. Sie schoben sich hintereinander zwischen der Tanzfläche und der Bar vorbei in Richtung der Tische, Britt vorweg. Sie steuerte zielstrebig eine Ecke an, in der vier Barhocker um einen runden Tisch standen und nahm alles sofort in Beschlag. Von diesem Platz aus hatte man einen ausgezeichneten Blick auf die Tanzfläche und den Eingang und konnte sehen, wer den Club betrat und verließ. Britt strahlte, und der Triumph stand ihr ins Gesicht geschrieben.

»Super Platz, was? Man muss eben Glück haben. Vielleicht entdecken wir von hier aus ein paar prominente Gesichter«, schrie Lorena Sam ins Ohr, um sich gegen den Lärm durchzusetzen. Sam nickte lediglich. Dann wanderte ihr Blick zur Tanzfläche, auf der sich die Besucher dicht gedrängt zur Musik bewegten. Buntes Licht flackerte zum Rhythmus. Eigentlich tanzte Sam für ihr Leben gern, doch hier war es ihr eindeutig zu voll. So beschloss sie, die Rolle des Zuschauers einzunehmen. Um die Tanzfläche herum hatten sich vornehmlich männliche Besucher positioniert, auf der Suche nach einem weiblichen Gegenstück. Wie Raubvögel, die ihre Beute erst eine Weile fixieren, bevor sie im richtigen Augenblick zuschlagen, kam es

Sam in den Sinn. Britt war zwischenzeitlich in Richtung Bar verschwunden und kehrte mit einer Flasche Prosecco und vier Gläsern abgekämpft an den Tisch zurück. Nachdem sie eingeschenkt hatte, stießen alle vier auf einen schönen Abend an. Als der DJ einen weiteren Hit aus den aktuellen Charts auflegte und die Bässe dröhnten, gab es für Sams Begleiterinnen kein Halten mehr, und sie stürmten auf die Tanzfläche. Sam blieb freiwillig zurück und sicherte den Platz mitsamt ihrer Habseligkeiten und der Getränke. Sie sah ihren Kolleginnen beim Tanzen zu und freute sich, mitanzusehen, wie glücklich sie waren. Britt flippte förmlich aus und sprang wie ein Gummiball hin und her. Sie hatte sichtlich viel Spaß. Kim dagegen bewegte sich graziler und wurde sofort von einem jungen Mann aus der Raubvogelabteilung ins Visier genommen, der sich nun seinen Weg durch die Menge in ihre Richtung tanzte. Sam erkannte, dass er Kim immer näher kam und sie schließlich wie zufällig an der Schulter berührte. Daraufhin entschuldigte er sich und rückte Kim weiter auf die Pelle. Als es ihr zu viel wurde, drehte sie sich abrupt um und schob sich durch die tanzenden Körper zurück zu ihrem Tisch.

»Na?«, fragte Sam sie dicht an ihr Ohr gebeugt, »schon eine Begleitung für heute Abend gefunden?«

Sie winkte genervt ab und trank einen großen Schluck Prosecco. Dann fächerte sie sich mit der Getränkekarte Luft zu. »Vergiss es! Der Typ geht gar nicht. Tanzt du überhaupt nicht?«, wechselte sie das Thema.

»Doch, später vielleicht. Ist mir im Moment zu voll, und außerdem muss einer von uns auf die Sachen aufpassen.«

Britt und Lorena kamen in diesem Moment zurück. Britt hatte ein hochrotes Gesicht und kippte den Inhalt ihres Glases in einem Zug herunter. Lorena war ebenfalls völlig außer Atem, blickte auf die leere Flasche und deutete fragend zur Bar. Sam verstand und reichte ihr einen Geldschein, den sie schon in der Hosentasche ihrer Jeans parat hatte. Nach einer gefühlten Ewigkeit kehrte Lorena mit neuem Prosecco und Mineralwasser zurück. Gerade als Sams Begleiterinnen ein weiteres Mal auf der Tanzfläche verschwunden waren, fielen ihr im Eingang vier Männer auf, die augenblicklich von einem Schwarm Frauen umringt wurden. Sam erinnerte sich, dass es sich um dieselben Männer handelte, die sie in dem schwarzen SUV mit Münchner Kennzeichen bei der Autoverladung in Niebüll gesehen hatte. Besonders der Größte von ihnen, der seine Baseballkappe tief ins Gesicht gezogen hatte, war ihr im Gedächtnis geblieben. Damals trug er eine braune Lederjacke, jetzt ein schwarzes T-Shirt. Schon dort waren die Männer ähnlich umschwirrt worden wie jetzt. Das Sicherheitspersonal des Clubs schritt umgehend ein, hatte jedoch sichtlich Schwierigkeiten, die aufdringlichen Verehrerinnen in Schach zu halten. Letztendlich gelang es ihnen, die Vier von ihrer Fangemeinde abzuschirmen. Die Männer nahmen auf der gegenüberliegenden Seite der Tanzfläche an einem reservierten Tisch Platz.

Kim kam erhitzt vom Tanzen an den Tisch zurück. »Du kannst, wenn du magst. Ich brauche dringend eine Pause«, rief sie Sam zu.

Exakt in diesem Augenblick erklang einer von Sams absoluten Lieblingssongs, daher zögerte sie nicht eine Sekunde und stürzte sich in die wogende Menge. Sie tanzte zur Musik und schaltete dabei alles um sich herum aus. Das Wummern der Bässe und der Cocktail aus Tönen und Gesang durchströmten jede einzelne Faser ihres Körpers. Mit geschlossenen Augen ließ sich Sam treiben. Ein heftiger Stoß gegen den Rücken holte sie schlagartig aus ihrer fernen Welt zurück, und sie geriet ins Straucheln, als sie zwei kräftige Arme in letzter Sekunde vor dem Fall bewahrten. Schnell war sie wieder auf den Beinen und löste sich aus der unfreiwilligen Umarmung. Zwei grüne Augen leuchteten ihr entgegen, begleitet von einem charmanten Lächeln. Sam nickte dem Fremden zu und wollte sich abwenden, als sie am Handgelenk festgehalten wurde. Mit einer blitzartigen Bewegung entzog sie sich dem Griff und funkelte ihr Gegenüber wütend an. Er ließ sie mit erschrockenem Gesichtsausdruck umgehend los, trat einen Schritt zurück und hob abwehrend beide Hände. Sam konnte nicht verstehen, was er sagte, denn die Worte wurden vom allgemeinen Lärm verschluckt. Sie drehte sich um und kämpfte sich ihren Weg durch zappelnde Arme und wiegende Körper frei zurück zu ihrem Tisch.

»Was war los?«, erkundigte sich Kim. »Gab es Ärger?«

»Nein, schon gut. Ich lasse mich bloß nicht von irgendwelchen Typen anfassen«, versuchte Sam, die Angelegenheit herunterzuspielen. Innerlich war sie aufgewühlter, als sie bereit war zuzugeben. Ihr Herz raste noch immer. Sie leerte ihr Glas in einem Zug, und Kim schenkte ihr mit skeptischem Blick den Rest aus der Flasche nach. Als sie gerade nachhaken wollte, kamen Lorena und Britt zurück. Sie sahen aus, als ob sie wichtige Neuigkeiten zu überbringen hätten. Besonders Britt wirkte mit ihren glänzenden Augen und den glühenden Wangen, als hätte sie hohes Fieber.

»Habt ihr gesehen, wer gerade gekommen ist und dort drüben sitzt?«, fragte sie und sah erwartungsvoll in die Runde.

»Nein«, entgegnete Kim, »aber du wirst uns sicher aufklären. Du platzt ja gleich.«

»Da drüben«, sie drehte den Kopf ein Stück in die Richtung des Tisches auf der gegenüberliegenden Seite der Tanzfläche, »sitzt ER.« Sie machte eine bedeutungsvolle Pause, um die Reaktion ihrer Begleiterinnen abzuwarten, aber offenbar verstanden diese nicht, worauf sie hinauswollte. »Marc Nahringer! Ich bin mir absolut sicher, dass er es ist.« Die anderen sahen hinüber.

Lorena stieß wie zur Unterstreichung einen spitzen Jubelschrei aus und formte anschließend ein WOW mit ihren Lippen.

Sam hatte keine Ahnung, von wem die Rede war, und machte ein entsprechend hilfloses Gesicht.

»Na, Marc Nahringer, der Sieger der Fernsehshow ›Mr. Right‹. Was für ein Typ! Er sieht nicht nur unglaublich gut aus, er ist darüber hinaus charmant, witzig und intelligent. Und dabei wirkt er völlig natürlich. Ob er im wirklichen Leben auch so ist? Was denkt ihr?«

Während ihrer Ausführungen geriet Britt regelrecht ins Schwärmen und bekam einen verzückten Gesichtsausdruck. Sam zog fragend die Augenbrauen hoch.

»Sam! Jetzt sag bitte nicht, dass du nicht weißt, von wem wir reden?«, entgegnete Britt und wirkte regelrecht empört.

Sam schüttelte bedauernd den Kopf. »Nein, tut mir wirklich leid. Ich kenne weder diesen Marc noch die dazugehörige Show.«

»Kinder! Ich fasse es nicht!« Britt reckte theatralisch beide Hände gen Himmel.

»Britt meint den Typen, der dich aufgefangen hat, als du vorhin angerempelt wurdest«, mischte sich Kim ein und freute sich über die perplexen Gesichter von Britt und Lorena.

»Was? Er hat dir geholfen und du hattest keine Ahnung, wer er ist?« Britt war fassungslos.

»Was gäbe ich dafür, ihm einmal ganz nah zu sein«, seufzte Lorena.

»Jetzt macht bitte kein Drama aus der Sache.« Sam konnte den Wirbel um diesen Mann nicht nachvollziehen. »Ist das diese Show, in der ein Junggeselle mit einem Dutzend Frauen eine Probefahrt macht und anschließend Rosen verteilt?« Sie malte bei dem Wort Probefahrt Gänsefüßchen in die Luft.

»Nein, das ist was Anderes«, beteuerte Britt, die sich mittlerweile von dem Schock erholt hatte. »Bei ›Mr. Right‹ müssen die Teilnehmer Aufgaben aus völlig unterschiedlichen Kategorien bewältigen und werden im Anschluss von den Zuschauern und der Jury bewertet.«

»Na, auch nicht viel besser«, knurrte Sam vor sich hin. Sie trank den letzten Rest ihres Proseccos aus, der mittlerweile warm und abgestanden schmeckte, da sich die Kohlensäure verflüchtigt hatte.

Den restlichen Abend über wurde sie das unbestimmte Gefühl nicht los, dass sie beobachtet wurde. Ein unangenehmes Kribbeln kroch ihr den Rücken entlang. Nein, das war unmöglich. Das Thema gehörte ein für alle Mal der Vergangenheit an, ermutigte sie sich selbst. Unter dem Vorwand, müde zu sein, verabschiedete Sam sich alsbald von ihren Kolleginnen, die unter keinen Umständen schon gehen wollten. Daher kehrte Sam der glitzernden Partywelt Sylts den Rücken und verließ allein den Club.

»Also, wenn ihr mich fragt, ich finde Sam ein bisschen seltsam«, bemerkte Lorena, kaum dass Sam aus dem Blickfeld geraten war.

»Warum?«, wollte Kim wissen. »Ich finde sie total normal und sehr sympathisch.«

»Ja, nett ist sie, aber irgendwie unnahbar. Sie lässt sich nicht gern hinter die Fassade blicken. Komisch, oder? Torben meint auch, dass mit ihr was nicht stimmt.«

»Torben!«, stieß Kim verächtlich hervor und winkte ab. »Was will Torben schon wissen! Der sollte sich lieber um sich selbst kümmern. Mich wundert, dass unser Chef nichts sagt, so wie der rumläuft. Er ist doch sonst so penibel, was Kleidung und Etikette betrifft. Außerdem ist Sam erst kurz bei uns, alles ist neu für sie. Sie kennt uns nicht richtig und muss sich eingewöhnen. Vielleicht ist sie auch ein bisschen schüchtern. Ich komme gut mit ihr klar.«

»Schüchtern? Niemals!« Britt schüttelte entschieden den Kopf. »Findet ihr es nicht sonderbar, dass jemand einen gut bezahlten und vor allem krisenfesten Job wie den eines Lehrers aufgibt, um sich auf Sylt tagtäglich als Fitnesstrainerin mit Urlaubern herumzuschlagen? Und das mit Ende 20? Wer weiß, was da in Wirklichkeit gelaufen ist. Vielleicht ist sie gefeuert worden? Könnte durchaus sein. Sie wollte neulich nicht richtig heraus mit der Sprache, das war deutlich zu spüren. Das wird seinen Grund haben.« Lorena hing Britt kopfnickend an den Lippen.

»Jetzt ist aber Schluss damit! Das ist nicht besonders fair, so über Sam zu reden. Sie ist eine von uns und wird ihre Gründe für ihr Verhalten haben. Wir sollten keine abenteuerlichen Spekulationen in die Welt setzen«, entgegnete Kim entschieden. »So, und jetzt lasst uns tanzen. Deswegen sind wir schließlich hier!«

Draußen vor dem Club schlug Sam die klare, würzige Nordseeluft entgegen. Die Nacht war sternenklar und hell, da der

Vollmond in seiner ganzen Pracht am Himmel strahlte. Genau in solch einer Mondscheinnacht hatte Sam ihren ersten Kuss bekommen, am Strand von Westerland. Während des alljährlichen Familienurlaubs auf Sylt hatte Sam Daniel kennengelernt. Er war in den Ferien ebenfalls mit seinen Eltern und Geschwistern auf der Insel gewesen. Sie hatte sich gegen den Willen ihrer Eltern nachts heimlich weggeschlichen, um sich mit ihm am Strand zu treffen. Sie konnte sich gut an das Herzklopfen erinnern, das sie empfunden hatte. Zum einen, weil sie bis über beide Ohren verliebt war, zum anderen, weil sie sich dem Willen ihrer Eltern widersetzte. Letztendlich brachte ihr der romantische Ausflug drei Tage Stubenarrest ein, weil sie erwischt wurde, als sie sich zurück ins Ferienhaus mogeln wollte. Ihr Bruder Tom hatte vergeblich versucht, bei ihren Eltern um Verständnis zu bitten und sie umzustimmen, doch ihr Vater war hart geblieben. Obendrein hatte sich Daniel während Sams Arrest anderweitig orientiert, was beinahe noch schlimmer für sie gewesen war als der Freiheitsentzug insgesamt. Daher blieb sie im Anschluss an die offizielle Strafe noch zwei weitere Tage freiwillig in ihrem Zimmer und weinte sich die Augen aus dem Kopf. Damals vertrat sie die feste Überzeugung, dass sie nie mehr im Leben einen Jungen finden und so sehr lieben könnte wie Daniel. Sam atmete tief durch und musste schmunzeln, bis sich ein bitterer Beigeschmack unter diese Erinnerung mischte. Denn dieser Urlaub hatte anschließend eine tragische Wendung genommen, die ihr gesamtes Leben für immer veränderte.

Sam schüttelte schnell den schmerzhaften Gedanken ab, straffte die Schultern und hielt nach einem freien Taxi Ausschau. Rund um Kampen pulsierte das berüchtigte Nachtleben, selbst zu fortgeschrittener Stunde herrschte reger Verkehr auf den Straßen und zahlreiche Menschen flanierten zu Fuß die berühmte Whiskymeile entlang. Ein Stück weiter hinten entdeckte sie einen freiwerdenden Wagen und hob den Arm. Plötzlich erklang dicht hinter ihr eine Stimme, und sie fuhr herum.

»Wie schade, dass du schon gehen willst.«

Der Mann aus dem Club, Marc Nahringer, stand nur wenige Schritte von ihr entfernt und sah sie abwartend an.

Sam blickte an ihm vorbei und erwiderte kurz angebunden: »Ganz allein? Keine Kumpel? Kein Fanclub?« Sie musterte ihn. Britt hatte recht, er sah aus der Nähe betrachtet ausgesprochen gut aus. Kein Wunder, dass er von weiblichen Wesen umschwärmt wurde, wo immer er auftauchte. Aber dessen war er sich sicher bewusst.

Er lachte auf. »Scheint so. Oder siehst du außer mir noch jemanden?« Dann erstarb sein Lachen schlagartig. »Willst du tatsächlich gehen?«

»Ich denke, mir reicht es für heute«, entgegnete sie frostiger als beabsichtigt.

»Das ist wirklich schade. Ich kann dich nicht umstimmen?« Er hatte die Hände in die Hosentaschen gesteckt und sah sie mit treuem Blick an. »Wir haben Vollmond. Wie wäre es mit einem Strandspaziergang? Dann könnten wir uns in Ruhe unterhalten.« Er deutete in Richtung der Dünen.

Na, der hat es aber eilig, dachte Sam und fühlte sich in ihrer Annahme bestätigt, dass er einer dieser Typen war, die nur charmant zu lächeln brauchten, und die Frauen lagen ihnen reihenweise zu Füßen.

»Unterhalten?«, wiederholte sie belustigt. Bevor er ihr eine Antwort geben konnte, ertönte eine laute Männerstimme hinter ihnen.

»Hey, Marc! Da bist du ja!«

Marc drehte sich um und erwiderte verärgert: »Nicht jetzt, Phil!«

Genau in diesem Moment hielt ein Taxi neben ihnen. Sam zögerte nicht lange, öffnete die hintere Wagentür und stieg ein.

»Dann wünsche ich den Herren noch viel Spaß bei ihren Unterhaltungen!«, sagte sie und zog die Tür zu.

Nachdem sie dem Fahrer das Ziel genannt hatte, sah sie durch die Seitenscheibe ein ehrlich wirkendes Bedauern in Marcs Blick. Er sah nicht nur gut aus, er war umwerfend. Plötzlich durchlief eine Hitzewelle ihren Körper, und sie war froh, dass sich das Taxi in Bewegung setzte. Auf ein schnelles Liebesabenteuer war sie nicht aus, auch wenn ein Flirt mit diesem Mann verlockend schien. Doch so weit würde sie es niemals kommen lassen, ihr Herz an einen Weiberhelden zu verlieren. Auf keinen Fall. Um ihrer Fantasie Einhalt zu gebieten, versuchte sie, sich auf die vorbeiziehende Landschaft zu konzentrieren. Die mit Heide bewachsenen Dünen wirkten im Mondlicht nahezu gespenstisch. Mittendrin ragte stolz, von Scheinwerfern angestrahlt, eines der Kampener Wahrzeichen, das achteckige, aus rotem Backstein gebaute Quermarkenfeuer empor. Obwohl es der kleinste Leuchtturm der Insel war, fand Sam ihn schon immer am schönsten.

»Hey, Marc! Wer war die scharfe Braut da eben?«, erkundigte sich Phil bei seinem Freund.

»Das würde ich sehr gern wissen«, murmelte Marc geistesabwesend vor sich hin.

Phil schüttelte verständnislos den Kopf. »Wir haben dich vermisst. Los, komm wieder rein, Party machen. Da drinnen wimmelt es von Frauen ihres Kalibers. Vergiss die eine!«, sagte er und zeigte in die Richtung, in die das Taxi verschwunden war. Dann wollte er nach Marcs Arm greifen, um ihn zum Mitkommen zu bewegen, doch dieser wehrte ihn ab.

»Du hast noch immer nichts verstanden, oder, Phil?« Seine Augen funkelten zornig.

»Was verstanden? Wovon sprichst du überhaupt? Was ist denn los mit dir? Seit wir auf der Insel sind, bist du irgendwie merkwürdig. Jetzt komm endlich. Alter, guck dich mal um: überall geile Frauen, coole Autos und super Stimmung! Und das in einer 1a-Location. Mehr geht echt nicht!«

»Vergiss es! Das Leben besteht eben nicht nur aus Partys, Phil! Und ich warne dich, lass es bleiben.«

»Wovon sprichst du eigentlich?«

»Du weißt sehr genau, wovon ich spreche«, zischte Marc und packte ihn am Kragen, ließ ihn jedoch gleich darauf wieder los. »Sorry, das wollte ich nicht.«

»Man wird ja wohl ein bisschen Spaß haben dürfen«, rechtfertigte sich Phil und rückte sein Hemd zurecht.

»Verdammt, hör endlich auf mit dem Mist! Irgendwann hört der Spaß nämlich auf. Das kann schneller gehen, als einem lieb ist. Zweimal habe ich dich aus dem Schlamassel rausgeholt, ein drittes Mal werde ich es nicht tun. Ich will wegen dir keinen Ärger bekommen und mit hineingezogen werden. Geh zurück zu den anderen. Ich nehme das Auto und ziehe ab morgen ins Hotel. Gute Nacht, Phil!« Mit diesen Worten drehte er sich um und ließ seinen verdutzten Freund stehen.

»Aber Marc … Komm schon! Ich mache keinen Scheiß, versprochen!« Kopfschüttelnd sah er ihm nach und kehrte anschließend allein zurück in den Club.

Mit hängenden Schultern und gesenktem Kopf schlenderte Marc zu seinem Wagen. Er fühlte sich müde und sehnte sich nach Ruhe.

In der vergangenen Nacht hatte er kaum ein Auge zugemacht. Sein Plan nahm langsam Gestalt an, und die Gedanken dazu kreisten unaufhörlich in seinem Kopf. Es war bereits 3.30 Uhr gewesen, als er das letzte Mal auf den alten Radiowecker neben seinem Bett gesehen hatte. Die großen, roten Leuchtziffern schienen ihn jedes Mal zu ermahnen, endlich in den Schlaf zu finden. Der kommende Morgen rückte in greifbare Nähe, aber er war hellwach, als hätte er am Abend zuvor literweise Kaffee getrunken. Der alles entscheidende Anruf am Nachmittag hatte wie ein Aufputschmittel gewirkt. Er war seinem Ziel ein gewaltiges Stück näher gekommen. Alles Weitere glich nunmehr einem Kinderspiel. Und dabei war es einfacher gewesen, als er zunächst befürchtet hatte. Zweifelsohne hatte er sich akribisch auf das Gespräch vorbereitet und alles haarklein durchdacht, um für alle Eventualitäten gewappnet zu sein, doch unmittelbar nachdem er sein Anliegen vorgebracht hatte, erhielt er die ersehnte Antwort wie auf dem Silbertablett serviert. Er konnte sein Glück kaum fassen. Wieder einmal hatte sich bestätigt, dass es nicht schaden konnte, die richtigen Leute an den richtigen Stellen zu kennen. Zugegebenermaßen hätte er ein unschönes Ass im Ärmel gehabt für den Fall, dass man ihm die gewünschte Auskunft verweigert hätte. Glücklicherweise hatte er jedoch nicht zu solch unfairen Methoden greifen müssen. Die Vögel vor dem Haus begannen bereits mit ihrem morgendlichen Konzert, als die Müdigkeit ihren Tribut forderte, und er in einen unruhigen Schlaf fiel.

Am nächsten Morgen schlief Sam richtig aus. Ihr Wecker zeigte 10.00 Uhr, als sie erwachte. Sie gähnte und streckte sich ausgiebig, bevor sie leicht schläfrig ins Badezimmer schlurfte. Vorher machte sie einen Abstecher in die Küche, um die Kaffeemaschine anzustellen. Sie liebte ein ausgedehntes Frühstück am Sonntagmorgen. Trotz des bedeckten Himmels war es angenehm warm. Einige dunkle Wolkentürme über Dänemark ließen erahnen, dass in näherer Zukunft mit einem Gewitter zu rechnen war. Sam machte es sich mit einem Becher Kaffee und einer Schale Obst und Müsli am Esstisch gemütlich und prüfte ihr Handy auf eventuelle Nachrichten. Zwei neue Mitteilungen waren seit dem gestrigen Abend eingegangen. Die erste stammte von Kim, die wissen wollte, ob Sam wohlbehalten zu Hause gelandet war, und sie für den Nachmittag zum Kaffee zu sich nach Hause einlud. Die zweite Nachricht kam von Tom, ihrem Bruder, der sich nach ihrem Wohlbefinden erkundigte. Sie antwortete ihm, dass es ihr gut ginge und sie am Vorabend mit Kolleginnen unterwegs gewesen sei. Anschließend sagte sie Kim für den Nachmittag zu. Nachdem Sam das Frühstück beendet hatte, schnappte sie sich ihr Buch, füllte ihren Kaffeebecher auf und siedelte auf das dunkelblaue Sofa um. Dort machte sie es sich zwischen den Kissen bequem. Sie hatte erst eine Seite gelesen, da konnte sie aus der Ferne Donnergrollen hören, das rasch lauter wurde. Bedrohlich wirkende Wolken rollten tiefhängend heran, als wollten sie den Boden berühren, und lange helle Blitze zuckten am finsteren Horizont. Sam liebte Gewitter, besonders am Meer, weil dort das Zusammenspiel der Elemente viel intensiver zu beobachten war. Der Kontrast zwischen dem dunklen Himmel und den weißen Schaumkronen auf dem aufgewühlten Wasser übte eine besondere

Faszination auf sie aus, bevor sich die klare Trennung zwischen beidem durch den peitschenden Wind in einem Einheitsgrau auflöste.

Nachdem sich das Gewitter verzogen hatte und die Sonne zaghaft durch die Wolkenlücken blinzelte, machte Sam sich auf den Weg nach Wenningstedt zu Kim. Sie beschloss, das Auto stehen zu lassen und den Bus zu nehmen. Eine gute halbe Stunde später klingelte sie an Kims Wohnungstür.

»Schön, dass du Zeit hast. Willkommen in meinem bescheidenen Reich!«, wurde sie von Kim begrüßt.

»Danke für die Einladung.«

»Was möchtest du trinken? Tee oder lieber Kaffee?«, wollte Kim wissen, als Sam im Wohnzimmer Platz genommen hatte.

»Ich nehme gern Kaffee. Die Wohnung ist sehr hübsch. Gefällt mir gut.«

»Ja, vielleicht ein bisschen klein, aber dafür relativ erschwinglich«, erwiderte Kim, die mit einem Tablett aus der Küche kam. Sie stellte eine Thermoskanne, Becher sowie ein Milchkännchen und eine Zuckerdose vor Sam auf dem Couchtisch ab. In einer blauen Glasschale lagen köstlich aussehende Schokoladenkekse, die Sam stumm aufforderten, zuzugreifen.

»Bezahlbarer Wohnraum auf der Insel ist ein echtes Problem. Das habe ich schnell am eigenen Leib erfahren, als ich eine Bleibe gesucht habe«, erklärte Sam.

»Wem sagst du das!« Kim goss Kaffee in die Tassen.

»Danke. Ich hatte ausgesprochenes Glück bei der Wohnungssuche und kann mich wirklich nicht beklagen«, bekräftigte Sam.

»Das können die wenigsten behaupten. Hast du schon einmal etwas vom Sylter Maß gehört?«

»Nein. Was verbirgt sich dahinter?« Sams Neugier war geweckt.

»Man nennt es auch Fußleistenmaß«, fuhr Kim fort. »Man misst von einer Seite des Raumes zur anderen, egal wie hoch die Wände sind. Schrägen oder ähnliches werden schlichtweg außer Acht gelassen. Ich glaube, auf der Insel kann sich nicht einmal eine Maus ein Mäuseloch leisten.« Kims Worte klangen bitter, und ihr Gesicht wirkte sehr ernst.

»Das ist unglaublich, dass niemand etwas dagegen unternimmt.«

»Tja, Sylt ist und bleibt ein sehr beliebtes und somit leider auch äußerst teures Pflaster. Viele Menschen verdienen mit dieser Masche einen Haufen Geld.«

Beide Frauen schwiegen nachdenklich. Dann ergriff Sam das Wort.

»Wie lange seid ihr gestern eigentlich noch im Club geblieben?«

Kim angelte sich einen Keks aus der Schale und biss ein kleines Stück davon ab.

»Wir sind auch nicht mehr sehr lange geblieben, vielleicht noch eine gute Stunde. Es wurde immer voller und die ersten Rangeleien gingen los. Leider gibt es ja immer Leute, die sich ab einem gewissen Alkoholpegel nicht mehr zu benehmen wissen. Da wird es höchste Zeit, sich aus dem Staub zu machen.« Kim bekam plötzlich einen amüsierten Gesichtsausdruck.

»Was ist?«, wollte Sam wissen.

»Nachdem du gegangen bist, war dieser Marc Nahringer ebenfalls verschwunden. Britt hatte ernsthafte Bedenken, du hättest ihn möglicherweise abgeschleppt.« Sie kicherte.

»Ich ihn? Das war wohl eher umgekehrt!«

»Nein! Echt?«

Nun war es Sam, die grinsen musste, als sie die fassungslose Kim ansah. »Nein, nicht wie du denkst. Aber er ist mir tatsächlich nach draußen gefolgt. Glücklicherweise kam gleich ein Taxi, und ich konnte rechtzeitig entwischen. Er wollte mich wahrhaftig zu einem Mondscheinspaziergang am Strand überreden. Dort könnten wir uns in Ruhe unterhalten, hat er gesagt.« Sie rollte mit den Augen. »Für wie naiv hält der mich? Ich sage dir, der ist auch einer von der Sorte, die nichts anbrennen lässt.«

»Und dann?«

»Dann tauchte einer seiner Kumpel auf, dieser Kleine mit dem Frettchengesicht. Über sein Auftauchen war Marc, glaube ich, ziemlich verärgert.« Sam zuckte gleichgültig mit den Schultern und widmete sich dann ihrer Kaffeetasse.

»Ich kann mir nicht vorstellen, dass Marc so oberflächlich ist. In der Sendung wirkte er jedenfalls sehr authentisch.« Sie machte eine Pause. »Aber er sieht äußerst appetitlich aus, das kannst du nicht abstreiten. Oder ist er nicht dein Typ?«

Sam zögerte. »Ich würde lügen, wenn ich es verneinen würde. Er ist rein äußerlich absolut mein Typ, aber ich bin kein Freund von One-Night-Stands«, stellte Sam klar. »Bitte erzähle Britt und Lorena in keinem Fall von der Episode. Die beiden geben sonst keine Ruhe mehr und quetschen mich aus wie eine Zitrone.«

»Natürlich nicht. Du kannst dich auf mich verlassen. Vielleicht täuschst du dich in ihm. Nicht alle gut aussehenden Männer sind unweigerlich Weiberhelden.«

»Lass es gut sein, Kim. Du brauchst ihn nicht in Schutz zu nehmen. Marc Nahringer ist kein Thema für mich. Was ist mit dir? Hast du einen Freund?«

»Nein, ich warte noch auf meinen Prinzen«, seufzte Kim. »Aber ich glaube zwischen Lorena und Alex bahnt sich was an.«

»Ach, ist mir bislang nicht aufgefallen. Aber warum nicht?«

»Unser Chef sieht es überhaupt nicht gerne, wenn Beziehungen unter Angestellten entstehen. Er ist der Ansicht, dass es dem Geschäftsklima schadet, von Beziehungen zu Gästen ganz zu schweigen. Wenn er irgendetwas wittert, ist der Teufel los. Deine Vorgängerin ist deswegen fristlos entlassen worden, obwohl gar nichts vorgefallen ist. So ein schmieriger Gast hat sie angemacht, und als sie ihn abblitzen ließ, hat er es so hingestellt, als ob sie etwas von ihm gewollt hätte. Feldtmann war außer sich und hat sie sofort gefeuert. Sie hatte nicht mal die Chance, die Angelegenheit aus ihrer Sicht darzustellen. Das war unmöglich! Feldtmann hat sich im Nachhinein sogar bei dem Gast entschuldigt, dieser elende Schleimer!« Kim redete sich regelrecht in Rage. »Entschuldige, ich will dir keine Angst machen, aber du solltest besser wissen, woran du bist.«

»Ich glaube nicht, dass ich je in diese Situation kommen werde. War es eigentlich immer dein Traum, in einem Hotel zu arbeiten?«, lenkte Sam das Gespräch in eine andere Richtung.

»Ich wollte immer mit Menschen zu tun haben. Das macht mir Spaß, ihnen zu helfen und sie anschließend glücklich und zufrieden zu sehen. Momentan kann ich mich nicht beschweren. Feldtmann ist nicht der tollste Chef, aber wenn man weiß, wie man ihn nehmen muss, ist es auszuhalten.«

Am Montagmorgen – Sam hatte das Hotel eben erst betreten – wurde sie von der Sekretärin abgefangen, da Feldtmann sie zu sprechen wünschte. Mit ungutem Gefühl klopfte Sam an die Bürotür. Nachdem von drinnen ein ›Ja, bitte‹ zu hören war, trat sie ein.

»Frau Bachner!« Feltdmann stand derart schwungvoll von seinem ledernen Bürostuhl auf, dass dieser nach hinten rollte und sich einmal um die eigene Achse drehte. Dann kam er hinter seinem Schreibtisch hervor, um Sam zu begrüßen. »Ich hoffe, es geht Ihnen gut, und Sie hatten ein erholsames Wochenende. Bitte nehmen Sie Platz! Haben Sie sich ein wenig eingelebt auf der Insel?«

»Danke, ich komme zurecht. Manches ist noch ein bisschen ungewohnt, aber ich denke, das ist normal«, erwiderte Sam und ließ sich auf einem der Besucherstühle nieder. Sie konnte sich nicht entspannen und wartete jeden Augenblick auf eine Hiobsbotschaft, obwohl sie sich keiner Schuld bewusst war. Diese übertriebene Freundlichkeit ihres Chefs machte sie misstrauisch.

»Schön, schön. Das freut mich sehr, Frau Bachner. Mir liegt viel daran, dass sich meine Mitarbeiter wohlfühlen.« Tatsächlich, fügte Sam gedanklich hinzu. »Sicher interessiert es Sie zu erfahren, weshalb ich Sie hergebeten habe.« Er machte eine bedeutsame Pause. »Folgendes: Wir beherbergen seit gestern einen besonderen Gast in unserem Haus, der eine individuelle Betreuung wünscht. Ich denke, Sie verstehen, was ich meine?«

»Ehrlich gesagt, nein«, gab Sam ohne Umschweife zu. Was zum Teufel meinte er mit individueller Betreuung?

Feldtmann räusperte sich und merkte offenbar, dass seine Aussage unter Umständen falsch verstanden werden konnte. »Um irgendwelchen Missverständnissen vorzubeugen, es handelt sich selbstverständlich um eine rein sportliche Betreuung.« Sam zog fragend eine Augenbraue hoch. »Herrgott, Frau Bachner! Schauen Sie doch nicht so! Sie sollen lediglich ein Fitnessprogramm für einen Gast zusammenstellen und ihn unterstützend begleiten.«

»Gern. Etwas Anderes wäre für mich auch nicht in Frage gekommen«, machte Sam deutlich.

»Natürlich nicht. Wir sind ein renommiertes Haus. Wenn Sie denken, …«

»Ich denke, ich weiß, was Sie meinen«, unterbrach Sam ihn. »Wann soll es denn losgehen?«

»Ähm, gleich.« Feldtmann blickte hektisch auf seine Uhr. »Er wird in einer halben Stunde im Fitnessraum auf Sie warten. Ich zähle auf Sie, Frau Bachner. Und ich habe ihm äußerste Diskretion zugesichert.«

Sam erhob sich. »Selbstverständlich, Herr Feldtmann. Sie können sich auf mich verlassen. Wie heißt der Gast?«

Das Telefon klingelte, und Feldtmann nahm ab, ohne Sam eine Antwort auf ihre Frage zu geben. Mit einer Handbewegung deutete er an, dass das Gespräch länger dauern würde. Als die Tür hinter ihr ins Schloss fiel, atmete Sam erleichtert aus. Auf dem Weg in den Fitnessraum kam sie an der Rezeption vorbei, wo Kim ihr bereits mit einem Zettel in der Hand entgegen winkte.

»Ich habe hier was für dich. Dein neuer Dienstplan. Feldtmann hat offensichtlich alle deine Kurse und Termine gecancelt.« Ein dickes Fragezeichen stand ihr auf die Stirn geschrieben.

»Ja, ich weiß, ich komme eben aus seinem Büro«, bestätigte Sam.

»Aber warum? Was ist passiert?« Sie wirkte erschrocken.

»Nichts. Ich soll ab sofort nur einen Gast betreuen als Personal Trainer.«

»Ungewöhnlich«, überlegte Kim. »Das muss ein äußerst wichtiger Gast sein, sonst würde Feldtmann niemals so einen Aufwand betreiben. Vermutlich erhofft er sich davon etwas. Publicity vielleicht? Wie heißt der Gast?«

»Soweit kamen wir nicht mehr, er hat einen Anruf erhalten, bevor er mir den Namen verraten konnte. Könntest du mal nachsehen, wer gestern Abend noch spät eingecheckt hat?«, bat Sam und schielte auf den Bildschirm.

»Sorry, momentan läuft der PC nicht. Da wird ein Software-Update installiert. Torben war vorhin hier, er ist unser IT-Betreuer für die kleinen Dinge.«

»Ach was. Das hätte ich nicht erwartet«, erwiderte Sam verblüfft. »Egal, ich muss los, sonst komme ich am Ende zu spät. Unser ominöser Gast soll sich nicht gleich am ersten Tag über mich beschweren müssen.« Sam zwinkerte Kim zu und machte sich auf den Weg.

»Viel Erfolg!«, rief diese ihr nach.

Als Sam die Folterkammer betrat, winkte ihr Frau Heinberg von einem der Ergometer fröhlich entgegen.

»Huhu, Sam! Schon viereinhalb Minuten!«, rief sie stolz mit hochrotem Gesicht und nach Luft schnappend.

Glitzernde Schweißperlen rannen ihr über Stirn und Schläfen. Heute war sie komplett in Orange gekleidet und trug ein wild gemustertes Stirnband im Raubtierlook. Sam grüßte zurück und streckte den Daumen nach oben. Dann ließ sie den Blick durch den Raum schweifen und blieb am Fenster hängen, wo mit dem Rücken zu ihr gekehrt ein Mann in Jeans und Kapuzenshirt stand und aufs Wattenmeer hinausschaute. Seiner Kleidung nach zu urteilen, sah er nicht aus, als hätte er die Absicht zu trainieren. Somit handelte es sich nicht um ihren Gast, vermutete Sam.

»Guten Morgen, kann ich Ihnen behilflich sein?«, sprach sie ihn freundlich an.

Daraufhin drehte er sich zu ihr um. Verdutzt betrachtete Sam den Mann, der ebenso überrascht zu sein schien wie sie selbst. Er fing sich relativ schnell, denn seine Gesichtszüge entspannten sich merklich.

Er packte die letzten Sachen in den Koffer und klappte ihn zu. Für einen kurzen Augenblick hielt er in der Bewegung inne und überlegte, ob er an alles gedacht hatte. Zuletzt nahm er das Foto, das mit einem Magneten am Kühlschrank befestigt war, ab und steckte es in die Gesäßtasche seiner Hose, nicht ohne es genau betrachtet zu haben, wie er es zuvor dutzende Male getan hatte. In absehbarer Zeit würde er ihr gegenüberstehen. Bei diesem verlockenden Gedanken erfasste ihn ein Gefühl der Vorfreude. Auf dem Weg zur Wohnungstür griff er nach seinem Autoschlüssel und dem Portemonnaie. Ein letzter Blick in die Wohnung, dann fiel die Tür hinter ihm ins Schloss. Nachdem er sein Gepäck im Wagen verstaut hatte, machte er sich auf den Weg. Bevor er auf die Autobahn fuhr, musste er dringend tanken. Das Benzin reichte höchstens für die nächsten 40 Kilometer. Gut gelaunt vor sich hin pfeifend, mit einem Kaffeebecher und einem belegten Bagel in der Hand, nahm er anschließend wieder hinter dem Lenkrad Platz. Er legte den Bagel auf den Beifahrersitz, steckte den Becher in die dafür vorgesehene Halterung in der Mittelkonsole und schaltete das Radio ein. Eines seiner Lieblingslieder wurde gespielt. Wenn das kein gutes Omen war! Während er lauthals mitsang, fuhr er zur nächsten Autobahnauffahrt. Vor ihm lag eine mehrstündige Autofahrt, und die ersten Staus wurden gemeldet, aber das berührte ihn kaum. Er hatte es nicht sonderlich eilig. Der Weg ist das Ziel, tröstete er sich. Zufrieden mit sich und der Welt trat er aufs Gas und rauschte in nördliche Richtung davon.

»Das nenne ich einen gelungenen Start in den Morgen! Wer hätte gedacht, dass wir uns so schnell wiedersehen.« Während Sam noch krampfhaft nach einer passenden Antwort suchte, ergänzte er: »Ich schlage vor, wir fangen nochmal von vorne an.« Er streckte ihr seine Hand entgegen. »Mein Name ist Marc Nahringer.« Sie erwiderte automatisch den Händedruck und starrte ihn ungläubig an. »Das ist wirklich ein Zufall, dass du auch hier arbeitest.«

Sam hatte endlich ihre Sprache wiedergefunden. »Wieso auch? Arbeitest du denn im Hotel?«

»Nein«, er lachte, »das war missverständlich ausgedrückt. Ich bin Gast und warte auf meinen Trainer. Er hat sich scheinbar ein bisschen verspätet. Bestimmt kennst du ihn, sein Name ist Sam.«

Auch das noch! Marc Nahringer war also der geheimnisvolle Gast, den sie betreuen sollte und um den Feldtmann solch einen Wirbel veranstaltete. Auf die Idee, dass es sich um diesen Fernsehtypen handeln könnte, wäre sie in ihren wildesten Träumen nicht gekommen. Aber nun stand er leibhaftig vor ihr und sah sie erwartungsvoll an.

»Ich bin das«, antwortete sie knapp. Seine Augenbrauen schnellten überrascht nach oben. »Mein Name ist Sam und somit wartest du auf mich. Und – nur fürs Protokoll – ich bin pünktlich.«

»Oh, damit habe ich ehrlich gesagt nicht gerechnet, aber das freut mich natürlich umso mehr.« Er lächelte schelmisch. Eine kleine Narbe zierte sein Kinn und an seiner rechten Halsseite waren zwei kleine Leberflecke zu erkennen. »Sam kommt vermutlich von Samantha, nehme ich an?« Seine Augen ruhten intensiv auf ihr.

»Nein, von Samaya«, erklärte sie und spürte, wie sich ihr Pulsschlag beschleunigte, ohne dass sie Einfluss darauf nehmen konnte.

»Samaya«, wiederholte er ehrfürchtig. »Klingt irgendwie geheimnisvoll.« Seine smaragdgrünen Augen leuchteten, als hätte er soeben den Hauptgewinn in einer Lotterie gezogen.

»Tja, wie es aussieht, stehe ich dir in der nächsten Zeit zur Verfügung. Rein dienstlich natürlich«, bemerkte sie, um Sachlichkeit bemüht.

»Natürlich«, betonte er und seine Mundwinkel zuckten amüsiert.

»Du hältst dich scheinbar für unwiderstehlich«, entfuhr es Sam. Sie hätte sich für diesen Satz ohrfeigen mögen, aber er war ihr einfach herausgerutscht. Diese Äußerung gegenüber einem Hotelgast war unangemessen. Sie konnte über ihn denken, wie sie wollte, musste dies aber für sich behalten.

»Bin ich das etwa nicht?«

»Spar dir das, die Nummer zieht bei mir nicht. Also, was hast du dir vorgestellt, was wollen wir machen? Wo sind deine Defizite oder Stellen, auf die wir uns besonders fokussieren sollten? Ich denke da ausschließlich an die sportlichen Ziele.« Redete sie sich gerade um Kopf und Kragen? Seinem wohlgefälligen Grinsen nach zu urteilen, traf sie mit ihrer Vermutung voll ins Schwarze.

Er zuckte lediglich mit den Schultern. »Ich habe keine bestimmten Vorstellungen, ich will einfach wieder fitter werden. Dabei könnte ich ein wenig Unterstützung gebrauchen. In der letzten Zeit ist mein Trainingspensum leider durch einen engmaschigen Terminplan zu kurz gekommen. Wie wäre es also mit einer Runde Joggen am Strand? Oder ist Laufen nicht dein Ding?«

»Geht klar. Laufen am Strand ist aber anstrengender, als du vielleicht denkst«, warnte sie ihn.

»Kein Problem, ich werde auf dich warten.« Er zwinkerte ihr zu und sah dann auf die protzige Armbanduhr, die sein linkes Handgelenk zierte. Da ihm ihr geringschätziger Blick nicht entgangen war, ergänzte er schnell mit einem gleichgültigen Schulterzucken: »Sponsorengeschenk!«

Sie ging jedoch auf den Zusatz nicht ein. »In zehn Minuten vor dem Hoteleingang? Ich ziehe mich schnell um.«

»Sicher. Bis gleich!«

Sam war froh, ein paar Minuten für sich zu haben, um ihre Gedanken zu sortieren. Mit dem Erscheinen von diesem Nahringer hatte sie nicht gerechnet. Ehrlich gesagt, war sie neugierig auf die Person gewesen, die sie betreuen sollte. Es hätte genauso gut jemand aus der Politik, der Wirtschaft oder aus dem Sport sein können. Und nun ausgerechnet er. Nachdem sie die Schuhe gewechselt und ihre Laufjacke übergezogen hatte, brauchte sie nicht lange vor dem Hotel auf Marc zu warten. Er stolzierte durch die Tür und trug neben seiner Sportbekleidung eine Baseballkappe und eine dunkle Sonnenbrille wie damals an der Autoverladung in Niebüll. Sam verkniff sich einen Kommentar und lief im lockeren Tempo vorweg. Marc folgte ihr. Sie liefen zunächst die Promenade hinterm Hafen entlang, vorbei am Hotel Arosa und wechselten dann an den Strand der Blidselbucht. In Sams Augen die schönste Bucht der Insel. Bei Ebbe konnte man weit hinaus ins Watt laufen, bei Flut im seichten Wasser baden. Nach einer knappen halben Stunde legten sie eine Pause ein, gingen erst ein paar Meter am Wasser entlang und setzten sich anschließend in den warmen Sand, um zu verschnaufen. Marc ließ sich neben Sam fallen und pumpte wie ein Maikäfer. »Offenbar ist es um meine Kondition schlimmer bestellt als angenommen«, gab er zu.

Sam nahm sein Geständnis mit Genugtuung zur Kenntnis. Dieser Angeber konnte ihr in sportlicher Hinsicht nicht annähernd das Wasser reichen.

»Ich habe dich gewarnt.«

»Okay, der Punkt geht an dich.«

»Wie viel Zeit habe ich eigentlich, um dich fit zu kriegen?«, fragte sie scheinheilig. Langsam fand sie Gefallen an dem Spiel.

»Keine Ahnung, vielleicht zwei oder drei Wochen, vielleicht auch mehr. Das kommt darauf an.«

»Worauf?«

Er antwortete nicht, stattdessen wanderten seine Augen zum Horizont, wo man eine Fähre aus Dänemark erkennen konnte, die in Kürze den Lister Hafen erreichen würde. Sam meinte, einen Anflug von Melancholie in seinem Gesicht erkennen zu können. Vielleicht war er doch nicht so cool, wie er sich gern gab, und hinter der schillernden Fassade verbarg sich weitaus mehr.

»Unter anderem auf dich?«, sagte er plötzlich und sah sie unverschämt grinsend an.

Sofort verwarf sie ihren Gedanken wieder. Wie hatte sie sich nur derart leicht von ihm blenden lassen?

»Los, weiter geht's!«, befahl sie und sprang auf. »Schließlich bezahlst du mich nicht fürs Quatschen.« Ohne eine Antwort abzuwarten, sprintete sie los, sodass er Mühe hatte, sie einzuholen.

Zurück am Hotel schlug Sam vor, sich um 14.00 Uhr zum Training im Fitnessraum zu treffen. Bis dahin wollte sie einen Trainingsplan für ihn ausarbeiten. Marc war einverstanden. Er keuchte vor Anstrengung und sah aus wie aus dem Wasser gezogen. Sein T-Shirt klebte an seinem Oberkörper und sein Brustkorb bewegte sich wie ein Blasebalg. Die Sonnenbrille hatte er längst abgesetzt, weil sie ihm während des Laufens ständig von der Nase gerutscht war.

Sam war auf dem Weg zu den Personalduschen, als sie aus der Herrendusche ein seltsames Geräusch vernahm. Sie hielt einen Moment inne und lauschte. Plötzlich war es still. Sam schlich näher und spähte durch den engen Türspalt. Zu ihrer Überraschung sah sie Alex und Lorena spärlich bekleidet und eng umschlungen, und die Geräusche bekamen sofort eine andere Bedeutung. Eilig zog Sam sich zurück und wäre beinahe mit ihrem Chef zusammengestoßen.

»Ach, Herr Feldtmann. Suchen Sie mich? Ich wollte gerade duschen gehen«, erklärte sie lauter als nötig. Sie hoffte inständig, ihre beiden Kollegen würden sie hören.

»Frau Bachner! Sie brauchen nicht so laut zu sprechen, ich verstehe sie sehr gut. Ich wollte nicht zu Ihnen. Eigentlich bin ich auf der Suche nach Herrn Koch. Haben Sie ihn gesehen?« Er machte einen Schritt in Richtung der Herrenduschen, aber Sam stellte sich ihm in den Weg.

»Alex? Nein, hier ist er nicht, das wäre mir aufgefallen. Außer mir ist keine Menschenseele hier. Vorhin habe ich ihn im Kursraum gesehen. Am besten sehen Sie dort nach ihm. Bestimmt ist er noch da.«

»Das ist eine gute Idee. Ich werde dort nachsehen. Danke!« Eilig stapfte er davon.

Sam ging duschen. Die Geräusche waren endgültig verstummt.

In der Mittagspause war Sam mit Kim am Lister Hafen verabredet.

»Und? Wie war es mit deinem Gast?«, erkundigte sich Kim, während sie ihr Krabbenbrötchen aus dem Papier befreite.

»Du hast gewusst, dass es sich um Marc Nahringer handelt, oder? Gib es lieber gleich zu.«

»Nein, erst als der Rechner wieder lief, aber da war es schon zu spät. Ehrlich!«, schwor Kim.

»Hm, ich verzeihe dir nochmal«, zeigte Sam sich großzügig und stieß Kim kumpelhaft mit der Faust gegen den Oberarm. »Wir waren eine Runde joggen am Strand. Er ist nicht gerade in Topform«, berichtete Sam und biss genussvoll in das Bismarckbrötchen, auf das sie sich schon den ganzen Vormittag gefreut hatte. Die Zwiebeln hatte sie weggelassen, damit sie nicht den restlichen Tag den Geschmack auf der Zunge hatte.

»Das meine ich nicht. Worüber habt ihr gesprochen?«, bohrte Kim nach.

»Worüber sollten wir deiner Ansicht nach denn sprechen?« Sams Mundwinkel zuckten amüsiert.

»Also Sam, mal ehrlich. Man könnte das Gefühl bekommen, dass es dir völlig egal ist, dass du den Personal Trainer für einen der begehrtesten Junggesellen der Republik spielen darfst. Oder sehe ich das falsch?« In ihrer Stimme schwang eine gehörige Portion Entrüstung mit.

»Kim, ich mache nur meinen Job. Für mich ist der Typ ein Gast wie jeder andere auch. Es ist schon schlimm genug, dass unser Chef in dieser Hinsicht Unterschiede macht. Du hast übrigens Hummersoße am Mundwinkel kleben.«

Sofort wischte sie die Soße mit ihrer Serviette aus dem Gesicht. »Weg?«

»Ja, alles weg. Marc wird in absehbarer Zeit der Vergangenheit angehören. Darüber hinaus gehört er zu den Männern, die du nie für dich allein hast. Die wissen, wie gut sie aussehen und welche Wirkung sie auf Frauen haben. Das ist mir definitiv zu anstrengend.«

»Also doch.« Kim triumphierte sichtlich.

»Was meinst du?«

»Du stehst auf ihn. Habe ich doch gleich gewusst.«

»Nein«, protestierte Sam.

»Ist doch in Ordnung. Wer könnte dir das verübeln? Flirte ein bisschen mit ihm und genieße die gemeinsame Zeit. Du sollst ihn ja nicht gleich heiraten.«

»Gott bewahre!« Sam hob abwehrend die Hände.

»Na, also. Oh Mist, wir müssen uns sputen. Die Pause ist gleich vorbei.«

Die Hochhäuser der Westerländer Innenstadt tauchten vor ihm auf. Der Zug verlangsamte sein Tempo und kam im Bahnhof mit einem letzten Ruck zum Stehen. Kurz darauf rollten die ersten Fahrzeuge vom Sylt Shuttle und schlängelten sich die schmale Straße entlang zur nächstgelegenen Ampelkreuzung. Großflächige Werbetafeln der ansässigen Geschäfte säumten den Weg. Er schaltete sein Navigationsgerät ein und ließ sich bis zu seinem Ziel, einer kleinen Ferienwohnung in Wenningstedt, von der freundlichen Frauenstimme leiten. Etwas Anderes war auf die Schnelle nicht mehr zu bekommen gewesen. Er hielt direkt vor dem Haus und stieg aus. Sein Rücken schmerzte vom langen Sitzen, sodass er sich ausgiebig strecken musste. Dann kramte er einen Schlüssel aus der Jackentasche, den er noch auf dem Festland in einem Büro bei Niebüll abgeholt hatte, und ging zur Haustür, um aufzuschließen. Die Wohnung war klein und spartanisch eingerichtet. Die Möbel waren nicht die neuesten, aber alles war sauber und hell. Hier würde er es eine Weile aushalten. Das Haus lag in einer Sackgasse und grenzte an eine riesige Weide, auf der friedlich ein paar Pferde grasten. Unmittelbare Nachbarn gab es kaum, was ihm sehr gelegen kam. Er hasste es, beobachtet zu werden. Er öffnete die Terrassentür und sah sich draußen in dem winzigen Garten um. Die Kunststoffsitzfläche des Strandkorbs, der bereits leicht verwittert war, war mit kleinen Wasserperlen des letzten Regens benetzt. Er wischte sie mit der bloßen Hand weg und setzte sich in den Korb. Eine idyllische Ruhe umgab ihn, anders als in der hektischen Großstadt, aus der er kam. Hier und da konnte man Möwenschreie hören. Er zog das Foto aus der Gesäßtasche und strich es glatt. Es war ganz warm. Bei dem Anblick huschte ein Lächeln über sein Gesicht. Wieder war er seinem Ziel einen bedeutenden Schritt näher gekommen. Bald würde er sie gefunden haben.

Als Sam pünktlich um 14.00 Uhr im Fitnessbereich ankam, stieß sie um Haaresbreite mit einem übergewichtigen Teenager mit hochrotem Gesicht zusammen. Er hielt den Blick stur gen Boden gerichtet.

»Hoppla, junger Mann! Wohin so eilig?«, fragte Sam.

»'Tschuldigung«, murmelte der Junge und drängte sich an ihr vorbei.

Er war verschwitzt, und das nasse Haar klebte an seiner Stirn. Ehe Sam sich versah, wäre sie um ein Haar gleich wieder mit jemandem zusammengestoßen. Torben bog plötzlich um die Ecke.

»Hi, Torben! Alles okay? Kann ich helfen?«

»Alles bestens, ich habe nur etwas gesucht«, brummte dieser unfreundlich wie immer und setzte seinen Weg ungestört fort.

»Stinkstiefel«, sagte Sam zu sich selbst und sah ihm mit skeptischem Blick hinterher, wie er durch die Tür verschwand. Was hatte er in diesem Bereich des Hotels zu suchen, fragte sie sich. Irgendetwas führte er im Schilde, davon war sie überzeugt.

Marc wartete bereits auf sie, als sie die Folterkammer betrat.

»Hallo, Marc! Na, hast du dich in der Zwischenzeit erholt und neue Kräfte gesammelt?« Sie konnte sich diesen Seitenhieb hinsichtlich seiner mangelnden Fitness nicht verkneifen. »Ich habe einen Trainingsplan für dich ausgearbeitet.«

»Da bin ich gespannt«, erwiderte er.

»Komm, wir setzen uns, dann erläutere ich dir alles. Zunächst dachte ich an ein leichtes Muskeltraining, eine Art Zirkeltraining, das dürfte in deinem Fall ausreichend sein, es sei denn, du willst künftig Popeye Konkurrenz machen«, scherzte sie und deutete einen übertrieben großen Bizeps an.

»Bloß nicht!« Marc schüttelte lachend den Kopf. »Ich mag überhaupt keinen Spinat.«

»Na, dann. Ich denke, wir arbeiten in erster Linie an deiner Kondition. Ist das okay für dich? Oder hast du Änderungswünsche? Gibt es vielleicht irgendetwas, worauf wir uns besonders konzentrieren sollten?«

»Du bist die Trainerin, Sam. Ich vertraue dir voll und ganz!« Dieser jungenhafte Charme blitzte zum wiederholten Male in seinen Augen auf. »Worauf warten wir?«

Während Marc die einzelnen Stationen des Plans durchlief, beobachtete Sam ihn. Sie erwischte sich dabei, wie sie ihn ein ums andere Mal regelrecht anstarrte. Ihre innere Stimme mahnte sie zur Zurückhaltung und erinnerte sie daran, dass er ein Gast war. Mehr kam nicht infrage – keine Affäre. Für die Presse wäre es ein gefundenes Fressen, wenn die Schwester von Tom Bachner eine Liaison mit Marc Nahringer hätte. Fotografen und Reporter würden sich auf sie stürzen und ihnen auf Schritt und Tritt folgen. Das durfte auf keinen Fall passieren. Schlagartig wurde ihr heiß. Unter keinen Umständen durfte sie in der Presse erscheinen. Dann wäre alles vorbei. Sie bekam Angst. Ihre Hände wurden feucht, und sie begann zu schwitzen.

»Samaya?« Marc stand plötzlich neben ihr und sah sie mit besorgter Miene an. »Was ist los mit dir? Du bist ein bisschen blass um die Nase. Fühlst du dich nicht wohl?«

»Was? Nein, nein, alles in Ordnung«, wiegelte sie ab und rang sich ein wenig überzeugendes Lächeln ab. An seinem Blick erkannte sie, dass er ihr kein Wort glaubte.

»Sicher? Wollen wir lieber an die frische Luft gehen?«

»Nein, mir geht es gut. Wirklich. Bist du fertig?«

»Ja, fix und fertig, wenn du es genau wissen willst. Ich glaube, das ist genug für heute. Oder möchtest du noch irgendetwas von mir sehen?« Ein verschmitzter Ausdruck lag in seinem Gesicht und die vorangegangene Ernsthaftigkeit gehörte der Vergangenheit an.

Sie quittierte diese für ihn typische Bemerkung mit einem Augenrollen. »Ich schlage vor, wir treffen uns morgen früh um 8.00 Uhr im Schwimmbad. Morgen werden die Fahrräder ins Wasser gelassen. Aqua-Cycling ist ein hervorragendes Training für Muskeln und Kondition, ohne die Gelenke zu stark zu belasten.«

»Schön, aber nicht mitten in der Nacht. Wie wäre es stattdessen mit 10.00 Uhr? Ich würde vorher gerne in Ruhe frühstücken. Schließlich bin ich im Urlaub und nicht im Trainingslager der Nationalmannschaft«, konterte er.

»Entschuldige, natürlich, ganz wie du magst.« Sie war gedanklich nicht bei der Sache, der Schreck steckte ihr noch in den Knochen.

»Was machst du heute Abend?«, konfrontierte er sie mit dieser überraschenden Frage. Irritiert sah sie ihn an. »Prima, dann hole ich dich um 19.00 Uhr vorm Hotel ab.«

»Nein, das geht nicht. Ich …« Er legte den Kopf schief und setzte einen Hundeblick auf. »Okay, ich warte vor dem Naturgewaltenzentrum auf dich«, platzte es aus ihr heraus. Hatte sie seine Einladung tatsächlich angenommen? War sie von allen guten Geistern verlassen?

»Super. Ich freue mich. Bis später!«

Marc ging duschen, und Sam blieb für einen Moment wie angewurzelt stehen. Was war bloß in sie gefahren? Wenn Feldtmann sie mit ihm erwischte, wäre sie geliefert. Gedankenverloren begab sie sich zu den Personalumkleiden. Als sie am Tresen des Wellnessbereichs vorbeikam, sah sie Torben, der etwas in einer Schublade verschwinden ließ und sie blitzartig verschloss, sobald er sie bemerkte. Sofort wendete er sich seinem Computer zu. Sam tat so, als hätte sie nichts bemerkt, und ging um den Tresen herum. Sie gab vor, im Terminbuch nach einem Eintrag zu suchen. Torbens Arbeitsplatz erwies sich als alles andere als aufgeräumt. Mehrere benutzte Kaffeebecher standen darauf, einige Zeitschriften stapelten sich daneben und überall verstreut lagen bunte, zusammengeknüllte Bonbonpapiere. Sam konnte nicht verstehen, wie der Chef dieses Chaos dulden konnte, wo er sonst außerordentlich penibel war, was Ordnung und Sauberkeit betraf. Dieser Anblick war kein besonders gutes Aushängeschild für das Hotel.

»Suchst du was?«, erkundigte sich Torben mürrisch und beäugte Sam kritisch.

»Ich wollte nur etwas nachsehen«, behauptete sie und schielte aus dem Augenwinkel auf den Monitor. Obwohl die Scheibe leicht spiegelte, konnte sie erkennen, dass er sich offenbar eine Seite zum Thema Bodybuilding ansah. Sam erkannte muskelbepackte Frauen in knappen Bikinis. Wieso interessierte sich Torben ausgerechnet für Bodybuilding?, fragte sich Sam. Selbst war er das absolute Gegenteil eines Sportlers. Oder vielleicht ging es ihm einfach nur um das weibliche Geschlecht in knapper Bekleidung? Er klickte die Seite blitzartig weg, als er ihr Interesse bemerkte. Sie konnte sich keinen Reim darauf machen und beschloss, sich lieber nicht näher mit Torbens Vorlieben zu beschäftigen, sondern es dabei bewenden zu lassen.

»Hast du endlich gefunden, wonach du gesucht hast?«, fragte er ungehalten.

»Danke, hat sich gerade geklärt. Schönen Feierabend!«, erklärte sie und suchte rasch das Weite.

Auf dem Weg zu den Personalräumen kam sie an den Gästeduschen vorbei. Dort sah sie Lorena und Britt, wie sie durch den Türspalt der Herrendusche spähten. Sie schlich sich von hinten an.

»Das muss ja äußerst spannend sein!«, flüsterte sie.

Ihre beiden Kolleginnen fuhren erschrocken zusammen.

»Spinnst du?«, zischte Britt. »Wie kannst du uns so erschrecken?«

»Was gibt es denn Aufregendes zu sehen, das euch alles andere um euch herum vergessen lässt?«, gab Sam amüsiert zurück und spähte neugierig durch den Spalt, um ebenfalls einen Blick zu erhaschen. Was sie sah, brachte augenblicklich ihr Blut in Wallung. Vor ihren Augen präsentierte sich Marc Nahringers frisch geduschte Rückseite. Er war splitternackt und im Begriff, sich abzutrocknen. Unzählige Wasserperlen tummelten sich glitzernd auf seiner gebräunten Haut. Es ließ sich unschwer erkennen, an welcher Stelle seine Badeshorts normalerweise ihren Platz hatten.

»Alter Schwede! Hat der einen knackigen ...«, bemerkte Britt, als Marc sich umdrehte und Sam die Tür mit einem Ruck zuzog.

»Ende der Vorstellung. Ich denke, wir haben genug gesehen, bestimmt habt ihr ohnehin zu tun. Außerdem wissen wir wohl alle, wie ein nackter Mann aussieht.« Schnell machte sie auf dem Absatz kehrt und ließ ihre beiden Kolleginnen verdutzt zurück.

»Was ist denn in die gefahren?«, murmelte Lorena.

»Typisch spießige Lehrerin eben«, maulte Britt leise. »Ich bin mir nicht so sicher, ob sie wirklich weiß, wie ein nackter Mann aussieht. Wahrscheinlich steht sie nicht auf Männer.« Sie kicherte.

»Hör schon auf, Britt! Wenn dem so wäre, wäre sie nicht knallrot geworden. Im Grunde hat sie recht. Das ist nicht die feine Art, andere zu beobachten, schon gar keine Gäste. Sei froh, dass es nur Sam und nicht Feldtmann war, der uns erwischt hat«, stellte Lorena erleichtert fest. »Das Donnerwetter hätte ich nicht erleben wollen.«

»Trotzdem«, widersprach Britt trotzig. »In meinen Augen ist und bleibt sie eine Spielverderberin. Vielleicht glaubt sie, sie sei etwas Besseres, weil sie studiert hat und gut aussieht.«

»Lass gut sein. Sam ist in Ordnung. Sie hat Alex und mich heute vor echten Schwierigkeiten bewahrt«, verteidigte Lorena ihre Kollegin.

»Welche Schwierigkeiten? Und was hat Alex damit zu tun?« Britt verstand kein Wort.

Lorena winkte ab. »Erzähle ich dir ein anderes Mal.«

Sam lehnte sich mit geschlossenen Augen gegen die Hauswand des »Erlebniszentrum Naturgewalten« und genoss die letzten wärmenden Strahlen der tiefstehenden Sonne auf ihrem Gesicht, als ein schwarzer Geländewagen direkt vor ihr hielt und sie abrupt in seinen Schatten tauchte. Die Fahrertür öffnete sich und Marc stieg aus. Er lächelte charmant wie immer, ging um den Wagen herum und hielt Sam gentlemanlike die Beifahrertür auf.

»Darf ich bitten, Fitnessqueen?«

»Bitte nenn mich nicht so!«, protestierte sie. »Im Übrigen habe ich Feierabend, und was ich hier tue, ist streng untersagt.«

»Was? Abends ausgehen?«

Sie schüttelte den Kopf. »Nein. Du weißt genau, was ich meine. Das Treffen mit Gästen aus dem Hotel ist für Angestellte verboten«, erklärte sie und betonte dabei das letzte Wort besonders. »Wenn mich mein Chef mit dir sieht, bin ich geliefert.«

»Ich liebe Frauen, die mit dem Feuer spielen!«, erwiderte er grinsend.

»Kannst du nicht einmal ernst bleiben?«

»Selten, dafür ist das Leben zu kurz. Komm, das mit deinem Chef lass mal meine Sorge sein. Außerdem glaube ich nicht, dass wir ihn dort treffen werden, wo wir hinfahren.« Er zwinkerte ihr verschwörerisch zu.

»Noch ein Grund, besser nicht in deinen Wagen zu steigen.« Obwohl ihre Bemerkung scherzhaft gemeint war, verbarg sich trotzdem eine gewisse Ernsthaftigkeit dahinter. Sam stieg niemals zu jemandem ins Auto, den sie kaum kannte, schon gar nicht mit unbekanntem Ziel.

Er musste lachen. »Du bist echt witzig, Sam! Du gefällst mir.«

Sie fuhren parallel zu der beeindruckenden Dünenlandschaft von List in südliche Richtung. Die große Wanderdüne unweit von List auf der rechten Straßenseite wurde in sattem Orange von der untergehenden Sonne angestrahlt. Ein spektakulärer Anblick. Die unzähligen Reifenspuren und der ausgefahrene Fahrbahnrand ließen deutlich erkennen, dass dort – wenn auch gegen die Straßenverkehrsordnung – oft gehalten und fotografiert wurde.

»Sie sieht grandios aus«, bemerkte Marc ehrfürchtig.

»Ja. Wusstest du, dass sie jedes Jahr mehrere Meter ostwärts wandert?«, fragte Sam mit Blick auf den mächtigen Berg Sand inmitten der mit Heide bewachsenen Fläche.

»Nein, aber das könnte zum Problem werden, wenn sie eines Tages die Straße überqueren will.«

Konnte dieser Mann niemals ernst bleiben?, fragte sich Sam und schüttelte lachend den Kopf. »Wirklich! Das ist mein voller Ernst!«, betonte er daraufhin und sah sie mit unschuldiger Miene an.

»Klar«, gab Sam schmunzelnd zurück.

Irgendwann steuerte Marc einen Parkplatz an, auf dem nur noch eine Handvoll Autos parkten. Das hölzerne Wärterhäuschen war mittlerweile unbesetzt, sodass sie keine Parkgebühr entrichten mussten.

»Ich dachte, wir wollten etwas trinken gehen? Hier gibt es nichts dergleichen«, stellte Sam verwundert fest.

»Keine Angst, das machen wir auch. Vertrau mir!«

Marc öffnete die Kofferraumklappe, während Sam sein Handeln mit skeptischem Blick verfolgte. Er holte einen Picknickkorb hervor und klemmte sich eine Decke unter den Arm.

»Auf geht's!«, sagte er, und sie gingen den Weg zwischen den Dünen bis zum Meer nebeneinander her. Wenige Minuten später saßen sie am beinahe menschenleeren Strand auf der mitgebrachten Decke, und Marc zauberte Stück für Stück Brot, Käse, Oliven und diverse andere Köstlichkeiten aus dem Korb. Zu guter Letzt beförderte er eine Flasche gekühlten Weißwein zu Tage und befreite sie vom Korken. Er schenkte ein und hielt Sam ein Glas hin.

»Auf einen schönen Abend!«

»Danke, du hast an alles gedacht«, erwiderte Sam beeindruckt über den Aufwand, den Marc betrieben hatte. Mit Sicherheit tat er das öfter, wenn er eine Frau beeindrucken und für sich gewinnen wollte. Vermutlich hatte er bislang stets Erfolg mit der

Masche gehabt, überlegte Sam. Dabei fiel es ihr schwer, gegen ihr Misstrauen anzukämpfen.

»Bitte, Sam, bediene dich! Ich hoffe, es ist etwas für dich dabei.« Er deutete auf die mitgebrachten Speisen, die er um sie herum ausgebreitet hatte.

»Das sieht alles sehr lecker aus«, bestätigte Sam und griff nach einer mit Frischkäse gefüllten Minipaprika. »Wo hast du deine Jungs heute Abend gelassen?«, fragte sie, während sie kaute.

Marc hatte sich rücklings auf seine Ellenbogen gestützt und sah aufs Meer.

»Keine Ahnung, was sie heute machen. Die kommen gut ohne mich klar.«

»Es geht mich zwar nichts an, aber warum wohnen sie nicht auch bei uns im Hotel?«, wagte sie einen erneuten Vorstoß, obwohl sie spürte, dass ihm das Thema nicht behagte.

Eine leichte Brise wehte vom Wasser zu ihnen herüber, und der Duft von Algen und Salz lag in der Luft.

Marc drehte sich zu ihr. »Es gab da eine kleine Meinungsverschiedenheit. Daraufhin bin ich aus dem gemeinsamen Haus ausgezogen, weil …« Mitten im Satz brach er plötzlich ab und senkte den Blick. Das abendliche Licht ließ goldfarbene Reflexe in seinen hellbraunen Haaren schimmern. Feine Sandkörner klebten an seinen gut trainierten Oberarmen. Zweifelsfrei war Marc ein absoluter Hingucker. »Lass uns das Thema bitte nicht weiter vertiefen.«

»Sorry, ich wollte dir nicht zu nahetreten.« Sam zog sich instinktiv zurück.

»Schon gut. Ich möchte bloß momentan nicht darüber sprechen. Ich freue mich, dass du heute Abend meiner Einladung gefolgt bist.«

»Hatte ich denn eine andere Wahl?«

Er überlegte angestrengt. »Nein.«

»Warum ich?«, platzte es aus Sam heraus.

Ihre Frage schien ihn für einen kurzen Moment zu irritieren.

»Weil ich dich mag. Du bist interessant und ganz anders als all die anderen Frauen. Das ist mir schon im Club sofort aufgefallen.«

»Weil ich mich nicht kreischend auf dich gestürzt habe?« Sam musste bei dieser Vorstellung unweigerlich anfangen zu lachen.

»Ja, vielleicht auch ein bisschen deshalb. Aber mal im Ernst«, er sah sie durchdringend an. »Du warst so abweisend und stolz. Das hat mich fasziniert und neugierig gemacht. Ich würde gern mehr über dich erfahren. Ich glaube nämlich, dass hinter deiner harten Schale eine andere Sam steckt.«

»Da gibt es nicht viel zu erzählen. Ich lebe und arbeite auf Sylt. Ich bin überzeugt, dein Leben ist weitaus aufregender«, antwortete sie schnell. Sie fühlte sich durchschaut und in die Enge getrieben.

»Na ja, aufregend trifft es nicht ganz. Es ist momentan eher sehr anstrengend.« Sam unterbrach ihn nicht und ließ ihn weiterreden. »Egal, wo ich auftauche, rennen mir die Fans hinterher, vor allem die weiblichen.« Er grinste schief.

»Darum beneidet dich sicher der eine oder andere deiner Geschlechtsgenossen.«

»Das klingt vielleicht auf den ersten Blick verlockend, ist es aber nicht.« Er wirkte mit einem Schlag ernst. »Ich habe bei einer Show mitgemacht.« Er sah sie aus seinen grünen Augen an. Sam nickte lediglich wissend. »Es war eine Wette, ich habe sie verloren und mich bei dieser Show angemeldet in der Annahme, niemals ausgewählt zu werden. Doch dann kam ich sogar in die engere Auswahl und habe letztendlich diesen ganzen Zirkus gewonnen.«

»Du erwartest jetzt aber nicht von mir, dass ich dich bedauere, oder?«, neckte Sam ihn.

Er lachte und strich sich den Sand von den Armen.

»Ein wenig Mitgefühl hatte ich allerdings erwartet«, erwiderte er schmunzelnd und goss ihr Wein nach.

»Ich muss gestehen, dass ich die Sendung nicht gesehen habe. Was musstest du da machen?«, wollte Sam wissen.

»Die Kandidaten mussten diverse Aufgaben lösen. Ziel war es, am Ende den Mann zu finden, der möglichst in allen Bereichen des Alltags gut einsetzbar ist, um es ganz platt zu formulieren.«

»Aha. Und das ist dir gelungen?«

»Sieht so aus.«

»Was war das Schwierigste, das du machen musstest?«, ließ Sam nicht locker.

»Backen«, kam prompt die Antwort.

»Backen?«

»Ja, ich musste für meine Schwiegermutter einen Kuchen backen. Das habe ich noch nie im Leben gemacht.« Er schmunzelte bei der Erinnerung.

»Für deine Schwiegermutter? Na, da hat sie sich sicher gefreut«, erwiderte Sam und versuchte, die aufkommende Enttäuschung zu verbergen. Also war er in festen Händen. Wie naiv von ihr, anzunehmen, ein Mann wie er wäre noch zu haben.

Marc beobachtete sie aufmerksam und ergänzte: »Für meine imaginäre Schwiegermutter natürlich. Ich bin nicht verheiratet.«

Erleichtert nahm Sam sein Geständnis zur Kenntnis, versuchte aber, sich nichts anmerken zu lassen, weil sie sich ertappt fühlte. »Welche Aufgaben wurden noch gestellt?«

»Man musste einen Kindergeburtstag organisieren.«

»Ach herrje! Keine leichte Aufgabe.«

»Das kann ich dir sagen. Das ist ein hartes Los heutzutage. Die lieben Kleinen haben ziemlich hohe Ansprüche. Mit simplem Topfschlagen kannst du einpacken. Kreativität ist gefragt, um sie bei Laune zu halten.«

»Aber da du gewonnen hast, hast du auch diese Hürde gemeistert?« Es war mehr eine Feststellung als eine Frage.

»Ich habe drei ältere Schwestern und insgesamt acht Nichten und Neffen. Mehr brauche ich wohl nicht zu sagen.«

»Oh! Nein, in der Tat. Ich würde sogar so weit gehen zu sagen, du bist ein echter Profi.« Sie lachten beide. »Würdest du dich wieder zu einer Show anmelden?«

»Heute würde ich es nicht noch einmal tun. Ich habe mir anfangs überhaupt keine Gedanken gemacht, welche Auswirkungen das Ganze haben kann, und bin völlig unbedarft in die Sache hineingestolpert.«

»Aber sicher gab es nicht nur Nachteile, oder?«

»Nein. Zunächst war es ein absolut irres Gefühl, wie eine Art Rausch. Alle umschwirren dich und du denkst, ›Super, du hast es geschafft‹. Doch dann merkst du schnell, dass es im Grunde gar nicht um dich geht. Du wirst zu einer Art öffentlichem Gut. Die Leute meinen, ein Anrecht auf dich zu haben. Verstehst du?«

»Ich kann es mir vorstellen.«

»Alles, was du sagst oder tust, wird genau analysiert, jedes Wort auf die Goldwaage gelegt. Oft sind es nur Wortfetzen, die in einem vollkommen anderen Zusammenhang verdreht wiedergegeben werden, und es hagelt Schlagzeilen.« Er trank einen Schluck Wein und drehte sich dann zu den Dünen um. »Vielleicht lauern hier mitten in den Dünen Fotografen und morgen finden wir die Schlagzeile *Wer war die unbekannte Schönheit an Marc Nahringers Seite?* in der Zeitung.«

Er hatte das letzte Wort kaum ausgesprochen, als Sams Bedenken neuerlich befeuert wurden. Sie durfte unter keinen Umständen in der Öffentlichkeit mit ihm gesehen werden.

»Sam? Alles okay mit dir? Du siehst aus, als hättest du ein Gespenst gesehen«, fragte Marc erschrocken.

»Sei mir bitte nicht böse, aber ich glaube, es ist besser, wenn wir jetzt gehen. Kannst du mich bitte nach Hause bringen?«, bat sie ihn. Ihre Kehle fühlte sich zugeschnürt an.

»Habe ich irgendwas Falsches gesagt?«

»Nein, es hat nichts mit dir zu tun.«

»Okay, wie du willst. Dann lass uns alles zusammenpacken.«

»Marc«, sie griff nach seinem Arm, »es tut mir leid, du hast dir so viel Mühe gegeben, aber ich …« Sie brachte es nicht fertig, sich ihm anzuvertrauen. Vermutlich würde er sie als hysterisch abstempeln.

»Schon gut, Sam. Du musst nichts erklären. Ich akzeptiere deine Entscheidung.«

Sie packten zusammen. Marc ließ sich die Enttäuschung über das abrupte Ende ihres Dates nicht anmerken.

Vor dem Haus angekommen, stellte er den Motor ab.

»Danke für den schönen Abend und bitte entschuldige.« Sam wollte die Beifahrertür öffnen, als er sie am Handgelenk festhielt. Erschrocken sah sie ihn an. Panik flackerte für einen kurzen Moment in ihren Augen auf.

»Wovor hast du bloß so schreckliche Angst?« Sein Blick durchbohrte sie beinahe.

»Bis morgen, Marc!«

Mit zugeschnürter Kehle riss sie die Tür auf und lief auf die Haustür zu. Ihre Hände zitterten, als sie den Schlüssel ins Schloss steckte.

Nachdem er in einem nahegelegenen Restaurant eine Kleinigkeit zu Abend gegessen hatte, beschloss er, den Tag mit einem Spaziergang auf der Promenade in Wenningstedt ausklingen zu lassen. Er lehnte am Geländer und sah auf den Strand. Die Sonne war längst als glühender Ball im Meer versunken. Die Strandkörbe waren größtenteils verwaist. Hier und da waren vereinzelt Spaziergänger unterwegs. Zwei Hunde tollten bellend am Flutsaum und jagten sich gegenseitig. Das Ende eines perfekten Urlaubstages. Ein zufriedenes Lächeln umspielte seinen Mund, und er atmete tief aus. Dann schlenderte er durch die Straßen zurück zu seinem Apartment. Er hatte noch einiges zu tun, bevor er sich zur Ruhe legen konnte. Am Nachmittag hatte er sich mit Lebensmitteln und Getränken bei einem Supermarkt um die Ecke eingedeckt. Dort hatte er eine detaillierte Karte der Insel gekauft. Mit einem roten Stift hatte er alle infrage kommenden Orte markiert, an denen er ihr unbemerkt begegnen konnte. Er besaß zwar mittlerweile ihre Adresse, aber er wollte, dass sie sich noch eine Weile unbeobachtet fühlte. Zunächst musste er ihr Umfeld gut genug kennen, um für alle Eventualitäten gewappnet zu sein. Sie konnte ihm ohnehin nicht mehr entwischen. Nie wieder.

Als Sam später im Bett lag, konnte sie nicht einschlafen und wälzte sich unruhig von einer Seite auf die andere. Der Morgen graute bereits, als ihr vor lauter Grübeln die Augen zufielen. Zum einen musste sie an Marc denken und sich eingestehen, dass sie ihn trotz ihrer Vorbehalte ihm gegenüber sehr mochte. Doch das angenehme Gefühl wurde durch einen stärkeren, furchteinflößenden Gedanken überschattet. Sie versuchte sich zu beruhigen, in dem sie sich immer wieder aufs Neue einredete, dass es absolut keinen Grund für ihre Angst gab. Außer Tom wusste niemand, wo sie sich momentan aufhielt. Die Polizei hatte ihr geraten, mit niemandem über ihren Aufenthaltsort zu sprechen, und daran hatte sie sich ausnahmslos gehalten. Er konnte sie unmöglich ausfindig machen. Das hoffte sie jedenfalls. Sie war weder bei Facebook noch bei Twitter oder einem anderen sozialen Netzwerk registriert. Kaum entspannte sie sich, erschreckte sie ein neuer Gedanke: Sollte sie sich weiterhin mit Marc treffen? Ihr Herz bejahte es, aber ihr Verstand mahnte zur Vorsicht. Er selbst hatte ihre Zweifel unbewusst verstärkt, indem er die Presse ins Spiel gebracht hatte. Ein einziges Foto mit ihm in der Zeitung oder im Internet würde genügen und jedermann wusste, wo sie sich aktuell aufhielt. Sie durfte nichts dem Zufall überlassen und würde morgen als Erstes mit Feldtmann sprechen. Sie musste ihn davon überzeugen, dass es besser war, Marc einen anderen Trainer zu geben. Doch mit welcher Begründung? Ihr fiel kein stichhaltig und überzeugend klingendes Argument ein, und die Wahrheit konnte sie ihm unmöglich sagen.

Am nächsten Morgen wartete Sam im Schwimmbad vergeblich auf Marc. Eine Viertelstunde war vergangen, und er war noch immer nicht aufgetaucht. War das die Retourkutsche für den gestrigen Abend? Oder war ihm etwas zugestoßen? Hatte er verschlafen oder war sogar krank? Sam wurde unruhig und stattete Kim einen Besuch an der Rezeption ab, nachdem sie auch im Frühstücksraum ohne Erfolg nach ihm gesucht hatte.

»Morgen, Kim! Hast du Marc Nahringer gesehen? Wir waren um zehn zum Training verabredet, aber bislang ist er nicht aufgetaucht«, erklärte sie.

»Nein, ich muss dich enttäuschen, ich habe ihn nicht gesehen. Meine Schicht hat eben erst begonnen.«

»Kannst du mir bitte seine Zimmernummer geben? Ich möchte sichergehen, dass ihm nichts zugestoßen ist.«

»Was sollte ihm zugestoßen sein?« Kim runzelte belustigt die Stirn.

»Was weiß ich? Vielleicht ist er gestürzt und liegt nun ohnmächtig in der Dusche? Das ist alles schon vorkommen.«

»Stimmt, den Fall hatten wir sogar im vergangenen Jahr.« Sie warf einen Blick in ihren Computer. »Marc Nahringer hat die 42. Erster Stock, das letzte Zimmer auf der linken Seite.«

»Danke, du bist ein Schatz! Falls er in der Zwischenzeit hier vorbeikommt, sag ihm bitte, dass ich nach ihm suche. Er soll im Schwimmbad auf mich warten.«

»Okay, mache ich. Viel Erfolg!«, rief Kim der davoneilenden Sam hinterher.

Energisch klopfte Sam gegen Marcs Zimmertür. Gerade als sie die Hoffnung aufgegeben hatte, ihn anzutreffen, und die Sorge wuchs, dass ihm tatsächlich etwas zugestoßen war, öffnete sich die Zimmertür, und Marc stand wohlbehalten vor ihr. Er war offenbar eben erst aufgestanden, denn er trug lediglich

Boxershorts und war weder geduscht noch rasiert. Ungläubig starrte Sam ihn an. Im selben Augenblick erklang eine weibliche Stimme aus dem Hintergrund. »Marc? Kommst du?«

Eine Frau im weißen Bademantel huschte durchs Bild.

»Verdammt! Ich habe unseren Termin vergessen!«, fiel es Marc siedend heiß ein. Er verzog das Gesicht, als hätte er Schmerzen, und fuhr sich mit einer Hand durchs morgendlich ungekämmte Haar.

»Sieht ganz danach aus! Sag nächstes Mal einfach Bescheid, wenn sich dein persönlicher Trainingsplan ändert«, schleuderte Sam ihm, unwillkürlich wütend, entgegen. Sie kam sich vor wie eine Vollidiotin, da sie in Erwägung gezogen hatte, es könne ihm schlecht gehen. Vermutlich war es ihm selten besser gegangen, derweil sie sich Sorgen gemacht hatte.

»Marc!«, erklang die ungeduldige Frauenstimme hinter ihm aufs Neue. »Wo bleibst du denn? Wenn du nicht bald kommst, werden deine Eier kalt.«

»Na, das solltest du auf keinen Fall riskieren«, bemerkte Sam in bissigem Ton.

»Ich habe Frühstück aufs Zimmer bestellt«, startete Marc einen Erklärungsversuch, aber Sam hatte bereits auf dem Absatz kehrt gemacht und eilte mit schnellen Schritten davon. »Sam! Bitte warte! Es tut mir leid!«

Und mir erst, dachte sie. Sie hatte bereits das Treppenhaus erreicht und hastete die Stufen hinunter. Am liebsten wäre sie gerannt. Wut und Enttäuschung trieben ihr die Tränen in die Augen. Ihr Instinkt hatte sie nicht im Stich gelassen. Marc war genauso oberflächlich, wie sie von Anfang an vermutet hatte. Kurz vor der Tür zur Rezeption hielt sie an, wischte sich mit dem Handrücken über die Augen und atmete kräftig durch. Mit gestrafften Schultern ging sie an Kim vorbei, die gerade neue Gäste in Empfang nahm. Sie warf ihr einen besorgten Blick zu, doch Sam winkte lediglich ab.

Heute war endlich der Tag gekommen. Nach einem einfachen Frühstück mit Toast und Kaffee machte er sich auf den Weg zur nächstgelegenen Bushaltestelle. Er war zu der Überzeugung gelangt, dass es klüger war, den Bus anstelle des eigenen Wagens zu nehmen. Für den Fall, dass er ihr auf der Straße zufällig begegnete, könnte das Kennzeichen aus der gemeinsamen Heimatstadt keine Aufmerksamkeit von ihr erzeugen. Unter keinen Umständen wollte er dieses Risiko eingehen und somit den Erfolg seiner Mission gefährden. Er bestieg den Bus der Linie 1 und setzte sich auf einen Fensterplatz. Während der Fahrt schaute er gedankenversunken hinaus. Kiefernwälder und Heidelandschaft zogen auf einer Seite, das Wattenmeer auf der anderen an ihm vorüber. Er konnte mehrere Gruppen Wattwanderer erkennen, wie sie über den freigelegten Meeresgrund marschierten. Sie trugen zum Teil Rucksäcke oder hatten Walkingstöcke dabei. Dem aktuellen Gezeitenkalender nach, der in seinem Apartment auslag, kehrte das Meer erst in ein paar Stunden mit der nächsten Flut zurück. Ein immerwährendes Spiel, mitunter todbringend, wenn man sich nicht an die Spielregeln hielt. An der nächsten Haltestelle stieg eine Jugendgruppe zu, und der Bus wurde augenblicklich mit lautem Stimmengewirr geflutet. Er wurde von einer Papierkugel getroffen und schleuderte sie wütend zurück in die Menge. Endlich rückte sein Ziel, die Endhaltestelle am Lister Hafen, in greifbare Nähe. Er stieg als einer der letzten Fahrgäste aus und schlenderte in gemächlichem Tempo über den großen Platz am Hafen. Bei Gosch saßen die ersten Urlauber des Tages in den rot-weißen Strandkörben, aßen Fischbrötchen oder nahmen Getränke zu sich. Direkt am Hafenbecken hatte sich eine Menschentraube gebildet. Sicher würde in Kürze eines der Ausflugsschiffe anlegen, die zu den Seehundbänken oder auf die Nachbarinseln fuhren, mutmaßte er. Schließlich nahm er auf einer Bank Platz und kramte einen Zettel aus der Jackentasche hervor. Darauf hatte er ihre Adresse notiert. Zufrieden betrachtete er die Buchstaben in blauer Farbe, als würde es sich dabei um eine ägyptische Inschrift von unschätzbarem Wert handeln, die zu einem längst vergessenen Schatz führte. Für ihn waren die Buchstaben gleichbedeutend, denn sie führten ihn tatsächlich zu einem für ihn unendlich kostbaren Schatz: zu ihr!

Im Fitnessraum war wider Erwarten viel los, nahezu alle Geräte waren besetzt. Alex hatte Dienst und alle Hände voll zu tun, daher war er dankbar, dass Sam ihn unterstützte.

»Super, dass du mir hilfst«, sagte er. »Ich meine auch wegen neulich. Du weißt schon, die Sache in der Dusche.« Ein verlegenes Lachen huschte über sein hübsches Gesicht.

»Ist doch selbstverständlich. Wir müssen alle zusammenhalten.«

»Du bist echt super, weißt du das eigentlich?«

Sam antwortete darauf nicht, sondern lächelte lediglich, denn ihre Aufmerksamkeit galt einem Jungen, der verbissen auf einem Crosstrainer lief und jeden Moment umzukippen drohte. Figürlich ähnelte er eher einer russischen Matroschka als einem sportlichen Jungen seines Alters, und seine Gesichtsfarbe glich der einer überreifen Tomate. Die langen Strähnen seines Ponys klebten ihm quer über die Stirn, sodass das eine Auge komplett verdeckt war. Er prustete und seine dicken Finger umklammerten die Griffe des Gerätes.

»Hallo«, grüßte Sam, als sie sich ihm näherte. »Wie lange trainierst du schon auf dem Gerät?« Sie schielte auf das Display, es waren gerade erst zehn Minuten. »Ich bin Sam. Wie heißt du?«

»Dennis«, keuchte er, ohne sie anzusehen. Sein Körper strahlte eine ungeheure Hitze aus.

»Bist du ein Hotelgast?«, erkundigte sie sich, da sie weit und breit keinen Erwachsenen erblicken konnte, der sich in irgendeiner Form um den Jungen kümmerte.

»Ja«, gab Dennis zurück.

»Dennis, ich glaube, du solltest für heute Schluss machen, das ist sonst ungesund. Wer hat dir das Gerät eingestellt? War es Alex?«, wollte Sam wissen und zeigte auf ihren Kollegen, der gerade durch die Tür kam.

»Nein«, widersprach Dennis. »Torben. Er hat gesagt, man muss an seine Grenzen kommen, sonst bringt das ganze Training nichts«, erklärte er und japste nach Luft, als hätte er gerade den Gipfel des Mount Everest erklommen.

»Was du nicht sagst. Der Torben kennt sich ja aus. Na ja, aber jetzt gehst du am besten duschen, aber nicht zu kalt und Trinken nicht vergessen. Okay? Du kannst morgen wieder trainieren. Alex oder ich werden dir gerne behilflich sein.« Sam kochte innerlich vor Wut. Was mischte sich dieser unangenehme Wichtigtuer Torben in ihre Arbeit ein? Sie schwor, ihn sich bei nächster Gelegenheit vorzuknöpfen und zur Rede zu stellen.

Der übergewichtige Teenager nickte, schnappte sich sein Handtuch und stapfte mit hängendem Kopf davon. Alex kam auf Sam zu.

»Gibt es Ärger?«

»Seit wann hat Torben in diesem Bereich etwas zu sagen?«, zischte sie aufgebracht.

»Wieso Torben? Der hat hier bei uns gar nichts zu melden« Alex legte verwundert die Stirn in Falten.

»Er hat diesem Jungen auf dem Crosstrainer die Einstellung eines Spitzensportlers verpasst und behauptet, das müsse so sein, sonst würde es nichts bringen! Ich glaube, er überschreitet eindeutig seine Kompetenzen. Wenn uns der Junge tot vom Gerät gekippt wäre, hätte man uns zur Verantwortung gezogen. Darauf kannst du Gift nehmen!« Sam konnte sich kaum beruhigen.

»Das stimmt vermutlich. Tut mir leid, ich hatte ihn überhaupt nicht auf dem Schirm und war nur kurz draußen. Ich verspreche, ich passe nächstes Mal besser auf«, gab Alex schuldbewusst zurück.

»Das war nicht gegen dich gerichtet, Alex. Jemand muss Torben in seine Schranken weisen, das ist höchste Zeit. Vielleicht sollte ich mal mit Feldtmann sprechen«, schlug sie vor.

»Das wird nichts bringen«, widersprach Alex prompt.

»Und wieso nicht?«

»Torben kann ziemlich gut mit dem Chef. Keine Ahnung, warum. Aber Feldtmann hält große Stücke auf ihn. Die beiden sind so«, verdeutlichte er, indem er Zeige- und Mittelfinger der rechten Hand kreuzte.

»Weil Torben Computer bedienen kann, und Feldtmann somit die Kosten für einen Fachmann spart?« Sam schnaubte wütend.

»Sam, wenn ich dir einen guten Rat geben darf, leg dich besser nicht mit Feldtmann an. Du wärst nicht die Erste, die kurz danach an die Luft gesetzt wird.«

»Na großartig«, murmelte sie. »Aber atmen darf man, oder hat Feldtmann dagegen auch etwas einzuwenden?« Alex sah sie irritiert an, wusste jedoch keine Antwort zu geben.

Plötzlich kam Marc in den Fitnessraum gestürmt und steuerte schnurstracks auf Sam zu. Er packte sie am Arm und zog sie mit sich.

»Wir müssen reden!«

Sam war derart verblüfft, dass sie im ersten Moment weder widersprach noch sich wehrte, sondern sich widerstandslos von ihm mitziehen ließ.

Erst als sie die Tiefgarage erreichten, blieb er stehen. Sie löste sich umgehend aus seinem Griff und trat ein paar Schritte zurück.

»Könntest du mir bitte erklären, was in dich gefahren ist?«, fauchte sie ihn an und rieb über die schmerzende Stelle an ihrem Arm. »Du stürmst wie ein wild gewordener Stier in den Fitnessraum und zerrst mich vor den Augen meines Kollegen und der Gäste einfach weg! Bist du komplett verrückt geworden?« Ihre Stimme überschlug sich nahezu.

»Ich muss mit dir reden«, verteidigte er sich.

»Ich wüsste nicht, worüber.« Sie verschränkte die Arme vor dem Körper und funkelte ihn zornig an, woraufhin er zu schmunzeln begann.

»Du bist übrigens bezaubernd, wenn du wütend bist. Hat dir das schon mal jemand gesagt?«

»Spar dir das. Ich gebe dir zwei Minuten. Also ich höre, die Zeit läuft!« Sie deutete demonstrativ auf ihre Armbanduhr.

»Okay, okay. Ich glaube, du hast da heute Morgen einen falschen Eindruck bekommen«, begann er. »Die Frau in meinem Zimmer …«

»Deine Weibergeschichten interessieren mich nicht. Meinetwegen kannst du flachlegen, wen du willst. Das ist allein deine Sache.« Sie wusste, dass ihre Äußerung verletzend und obendrein unfair war. Sie besaß kein Recht, sich dermaßen aufzuspielen.

»Sam, bitte lass mich ausreden. Ich kann verstehen, dass du sauer auf mich bist.«

»Du verstehst gar nichts!«, schleuderte sie ihm entgegen.

»Bitte lass es mich dir erklären. Die Sache mit dem geplatzten Termin tut mir schrecklich leid. Ehrlich. Und ich entschuldige mich dafür. Aber was die Frau angeht, liegst du vollkommen falsch. Ilona hat gestern spätabends plötzlich an meine Tür geklopft, weil sie auf die Schnelle kein Hotel gefunden hat, das ein Zimmer frei hatte. Es ist Hochsaison.«

Sam entfuhr ein bitteres Lachen. »Und da du so ein großes Herz besitzt, hast du sie natürlich sofort bereitwillig bei dir aufgenommen«, giftete sie. »Kein Zimmer! Dass ich nicht lache! Ich hoffe für dich, dass sie sich wenigstens erkenntlich gezeigt hat, und du auf deine Kosten gekommen bist.« Dieser letzte Satz war ihr ungewollt herausgerutscht. Nun hatte sie eindeutig eine Grenze überschritten.

Für einen Moment sagte keiner von beiden ein Wort, sie sahen einander nur an.

»Du bist eifersüchtig, habe ich recht? Du denkst, ich hatte was mit ihr. Aber damit liegst du falsch, Sam. Ilona ist meine Managerin, was die Fernsehshows betrifft, sonst nichts. Sie hat gestern ihren Zug verpasst und war erst sehr spät …«

»Du musst nichts erklären, Marc. Wie gesagt, es geht mich nichts an, mit wem du etwas hast oder nicht. Ich kann es nur nicht leiden, wenn man sich nicht an Absprachen hält«, erwiderte Sam und bohrte demonstrativ ihren Zeigefinger in seine Brust. »Und jetzt entschuldige mich bitte, ich habe zu tun. Andere nehmen ihre Termine nämlich äußerst ernst.«

Ehe er etwas erwidern konnte, stürmte sie hocherhobenen Hauptes aus der Tiefgarage.

Sam spürte noch lange seinen gleichermaßen bedauernden wie ratlosen Blick, mit dem er ihr nachsah. Mit ihrem Verhalten hatte sie ihm nicht nur deutlich gezeigt, dass sie sich über ihn geärgert hatte, sondern auch, dass sie ihn mochte – sehr sogar.

Er zog die Kapuze seines Hoodies tiefer ins Gesicht, als er sich dem Haus näherte. Dort auf dem Parkplatz erkannte er ihren Wagen und sein Herz machte einen gewaltigen Sprung. Sein Blick wanderte hin und her, um eine Möglichkeit zu finden, sich zu verstecken, falls sie plötzlich auftauchen sollte. Sie bewohnte eine der beiden oberen Wohnungen, das hatte er zwischenzeitlich herausgefunden. Aber offensichtlich war sie nicht zu Hause, denn hinter den Scheiben bewegte sich seit zwei Stunden nichts. Vielleicht würde er später noch einmal wiederkommen, um zu sehen, ob sie dann zurück war. In dem Moment, in dem er den Rückzug antreten wollte, entdeckte er sie. Sie ging zu Fuß auf der anderen Straßenseite. Aber sie war nicht allein, eine junge, dunkelhaarige Frau begleitete sie. Beide Frauen unterhielten sich angeregt und lachten dabei. Allem Anschein nach ging es ihr gut, stellte er erleichtert fest. Sie machte einen unbeschwerten und fröhlichen Eindruck. Vor ihrem Haus verabschiedeten sich die Frauen voneinander und die Dunkelhaarige setzte ihren Weg allein fort. Schnell duckte er sich hinter zwei parkende Autos, um nicht entdeckt zu werden. Sein Herz klopfte aufgeregt in seiner Brust. Er hatte sie wirklich gefunden. Nur wenige Meter trennten ihn von ihr. Wie schön sie war! Tausendmal schöner als auf dem zerknickten Foto, das er ständig bei sich trug. Das lange, blonde Haar hatte sie zu einem festen Zopf geflochten, wie er es von ihr kannte. Er stellte sich vor, wie er den Zopf lösen und seine Finger durch ihr weiches, samtiges Haar gleiten ließ. Seine Handflächen wurden feucht und eine Gänsehaut überzog seinen Körper bei der Vorstellung. Er beobachtete, wie sie die Haustür aufschloss und sogleich im Hausflur verschwand. Er brachte es nicht fertig zu gehen und verharrte noch einen Augenblick. Sein Bleiben wurde belohnt. Nur kurze Zeit später öffnete sich die Balkontür im ersten Stock und sie trat hinaus. Einer Göttin gleich, schoss es ihm durch den Kopf, als er sie dort oben stehen sah. Die Unterarme auf das Geländer gestützt, hielt sie eine Tasse mit beiden Händen umfasst. Ihr langer Zopf fiel ihr seitlich über die rechte Schulter. Als sie in seine Richtung blickte, duckte er sich blitzartig in der Hoffnung, weiterhin unentdeckt zu bleiben. Vorsichtig schielte er über die Motorhaube des parkenden Autos nach oben. Sie stand noch immer auf dem Balkon. Erleichterung machte sich in ihm breit, denn die Sorge, sie könne ihn gesehen haben, hatte sich als unbegründet erwiesen. Sie hatte seine Anwesenheit nicht bemerkt. Plötzlich drehte sie sich um, verschwand nach drinnen und schloss die Balkontür hinter sich. Obwohl er gerne noch eine Weile in ihrer unmittelbaren Nähe verbracht hätte, begab er sich zufrieden auf den Heimweg. Er durfte sein Glück nicht überstrapazieren. Morgen war auch noch ein Tag.

Das Wochenende hatte Sam frei, daher schlief sie um kurz vor 8.00 Uhr noch, als ihr Telefon klingelte. Verschlafen tastete sie danach und nahm ab.

»Guten Morgen! Habe ich dich etwa geweckt?«

»Tom, hallo! Ja, ich habe heute frei«, antwortete sie mit schläfriger Stimme und rieb sich mit einer Hand über die Augen.

»Oh, das tut mir sehr leid. Ich dachte, ich erwische dich vielleicht, bevor du zur Arbeit musst«, entschuldigte sich ihr Bruder.

»Nicht schlimm. Was gibt es denn?« Sie setzte sich in ihrem Bett auf.

»Ich wollte dir mitteilen, dass ich nächstes Wochenende voraussichtlich nach Sylt komme, wenn alles so bleibt. Wir könnten abends zusammen essen gehen.«

»Das wäre schön! Ich muss Samstag nur bis mittags arbeiten. Ich freue mich riesig auf dich!« Bei dieser Nachricht erwachten ihre Lebensgeister schlagartig. Sie hatte ihren Bruder viel zu lange nicht mehr gesehen und freute sich von ganzem Herzen auf seinen Besuch.

»Okay. Dann sehen wir uns nächste Woche und können in Ruhe quatschen! Jetzt muss ich in ein Meeting, sorry.«

»Ach, Tom. Du arbeitest eindeutig zu viel«, stellte sie fest und hatte noch lange das Lachen ihres Bruders im Ohr, als dieser schon längst aufgelegt hatte.

Draußen verbarg sich die Sonne hinter tiefhängenden, grauen Wolken. Ein frischer Wind blies von Norden her. Sam beschloss, vor dem Frühstück eine Runde laufen zu gehen. Sie musste den Kopf frei bekommen. In der letzten Zeit war viel passiert. Außerdem musste sie sich darüber klar werden, wie sie zukünftig mit Marc umgehen wollte. Er war ihr längst nicht so egal, wie sie tat, das ließ sich nicht abstreiten. Im Übrigen war eine Entschuldigung für ihre Überreaktion in der Tiefgarage überfällig. Seit dem Vorfall hatte sie Marc weder gesehen noch gesprochen, da er keine neuen Termine mit ihr als Personal Trainerin vereinbart hatte, und sie sich nicht in der Pflicht sah, ihm diesbezüglich hinterherzulaufen. Sam joggte unten am Strand entlang. Das Laufen im Sand war anstrengend, aber sie zwang sich durchzuhalten, als kämpfe sie gegen eine unsichtbare Kraft an. Sie hatte die letzten Häuser längst hinter sich gelassen, als sie in der Ferne zwei Personen erkannte. Eine von beiden schien sich über die andere zu beugen, dann richtete sie sich auf und begann, mit den Armen zu wedeln. Ansonsten war der Strand menschenleer um diese Zeit. Die Badegäste bevölkerten den Strand meist erst viel später am Tag. Außerdem gab es in diesem Abschnitt keine Strandkörbe und keine Rettungsschwimmer. Sam beschleunigte ihr ohnehin hohes Tempo, bis ihre Lungen brannten. Als sie ganz dicht war, erkannte sie die beiden Jungen. Sie hatte sie regelmäßig im Fitnessraum des Hotels angetroffen. Bei einem von ihnen handelte es sich um Dennis, den sie vor Kurzem vom Crosstrainer geholt hatte. Sam erinnerte sich, dass die Jungen sich neulich ausgiebig mit Marc unterhalten hatten. Doch jetzt lag Dennis mit ausgestreckten Armen und Beinen auf dem Rücken und rührte sich nicht. Sein Gesicht war aschfahl. Sofort ließ sich Sam neben ihn in den Sand fallen und legte ihr Ohr auf seine Brust. Kein Herzschlag. Sie fühlte nach dem Puls. Nichts.

»Was ist passiert?«, fragte sie noch immer außer Atem den zweiten Jungen, der verstört und in Tränen aufgelöst neben ihr stand.

»Ich weiß nicht, er ist plötzlich umgefallen«, schluchzte er. »Wir haben nichts Verbotenes gemacht!«

»Hast du ein Handy?« Ausgerechnet heute hatte sie ihr eigenes zu Hause gelassen, da sie ausnahmsweise ohne Musik laufen wollte.

Er schüttelte den Kopf. Sam sah sich verzweifelt um und erblickte ein Pärchen, das an der Wasserkante entlangwanderte.

»Hey!«, schrie sie so laut, wie sie konnte, riss die Arme hoch und winkte die beiden zu sich. »Los!«, forderte sie den Jungen auf. »Lauf dorthin! Die sollen einen Rettungswagen rufen! Beeil dich!«

Während der Junge auf die beiden zurannte, versuchte Sam alles in ihrer Macht stehende, um Dennis zu reanimieren. Sie kämpfte um sein Leben, doch der Junge lag unverändert leblos im Sand. Trotz ihrer Bemühungen rechnete Sam mit dem Schlimmsten.

Die eintreffende Notärztin konnte nur noch den Tod des Jungen feststellen. Anschließend beugte sie sich zu Sam hinunter, die ein Stück abseits im Sand saß und vor sich hinstarrte.

»Kann ich etwas für Sie tun?«, fragte sie und legte behutsam eine Hand auf ihre Schulter.

»Nein, danke«, erwiderte Sam matt und sah auf.

»Es tut mir leid, aber für den Jungen kam jede Hilfe zu spät.«

»Kann man sagen, woran er gestorben ist?«

Die Ärztin schüttelte den Kopf. »Nein, aber ich tippe auf akutes Herzversagen. Sie haben alles richtig gemacht und dürfen sich keine Vorwürfe machen.« Sie lächelte Sam aufmunternd zu und ging dann zurück zum Rettungswagen.

Mittlerweile hatte sich eine neugierige Menschentraube am Strand versammelt, die von zwei Polizeibeamten daran gehindert wurde, näher an den leblosen Körper heranzutreten.

Sam rappelte sich nach ein paar Minuten auf und machte sich auf den Weg nach Hause. Der Polizei hatte sie ihre Personalien gegeben und deren Fragen beantwortet, somit war ihre Anwesenheit vor Ort nicht mehr erforderlich. Sie warf einen letzten Blick auf die Stelle, an der der tote Dennis kurz zuvor gelegen hatte. Der andere Junge, dessen Name Roland war, wurde von einem Seelsorger betreut. Auch Dennis' Eltern waren zwischenzeitlich an der Unglücksstelle eingetroffen. Sie hatten gerade eine Runde Golf auf dem Golfplatz Budersand in Hörnum gespielt, als die Polizei sie über den Tod ihres Sohnes informiert hatte. Dennis' Mutter wurde von einem Rettungssanitäter an Ort und Stelle psychologisch und medizinisch betreut, während der Vater mit einem Polizeibeamten sprach.

Zu Hause angekommen, ließ sich Sam, angezogen wie sie war, auf das Bett fallen. Ihr Körper fühlte sich ausgelaugt und erschöpft an, und in ihrem Kopf herrschte eine seltsam dumpfe Leere. Eine ganze Weile lag sie regungslos auf dem Rücken und starrte an die Decke. Irgendwann stand sie auf, zog sich aus und stellte sich lange unter die Dusche, als ob sie auf diese Weise die schrecklichen Bilder einfach abspülen konnte.

Später setzte sie sich auf den Balkon und stocherte lustlos in ihrem Essen herum. Obwohl sie keinen Hunger verspürte, verlangte ihr Magen dennoch eine Kleinigkeit, denn sie hatte bislang nicht einmal gefrühstückt. Nach wenigen Happen stellte sie es jedoch nahezu unberührt in die Küche zurück. Dann schlüpfte sie in ihre Jeans, zog sich eine Bluse über und verließ ihre Wohnung. Der Tod des Jungen ließ ihr keine Ruhe. Wie konnte es bloß dazu kommen, dass ein derart junger Mensch von einer zur anderen Minute starb? Hatte er an einer unentdeckten Krankheit gelitten? Eventuell begünstigt durch sein erhebliches Übergewicht? So viel Sam auch grübelte, sie kam zu keinem zufriedenstellenden Ergebnis. Daher beschloss sie, zum Hotel zu gehen. Vielleicht gab es in der Zwischenzeit neue Erkenntnisse zu den Todesumständen von Dennis, außerdem wollte sie in der jetzigen Situation ungern allein sein.

In dem Moment, in dem sie das Hotel erreichte, sah sie Marcs dunklen Wagen wegfahren. Insgeheim hatte sie gehofft, ihn anzutreffen und sich für ihren gestrigen Auftritt zu entschuldigen. Kaum hatte Sam den Eingangsbereich betreten, kam ihr Kim aufgeregt entgegen.

»Oh, Sam! Das ist alles furchtbar! Die Polizei war eben hier«, jammerte sie. »Wie geht es dir? Ich habe gehört, dass du versucht hast, ihn zu retten. Das muss schrecklich für dich gewesen sein.«

»Wenn ich sagen würde, mir geht es gut, wäre das gelogen«, erwiderte Sam. »Das ist eine tragische Geschichte. Was hat die Polizei gesagt? Gibt es neue Hinweise?«

Kim schüttelte den Kopf. »Nein, ich glaube nicht. Sie haben mir nur allgemeine Fragen gestellt. Die Polizei war bis eben bei Feldtmann, aber worüber sie im Einzelnen gesprochen haben, weiß ich nicht. Was machst du eigentlich hier? Du hast doch frei. Bist du wegen des Jungen gekommen? Sam?«

»Was?« Sam schien mit ihren Gedanken vollkommen woanders zu sein. »Entschuldige Kim, ich habe eben nicht zugehört.«

»Das war nicht zu übersehen. Ich habe gefragt, warum du hergekommen bist.«

»Ich wollte nicht allein sein. Außerdem …«

»Außerdem?«, wiederholte Kim.

»Nicht so wichtig. Wo ist denn Roland? Der andere Junge. Wie geht es ihm?«

»Der ist mit seinen Eltern weggefahren. Keine Ahnung, wohin sie sind. Ich nehme an, sie werden sowieso in nächster Zeit abreisen«, vermutete Kim.

»Würde ich verstehen.«

»Übrigens hat Marc Nahringer vorhin nach dir gefragt«, wechselte Kim das Thema und grinste breit.

»Ach, tatsächlich«, gab Sam bissiger zurück, als sie beabsichtigte.

»Warum reagierst du so gereizt? Habe ich etwas verpasst?« Kim wurde hellhörig.

»Nein. Es gab lediglich eine Unstimmigkeit, nichts von Bedeutung. Hat er gesagt, was er wollte?«

»Einen Moment.« Kim verschwand in dem kleinen Büro hinter der Rezeption und kam mit einem Umschlag zurück. »Hier, das soll ich dir geben.« Sie reichte Sam ein Kuvert mit aufgedrucktem Hotellogo. »Er ist vor wenigen Minuten in Begleitung von zwei Männern weggefahren«, ergänzte Kim. Sam zog fragend die Augenbrauen hoch. »Sie kamen mir irgendwie bekannt vor. Ich glaube, sie waren damals zusammen im Club mit ihm«, fügte Kim hinzu.

»Danke, Kim. Ich werd' dann mal gehen. Mach's gut!« Mit diesen Worten verabschiedete Sam sich und begab sich wieder auf den Heimweg.

Den Brief hielt sie fest in der Hand. Erst als sie das Hotel ein ganzes Stück hinter sich gelassen hatte, blieb sie stehen und öffnete ihn. In dem Kuvert befanden sich eine handgeschriebene Nachricht von Marc sowie eine Eintrittskarte für das Meerkabarett. *Hole dich morgen Abend um 18.30 Uhr von zu Hause ab. Marc,* stand darauf. Sam betrachtete die Karte näher. Ein bekannter Comedian trat am Abend dort auf. Im Meerkabarett an der Sylt-Quelle in Rantum traten regelmäßig bekannte Künstler auf, und die Vorstellungen waren relativ schnell ausverkauft. Sam war bislang nie dort gewesen. Als sie das letzte Mal auf Sylt gewesen war, hatte es diese Institution noch nicht gegeben. Allerdings fühlte sie sich augenblicklich auch nicht in der Verfassung, sich zu amüsieren. Andererseits half es auch nichts, sich zu Hause einzuigeln und Trübsal zu blasen. Dennis würde dadurch leider nicht wieder lebendig werden. Ein bisschen Ablenkung würde ihr vielleicht sogar guttun. Morgen sähe die Welt ohnehin anders aus. Kurz vor ihrem Haus überquerte sie die Straße und erschrak. Um Haaresbreite wäre sie von einem herannahenden Auto erfasst worden. Der Wagen tauchte wie aus dem Nichts aus einer Seitenstraße auf, bremste vor ihr und raste dann in hohem Tempo davon.

»Idiot!«, schimpfte Sam ihm hinterher. Ihre Knie zitterten vor Schreck.

Das war knapp. Vermutlich wäre es schlauer gewesen, hätte er sich für ein Fahrrad entschieden oder – besser noch – wäre zu Fuß gegangen. Plötzlich hatte sie mitten auf der Straße gestanden, und er hatte eine Vollbremsung hinlegen müssen, um sie nicht zu überfahren. Doch er war sicher, dass sie ihn vor lauter Schreck nicht erkannt hatte. Um nicht aufzufallen, hatte er seinen eigenen Wagen an der Ferienwohnung stehen gelassen und sich für die nächste Zeit einen Mietwagen geliehen. Damit konnte er sich unauffälliger bewegen, da die Fahrzeuge allesamt weiß waren und mittlerweile zum alltäglichen Straßenbild gehörten. Gedankenverloren war er, ohne nach rechts oder links zu blicken, losgefahren. Das hätte fatal enden können. In Zukunft musste er besonnener vorgehen, wenn sein Plan aufgehen sollte. In keinem Fall durfte er ihr zu früh begegnen oder durch eine Unachtsamkeit seine Mission gefährden. Diesbezüglich ärgerte er sich über sich selbst. Dennoch hatte er heute einen weiteren wichtigen Meilenstein seines Plans abhaken können. Er wusste nun, wo sie arbeitete. Ihr zum Hotel zu folgen, hatte sich als nicht besonders schwer erwiesen. Dann hatte er sich nur noch nach dem Sportprogramm vor Ort erkundigen müssen. Unter Zuhilfenahme einer kleinen Notlüge, hatte ihm die freundliche junge Frau an der Rezeption bereitwillig Auskunft gegeben. Im Großen und Ganzen war bislang alles glatt gelaufen, und er konnte zufrieden sein. Trotz allem steckte ihm der Beinahe-Zusammenstoß von eben noch in den Knochen und bescherte seiner Stimmung einen ordentlichen Dämpfer.

Während Sam der Samstagabend vor dem Fernseher sitzend endlos erschienen war, verging der Sonntag dagegen wie im Flug. Erst am späten Nachmittag hatten sich die restlichen Regenwolken des Vortags endgültig verzogen, und die Sonne zeigte sich. Sam hatte den Tag genutzt, um diverse Hausarbeiten zu erledigen. Dabei überlegte sie, was sie bei dem Treffen mit Marc anziehen sollte, kam jedoch zu keinem abschließenden Ergebnis. Sie besaß wenig ausgehtaugliche Kleidung. Das Repertoire ihres Kleidungschranks bestand nahezu ausschließlich aus praktischen Sachen wie Jeans, Sweatshirts und einigen Blusen. Anschließend stattete sie dem »Erlebniszentrum Naturgewalten« einen Besuch ab. Wie zu erwarten, war die Ausstellung aufgrund des schlechten Wetters gut besucht, aber Sam störten die vielen Menschen um sie herum nicht. Sie lauschte wissbegierig den Erklärungen des Sprechers an den einzelnen Stationen, die sie über einen Kopfhörer empfing.

Später in ihrer Wohnung sah Sam nervös auf die Uhr. Es war kurz vor 18.00 Uhr. Marc würde sie erst in einer halben Stunde abholen, daher blieb ihr genügend Zeit, sich in Ruhe anzuziehen und zu schminken. Nach langem Überlegen hatte sie sich letztendlich für eine weiße Hose und eine dunkelblaue Bluse mit weißen Punkten entschieden. Dazu würde sie die blauen Ballerinas tragen, die sie letzten Sommer gekauft und bislang nur einmal getragen hatte. Sie betrachtete ihr Spiegelbild und befand, dass dieses Outfit für den Anlass genau richtig war. Im Badezimmer kämmte sie sich das lange blonde Haar, griff dann mit beiden Händen nach hinten und wickelte es im Nacken zu einem lockeren Knoten. Rechts und links ließ sie ein paar Strähnen herausschauen, damit die Frisur nicht zu streng wirkte. Anschließend trug sie hellen Lidschatten auf, der ihren blauen Augen mehr Ausdruck verlieh, tuschte sich die Wimpern schwarz und verpasste abschließend ihren Lippen einen Hauch Farbe mit rosa Lipgloss. Das sollte reichen, entschied sie. Die verbleibenden zehn Minuten tigerte sie unruhig in der Wohnung auf und ab. Sie ging hinaus auf den Balkon und hielt von dort aus Ausschau nach Marcs Wagen. Und tatsächlich bog in dieser Minute der dunkle SUV um die Ecke und hielt am Straßenrand. Sam winkte Marc zu, als er ausstieg.

»Ich komme runter«, rief sie und eilte nach unten.

»Wow, du siehst super aus!«, stellte er beeindruckt fest und musterte sie von oben bis unten.

»Danke, du auch«, erwiderte Sam leicht verlegen.

»Ich hoffe, ich habe dich nicht zu sehr überfahren? Jedenfalls freue ich mich sehr, dass du meiner Einladung folgst.«

»Die Überraschung ist dir gelungen«, gab sie zu.

»Ich dachte, vielleicht könnte ich damit den verpassten Termin ausgleichen. Und überhaupt.« Er rieb sich den Nacken.

»Ich glaube, da wäre wohl eher ich mit einer Entschuldigung dran. Es tut mir leid, dass ich derart ausgetickt bin. Ich weiß auch nicht, was in mich gefahren ist.« Sie sah ihn entschuldigend an.

»Schon vergessen. Die Situation ließ ja genügend Spielraum für Spekulationen.« Er grinste schief. »Komm, steig ein. Ich habe mir erlaubt, vorher noch einen Tisch in einem Restaurant zu bestellen. Ich sterbe nämlich vor Hunger.«

»Ich habe ehrlich gesagt auch noch nicht viel gegessen. Die Sache mit dem toten Jungen schlägt mir gewaltig auf den Magen. Sicher hast du davon gehört.«

»Ja, schlimm. Die armen Eltern. Deine Kollegin Kim hat es mir erzählt. Du hast ihn gefunden, hat sie gesagt.«

»Hoffentlich klärt sich bald, woran er gestorben ist, obwohl es letztlich an der Tatsache leider nichts mehr ändert.«

Marc nickte betroffen. »Möchtest du lieber hierbleiben? Ich würde verstehen, wenn dir nicht nach Ausgehen zumute ist.«

»Nein, das Leben geht weiter. Ein bisschen Abwechslung kann ich gut vertragen.«

»Na, dann, los geht's!«

»Was hast du die letzten beiden Tage gemacht?«, erkundigte sich Sam, als Marc die Bestellung aufgegeben hatte.

»Leider nicht viel Angenehmes«, rückte er zögerlich mit der Sprache heraus.

»So schlimm?«

»Schlimmer!« Mit einem tiefen Seufzer fuhr er fort. »Erst taucht Ilona aus heiterem Himmel mitten in der Nacht auf und will mich mit aller Macht überreden, bei einer weiteren Show mitzumachen, und dann gibt es auch noch Ärger mit Phil.«

»Das ist einer deiner Freunde, oder?«

»Ja. Wir, Jonas, Richard und ich, mussten ihn im Polizeirevier in Westerland abholen.«

»Oh. Bist du deswegen gestern mit den anderen weggefahren?« Marc nickte. »Was hat Phil angestellt, weshalb man ihn sogar in Polizeigewahrsam genommen hat?«

»Er hat sturzbetrunken in einem Club randaliert. Und außerdem ...« Marc machte eine Pause und fuhr sich mit einer Hand über das Gesicht. »... waren wieder Drogen im Spiel.«

»Wieder?« Sam wurde hellhörig.

»Ja, deswegen habe ich mich bereits mehrfach mit ihm angelegt. Erst vor ein paar Tagen hier auf Sylt. In München habe ich ihn bereits bei der Polizei gegen eine Kaution rausgeholt. Ich dachte, es wäre endlich vorbei, und er hätte dazugelernt.«

»Warum du? Hat er keine Eltern oder jemanden, der ihm nahesteht?«

»Ich kenne Philipp seit meiner Kindheit. Wir sind zwar ein paar Jahre auseinander, haben aber früher viel Zeit miteinander verbracht. Er wohnte mit seinen Eltern eine Zeit lang bei uns in der Siedlung. Er kommt aus einem zerrütteten Elternhaus, wie man so schön sagt, und geriet eines Tages auf die schiefe Bahn. Seine Mutter hat sich das Leben genommen, als er 12 Jahre alt war, und sein Vater hat sich anschließend nicht besonders gut um ihn gekümmert. Schläge, Hausarreste und solche Dinge, du weißt schon. Heute denke ich, Phils Vater war schlichtweg mit der Situation überfordert und hätte dringend Hilfe gebraucht.«

»Aber du fühlst dich für ihn verantwortlich?«, vermutete Sam.

»Ja, in gewisser Weise. Allerdings ist Phil alt genug, um selbst Verantwortung zu übernehmen, aber er benimmt sich oft alles andere als erwachsen. Ich habe mehrfach versucht, ihm klarzumachen, dass das nicht so weitergehen kann, dass er sich seine gesamte Zukunft verbaut und ich ihn nicht ständig rausholen kann, wenn er Mist macht.«

»Hat offensichtlich nicht gewirkt, oder?«

»Leider nein. Richard und Jonas haben ebenfalls vergeblich versucht, ihm ins Gewissen zu reden. Jeder macht mal Blödsinn, und Spaßhaben ist nicht verboten, aber man darf dabei die Grenzen zur Illegalität nicht überschreiten. Genau das gelingt ihm nicht. Bei Drogen hört der Spaß bei mir auf. Eine Entziehungskur hat er bereits hinter sich.«

»Wie lange ist das her?«

»Ungefähr zwei Jahre. Wir dachten, er wäre inzwischen zur Vernunft gekommen. Es hat eine Weile gedauert, bis ich überhaupt geschnallt habe, dass er was nimmt. Manchmal mache ich mir deswegen Vorwürfe.«

»Warum? Er ist erwachsen.«

»Er hat mich oft um Geld gebeten. Ich habe es ihm gegeben.«

»Du hast ihm Geld gegeben, damit er sich Drogen kaufen kann?« Sam sah ihn fassungslos an.

»Nein, natürlich nicht. Ich hatte nicht die leiseste Ahnung. Wenn ich nachgefragt habe, wofür er die Kohle braucht, hat er mir irgendeinen Grund genannt. Es klang jedes Mal plausibel, daher habe ich ihm geglaubt.«

»Er wäre so oder so an das Zeug gekommen, auch ohne dein Geld. Du musst dir also keine Vorwürfe machen. Drogen sind die Pest.« Sams Stimme klang ungewöhnlich kalt, und ihre Miene war wie versteinert.

»Das klingt, als hättest du Erfahrungen damit«, stellte Marc fest.

Das Essen wurde gebracht, ehe Sam antworten konnte, und sie war dankbar dafür.

Es war bereits kurz vor Mitternacht, als Marc Sam nach Hause brachte. Im Anschluss an die Vorstellung im Meerkabarett waren sie in einer Bar etwas trinken gegangen. Marc parkte den Wagen in einer Seitenstraße, da direkt vor dem Haus alle Plätze belegt waren.

»Der Abend war wunderschön, danke, Marc. Ich habe mich lange nicht mehr so gut gefühlt und derart viel gelacht«, gab Sam zu.

»Das freut mich. Mir hat es auch viel Spaß gemacht.« Er fixierte sie mit seinem Blick, was ihr ein angenehmes Kribbeln am ganzen Körper bescherte.

»Ich glaube, ich sollte jetzt besser gehen. Morgen muss ich früh raus. Feldtmann dreht mir eigenhändig den Hals um, wenn ich zu spät komme. Ich möchte ihn ungern reizen.«

»Ich habe dich weiterhin gebucht und werde Punkt 10.00 Uhr da sein, okay?«, erinnerte er sie.

»Ich bin gespannt.« Sie zwinkerte ihm zu. Dann öffnete sie die Beifahrertür und stieg aus.

Marc war zeitgleich ausgestiegen. »Ich bringe dich bis vor die Tür, es ist schließlich mitten in der Nacht.«

»Das musst du nicht. Erstens ist es auf Sylt nicht sonderlich gefährlich …«, begann Sam.

»Und zweitens?«, hakte Marc nach.

»Zweitens kann ich Karate«, versicherte sie.

»Oh, da sollte ich mich wohl besser vor dir in Acht nehmen«. Er verzog amüsiert den Mund.

»Ja, du tätest gut daran.« Sie schulterte ihre Tasche und wollte sich auf den Weg machen, als Marcs Gesicht plötzlich ernst wurde, er dicht vor sie trat und ihr Gesicht behutsam in beide Hände nahm. Ehe sie sich versah, spürte sie seine weichen, warmen Lippen auf ihren, als er sie küsste. Ihr Herz schlug aufgeregt, während sie den Kuss erwiderte und ihre Hände zaghaft um seine Taille legte.

»Komm, lass uns gehen«, sagte Marc leise und nahm ihre Hand.

Unmittelbar vor der Einmündung zu der Straße, in der Sam wohnte, kamen ihnen drei Männer entgegen. Obwohl der Bürgersteig an dieser Stelle zu schmal war, um bequem aneinander vorbeigehen zu können, machten die drei keine Anstalten, Platz zu machen. Im Gegenteil – einer von ihnen verpasste Marc mutwillig einen kräftigen Stoß gegen die Schulter.

»Das war Absicht«, flüsterte Sam, wagte aber nicht, sich umzudrehen.

»Egal, einfach weitergehen, als wäre nichts passiert«, murmelte Marc und legte einen Arm schützend um Sams Schultern. »Die sehen nicht aus, als wollten sie nur spielen.«

»Hey! Ich glaube, du solltest dich bei meinem Kumpel entschuldigen«, rief ihnen eine der drei Gestalten hinterher. Als Marc nicht reagierte, sondern in normalem Tempo weiterging, rannte er ihm nach. »He, Meister! Ich rede mit dir. Du sollst dich entschuldigen!« Er packte Marc am Arm.

»Schon gut. Wir sind zufällig zusammengestoßen, kein Grund gleich ein Drama daraus zu machen«, erwiderte dieser um Deeskalation bemüht.

Sam überkam ein Anflug von Panik. Die Geister der Vergangenheit waren mit einem Schlag wieder gegenwärtig. Sie musste versuchen, die Nerven zu behalten und besonnen zu reagieren, was auch kommen mochte. Mittlerweile waren auch die anderen beiden Männer dazugestoßen und hatten das Paar umstellt.

»Du bist doch der Typ aus dieser Show«, stellte der Kleinste, aber Bulligste der drei fest und grinste selbstgefällig in die Runde. In seinem Unterkiefer fehlten jeweils die Eckzähne.

Marc zuckte die Achseln. »Selbst wenn.« Er versuchte so gut er konnte, sich seine Anspannung nicht anmerken zu lassen.

Auch wenn Marc groß und kräftig war, würde er gegen die drei nichts ausrichten können, davon war Sam überzeugt. Sie hoffte inständig, dass es bei einem verbalen Schlagabtausch bleiben würde. Trotzdem wurde ihr heiß, und ihr Puls begann zu rasen. Plötzlich machte der Anführer der Gruppe einen Satz auf Marc zu und schlug ihm unvermittelt ins Gesicht, sodass Marcs Kopf regelrecht zur Seite flog. Er stöhnte auf und hielt sich sofort beide Hände vors Gesicht. Blut rann durch seine Finger und tropfte auf den Bürgersteig.

»Was soll das?«, schrie Sam und sah sich hilfesuchend um, aber um diese Zeit und in dieser Gegend war selten jemand unterwegs. Urlauber verschlug es fast nie hierher.

»Na, Nahringer«, fuhr der kleine Bullige fort, »mit Entschuldigungen haste es wohl nicht so, was?« Seine Kumpels verfielen in schadenfrohes Gelächter.

Der dritte im Bunde, ein Hüne von Mann mit kahlrasiertem Schädel und Stiernacken, kam näher und baute sich bedrohlich vor Marc auf. Ehe dieser sich zur Wehr setzen konnte, verpasste er ihm einen kräftigen Schlag in den Bauch, was mit grölendem Applaus seiner Spießgesellen honoriert wurde. Marc sank gekrümmt vor Schmerzen zu Boden und rang nach Luft. Ihm blieb nicht die geringste Chance, sich zu verteidigen.

»Schönen Gruß von Jessica!«, fügte der Schläger hinzu.

»Hört sofort auf!«, kreischte Sam. »Wollt ihr ihn umbringen? Er hat euch nichts getan!« Sie wollte sich zu Marc auf den Boden knien, als sie der kleine Bullige von hinten an den Haaren packte und beiseite schleuderte. Augenblicklich breitete sich ein brennender Schmerz auf ihrer Kopfhaut aus und trieb ihr Tränen in die Augen. Sie verlor das Gleichgewicht und schlug hart auf den Beton auf. Für den Bruchteil einer Sekunde verlor sie das Bewusstsein. Das dröhnende Gelächter des Schlägertrupps hallte in ihrem Kopf. Dann öffnete sie die Augen und ihr Blick wanderte zu Marc, der noch immer auf dem Boden lag und sich schützend Hände und Arme vor Gesicht und Körper hielt, um die Attacken seiner Gegner abzuwehren. Sam war für einen Moment wie versteinert, unfähig sich zu bewegen, ihr Körper gehorchte ihr nicht mehr.

»Steh auf, Sam! Wehr' dich!«, mahnte ihre innere Stimme.

Sam sah dunkle Schnürstiefel auf sie zukommen. Plötzlich sprang sie mit einem Satz hoch, drehte sich dabei in der Luft und verpasste ihrem Angreifer einen gezielten Schlag in den Nacken, sodass dieser der Länge nach umfiel und regungslos auf der Stelle liegen blieb. Marc hatte sich zwischenzeitlich aufgerappelt, wurde jedoch von einem erneuten Schlag – dieses Mal gegen die Schläfe – getroffen und zurück auf den Boden befördert. Als Sam ihm zu Hilfe eilen wollte, baute sich der Stiernacken vor ihr auf. Er stand breitbeinig mit kampfbereitem Gesichtsausdruck vor ihr und versperrte ihr allein durch sein beeindruckendes Körpervolumen den Weg. Sie täuschte geschickt eine Bewegung nach links an und traf ihn dann mit einem kräftigen Tritt in seine empfindlichste Stelle. Er heulte laut auf und sank fluchend auf die Knie, die Hand schützend über sein bestes Stück haltend.

»Blöde Schlampe!«, röchelte er und lief puterrot an.

Als der Letzte aus dem Trio im Begriff war, auf Sam loszugehen, öffnete sich ein Fenster auf der gegenüberliegenden Straßenseite und eine Männerstimme rief: »Was ist denn da unten los?«

»Hilfe!«, schrie Sam verzweifelt. »Schnell! Rufen Sie einen Rettungswagen und die Polizei!«

Daraufhin rappelten sich die drei Angreifer auf und suchten humpelnd und vor sich hin fluchend schleunig das Weite. Sam stürzte zu Marc, der schwer atmend auf dem Boden lag.

»Du kannst ja wirklich Karate«, presste er mit einem gequälten Lächeln hervor, als sie sich zu ihm beugte. Sein Gesicht war blutverschmiert, und er presste sich eine Hand auf den Bauch.

Sie legte behutsam eine Hand an seine Wange.

»Kannst du aufstehen?« Sam sah sich hilfesuchend um. Da entdeckte sie auf der anderen Straßenseite eine Person. Sie stand reglos auf einer Stelle und sah in ihre Richtung.

»Hallo, Sie da! Helfen Sie uns!«, rief Sam.

Doch die Person drehte sich weg, beschleunigte ihre Schritte und wurde nach wenigen Metern gänzlich von der Dunkelheit verschluckt. Aus der Ferne ertönte eine herannahende Polizeisirene. Unmittelbar nach der Polizei traf der Rettungswagen ein. Der Notarzt kümmerte sich zunächst um Marc, bevor er sich Sam zuwandte.

»Sind Sie in eine Schlägerei geraten?«, erkundigte sich der Polizeibeamte, der den Vorfall aufnahm.

»Drei Männer haben uns auf dem Weg nach Hause aus heiterem Himmel angegriffen. Ich habe keine Ahnung, wer sie waren und warum sie auf uns losgegangen sind, es gab keinen Grund«, gab Sam zu Protokoll.

Der Polizist nahm die Personalien auf und notierte alle Angaben. Anschließend ging Sam zum Rettungswagen, vor dem Marc saß. Er sah zu ihr hoch.

»Wie geht es dir?«, fragte sie mit besorgter Miene.

»Es ging mir schon mal besser.« Er versuchte zu lächeln. Sein Anblick war zum Fürchten.

»Ihr Freund weigert sich, uns in die Klinik zu begleiten. Vielleicht haben Sie mehr Glück, ihn davon zu überzeugen, dass es seiner eigenen Sicherheit dient.« Der Notarzt packte seine Sachen zusammen.

»Marc, was soll das? Du musst ins Krankenhaus. Der Arzt hat recht.«

»Nein, es geht schon wieder. Wirklich, ich muss mich nur ausruhen«, versicherte er.

Plötzlich tauchte ein Mann neben dem Rettungswagen auf. »Was ist hier los?«, fragte er mit gerunzelter Stirn.

»Ach, Christian, wo kommst du denn her?«, wurde er von dem Notarzt begrüßt.

»Ich komme eben nach Hause und sehe das Blaulicht.« Dann fiel sein Blick auf Marc. »Autsch, Sie hat es ja übel erwischt.«

»Kann man so sagen«, bestätigte Marc.

»Der Patient weigert sich vehement, mit in die Klinik zu kommen«, bemerkte der Notarzt leicht genervt.

Der Mann begutachtete Marcs Verletzungen kritisch. »Verdacht auf innere Verletzungen?«, fragte er an den Notarzt gewandt.

»Stumpfes Bauchtrauma, wir haben einen Ultraschall gemacht, alles soweit in Ordnung, keine Auffälligkeiten. Glücklicherweise haben wir heute das mobile Gerät an Bord. Vitalfunktionen sind ebenfalls in Ordnung. Die Verletzung an der Schläfe habe ich genäht. Die Nase ist nicht gebrochen, da hat er Glück gehabt. Ansonsten hat der Patient reichlich Prellungen und Blutergüsse davongetragen.«

»Hm. Ich werde mich um ihn kümmern.« Er sah in Sams fragendes Gesicht. »Christian Westerkamp, ich bin Arzt und wohne in der Nummer 20«, stellte er sich vor.

»Da wohne ich auch, aber erst seit Kurzem und ich muss gestehen, dass ich es bislang versäumt habe, mich bei den Nachbarn vorzustellen«, gab Sam zu.

»Macht nichts, das haben wir somit nachgeholt. Da ich ohnehin selten zu Hause bin, hätten sie mich vermutlich nicht angetroffen. Am besten bringen wir Ihren Freund nach oben in ihre Wohnung. Er braucht Ruhe und sollte sich auf jeden Fall hinlegen.«

»Wir legen ihn am besten gleich aufs Bett«, schlug Sam vor, als sie Marc zusammen mit Doktor Westerkamp in ihre Wohnung bugsiert hatte.

»Haben Sie etwas zum Kühlen? Die Schwellungen im Gesicht könnten hin und wieder Kälte gebrauchen. Und geben Sie ihm Wasser zu trinken«, ordnete Doktor Westerkamp an.

Während Sam ein Glas Wasser und eine Kühlkompresse aus der Küche holte, half der Arzt Marc beim Ausziehen.

»Danke für Ihre Hilfe, Doktor Westerkamp«, verabschiedete Sam den Nachbarn schließlich.

»Gern. Wenn sich Herr Nahringers Zustand verschlechtern sollte, er starke Schmerzen bekommt, sich übergeben muss oder womöglich Blutungen auftreten, zögern Sie auf keinen Fall, mich umgehend zu verständigen.«

»Sie kennen seinen Namen?«, fragte Sam verdutzt.

»Ich habe eine achtzehnjährige Tochter, die mich hassen wird, wenn sie erfährt, wer sich eine Wohnung über mir befindet, ohne dass ich ihr Bescheid gegeben habe«, bestätigte der Arzt schmunzelnd.

»Oh, ich verstehe.«

»Keine Sorge, sie ist für ein paar Wochen bei ihrer Mutter auf dem Festland, außerdem unterliege ich der ärztlichen Schweigepflicht. Also, passen Sie gut auf ihn auf.« Er sah Sam eindringlich an.

»Sie können sich auf mich verlassen. Ich kümmere mich um ihn. Versprochen«, versicherte Sam.

Sie schielte durch den Türspalt ins Schlafzimmer, bevor sie eintrat. Marc lag mit geschlossenen Augen auf dem Rücken. Mit einer Hand hielt er sich eine Kühlkompresse an die Schläfe.

»Kann ich irgendwas für dich tun?«, fragte Sam und sammelte sein blutverschmiertes Hemd und die Jeans vom Boden auf, um beides anschließend im Bad in die Waschmaschine zu stopfen.

»Danke, du hast bereits viel für mich getan. Ich bin froh, dass dir nichts passiert ist, das hätte ich mir nie verziehen.« Er schenkte ihr ein Lächeln. »Komm her zu mir.«

Sie setzte sich neben ihn auf die Bettkante. »Was macht der Kopf?«

»Ich fühle mich, als hätte mich eine Dampflok überrollt. Alter Schwede, ich dachte, beim ersten Schlag fliegt mir der komplette Kopf weg.«

»Und du hast wirklich keine Idee, wer die Typen waren und warum sie dich derart zugerichtet haben? Ich erinnere mich, dass einer den Namen Jessica erwähnt hat. Kannst du damit was anfangen?«

Marc überlegte kurz. »Oh, diese Geschichte!«, stöhnte er daraufhin. »Das Ganze liegt ein paar Wochen zurück. Diese Jessica hat mich auf Schritt und Tritt verfolgt. Sie ließ sich nicht abschütteln. Eines Abends, als ich hundemüde von einer Veranstaltung nach Hause kam, saß sie spärlich bekleidet vor meiner Wohnungstür und hat auf mich gewartet. Ich habe ihr gesagt, dass sie gehen soll, aber sie hat sich geweigert. Ich wollte in meine Wohnung gehen, als sie einfach hinterherkam. Plötzlich hat sie sich aufgeführt wie von Sinnen und hat nach mir geschlagen und laut geschrien, als ich sie wegschicken wollte. Ich habe sie ins Treppenhaus geschoben und die Tür geschlossen. Später hat sie behauptet, ich hätte sie vergewaltigt und mich bei der Polizei angezeigt.«

»Und dann?«

»Was glaubst du?«

»Ich weiß nicht? Man hat ihr vermutlich geglaubt?«

»Zunächst war ich der Böse, denn sie hatte mich bei dem Versuch, sie vor die Tür zu setzen gekratzt. Das untermauerte hervorragend die Vergewaltigungstheorie, doch als die Beweislage für sie schließlich immer dünner wurde, hat sie die Anzeige zurückgezogen. Du liest wohl keine Klatschpresse, oder?«

»Sorry, damit kann ich nicht dienen. Ich könnte mir vorstellen, dass das vorhin eine Art Rachefeldzug war. Was glaubst du?«, überlegte Sam.

»Gut möglich.« Er wollte seine Liegeposition ändern und verzog bei dem Versuch schmerzhaft das Gesicht.

Sam sah ihn mitleidsvoll an. Mit dem geschwollenen Auge und der genähten Schläfe sah er wirklich schrecklich aus.

»Du musst dich ausruhen. Versuch, ein bisschen zu schlafen«, sagte sie und strich ihm mit der Handfläche sanft über den nackten Bauch. An einigen Stellen zeigte sich die Haut gerötet von den Schlägen, die ihm die Männer beigebracht hatten. Marc schloss die Augen, und Sam konnte spüren, dass er sich langsam entspannte. Als ihre Fingerspitzen den Bund seines Slips streiften, merkte sie erst, wie intim diese Berührung war und wollte die Hand blitzschnell zurückziehen, doch Marc bekam sie zu fassen und legte sie zurück auf seinen Bauch.

»Geh nicht weg«, murmelte er mit geschlossenen Augen.

Sam blieb eine Weile am Bett sitzen, bis sie sicher war, dass er fest schlief. Dann stand sie leise auf und deckte ihn zu. Anschließend ging sie ins Badezimmer, schaltete die Waschmaschine ein und machte sich bettfertig. Auf Zehenspitzen schlich sie den Flur entlang ins Wohnzimmer, wo sie sich aufs Sofa legte, jedoch nicht ohne vorher einen Blick auf den schlafenden Marc zu werfen. Er hatte sich auf die Seite gerollt und schlief tief und fest.

Das hätte sie nicht tun dürfen. Somit hatte sie alles zerstört, woran er geglaubt hatte. Das zarte Band, das sie vereinte, hatte einen ordentlichen Riss bekommen. Dieser Gedanke kreiste wie ein Dämon ständig in seinem Kopf. Nun war er gezwungen, seinen Plan den aktuellen Geschehnissen anzupassen. Ärgerlich, sogar sehr ärgerlich, aber unvermeidlich. Er musste dringend etwas unternehmen, das stand außer Frage. Schwer atmend saß er hinter dem Steuer des Mietwagens, die Augen geschlossen und um einen gleichmäßigen Atem bemüht. Noch immer hatte er das Bild vor sich, als sie sich küssten. Der Anblick hatte sein Blut regelrecht zum Kochen gebracht. Seine Hände schwitzten und zitterten vor Wut. Was konnte dieser dahergelaufene Schönling ihr schon bieten? Nach kurzer Zeit würde er genug von ihr haben und sie einfach abservieren, um sich mit der nächsten Frau zu vergnügen. Dieser Typ – und davon war er felsenfest überzeugt – gehörte zu der Kategorie Männer, die nur auf schnelle Abenteuer aus waren, um ihren Spaß zu haben. Sie musste blind sein, diesem Kerl seine vermeintlichen Liebesschwüre abzunehmen. Er stützte seine Stirn gegen das Lenkrad, seine Hände umklammerten den kalten Kunststoff, und er atmete einige Atemzüge durch den offenen Mund. Für einen kurzen Moment fühlte er sich hilflos. Was sollte er unternehmen? Zu allem Überfluss hielt sich sein Widersacher in ihrer Wohnung auf. Er hatte gesehen, wie sie ihn zum Hauseingang geführt hatten, sie und ein weiterer Mann. Womöglich lag er in diesem Moment in ihrem Bett und … Schnell versuchte er, sich von dem Gedanken zu lösen. Sein einziger Trost war, dass es aufgrund der Verletzungen, die dieser Kerl erlitten hatte, nicht zum Äußersten kommen würde. Mit dieser Genugtuung gelang es ihm, sich selbst zu beruhigen. Schade, dass die Typen – wer immer sie waren – ihr Werk nicht hatten zu Ende bringen können. Jetzt war er am Zug. Er musste zugeben, dass er außerordentlich überrascht darüber gewesen war, wie erstaunlich gut sie sich gegen die Angreifer zur Wehr gesetzt hatte. Derartiges hatte er ihr nicht unbedingt zugetraut, obwohl er wusste, dass sie regelmäßig ein Sportstudio aufsuchte, in dem Selbstverteidigung gelehrt wurde. Die Besuche dort hatten sich augenscheinlich bezahlt gemacht. War sie letztendlich nicht so hilflos, wie er annahm? Das durfte er für sein weiteres Vorgehen in keinem Fall unberücksichtigt lassen. Eines störte ihn jedoch gewaltig an der Sache: Sie hatte es nicht ausschließlich zum eigenen Schutz getan, sondern um ihren Verehrer vor weiteren Attacken zu retten. Im Grunde war er ein bedauernswertes Weichei, resümierte er dann doch zufrieden, wenn er sich von einer zierlichen Frau beschützen lassen musste. Er stieß einen verächtlichen Lacher aus. Was wollte sie mit solch einem Verlierer? Versöhnlich stimmte ihn außerdem die Tatsache, dass er auf dem Weg zu seinem Auto an dem Wagen seines Widersachers einen langen tiefen Kratzer über die gesamte Fahrerseite hinterlassen hatte. Das hatte seinen lodernden Zorn ein kleines bisschen gemildert. Als er sich einigermaßen beruhigt hatte, fuhr er zu seinem Apartment. Im Kühlschrank fand er ein kaltes Bier. Er öffnete den Kronkorken, feuerte ihn in den Mülleimer neben der Spüle und ließ sich mit der Flasche auf das altersschwache Sofa plumpsen, das laut unter seinem Aufprall ächzte. Bis morgen würde er eine Lösung für sein Problem gefunden haben, davon war er überzeugt. Er musste nur einen kühlen Kopf bewahren und durfte sich nicht von seinen Gefühlen leiten lassen.

Am nächsten Morgen rief Sam im Hotel an und gab Kim Bescheid, dass sie etwas später zur Arbeit kommen würde, da frühmorgens ohnehin keine Kurse gebucht waren. Kim wirkte allerdings nicht überrascht über Sams Anruf.

»Wie geht es ihm?«, wollte sie stattdessen wissen.

»Woher …?«

»Du hast wohl heute noch keine Zeitung gelesen?«, vermutete Kim. »Gleich auf der ersten Seite steht: *Nächtlicher Angriff auf Mr. Right. Ein Eifersuchtsdrama? Wer war die Unbekannte an Marc Nahringers Seite?*«, zitierte sie die Überschrift.

»Ich habe es befürchtet«, flüsterte Sam mehr zu sich selbst. »Gibt es auch ein Foto?«

»Ja, aber darauf bist du nicht besonders gut zu erkennen, weil es ziemlich dunkel ist«, erklärte Kim. »Ich habe dich an deinen Haaren erkannt.«

»Hat Feldtmann es gesehen?«

»Keine Ahnung, jedenfalls hat er bislang nichts gesagt.«

»Danke für die Info.«

»Gerne. Also bis nachher und gute Besserung an Marc!« Geistesabwesend hielt Sam das Telefon in der Hand, nachdem Kim längst aufgelegt hatte.

»Schlechte Nachrichten?« Marc stand direkt hinter ihr, sie hatte ihn nicht kommen hören. »Guten Morgen, Sam.«

»Guten Morgen!« Sie drehte sich zu ihm um und begutachtete seine Verletzungen im Gesicht. »Wie geht es dir?«

»Wesentlich besser, obwohl meine Nase sich doppelt so groß anfühlt, wie sie tatsächlich ist. Die Schwellung am Auge ist zurückgegangen, dafür ist es dunkellila. Bestimmt sehe ich bald wieder aus wie neu«, scherzte er.

»Wenigstens hast du deinen Humor nicht verloren. Ich fürchte aber, ein bisschen Geduld wirst du noch brauchen, so schnell geht das nicht«, erwiderte sie.

»Was ist mit dir?«, erkundigte sich Marc. »Du machst einen bedrückten Eindruck.«

Sie seufzte. »Der Vorfall gestern Abend ist nicht unbemerkt geblieben.«

»Wie meinst du das?«

»Die lokale Zeitung berichtet heute ausgiebig darüber, gleich auf der ersten Seite«, erklärte Sam zerknirscht.

»Verdammt! Selbst mitten in der Nacht lassen die einen nicht in Ruhe.« Resigniert ließ er sich auf einen Küchenstuhl sinken. »Gibt es etwa auch Fotos?«

Sam nickte. »Leider ja, ich bin ebenfalls drauf, obwohl ich schlecht zu erkennen bin, hat Kim gesagt. Sie hat mich an meinen Haaren erkannt.«

Er sah sie entschuldigend an. »Das tut mir leid, Sam.«

»Schon gut, du kannst nichts dafür. Es ist nur …« Sie beendete den Satz nicht.

»Was beunruhigt dich? Ich spüre schon die ganze Zeit, dass es eine Sache gibt, die dich stark belastet. Willst du mir nicht endlich sagen, was los ist?«

Unschlüssig wanderte sie hin und her und wusste nicht, ob sie sich ihm anvertrauen sollte. Sie mochte ihn, sehr sogar. Was, wenn er sie für paranoid hielt? In diesem Augenblick klingelte ihr Telefon.

Nachdem sie aufgelegt hatte, sagte sie: »Ich muss ins Hotel. Das war Feldtmanns Sekretärin. Er will mich sofort sprechen.«

»Was will er?«

»Dreimal darfst du raten!« Sie schnitt eine Grimasse. »Wahrscheinlich wird er mir eine saftige Standpauke halten.« «

»Na und?« Marc zuckte mit den Schultern. »Soll er doch. Du hast mich schließlich nicht zusammengeschlagen, er sollte stolz auf dich sein, dass du mir geholfen hast.«

»Er wird mich eher in hohem Bogen feuern, weil ich gegen seine höchste Vorschrift verstoßen habe.«

»Die da wäre?«

»Keine privaten Treffen mit Gästen.«

»Dafür bezahle ich aber doch«, erwiderte er prompt.

Dieser Satz traf Sam mitten ins Herz. Bezahlte er dafür, sich mit ihr uneingeschränkt amüsieren zu können? Ein netter Zeitvertreib? Plötzlich meldete sich erneut ihre innere Stimme und erinnerte sie daran, dass es von Anfang an unklug gewesen war, sich auf ihn einzulassen.

»Sam?« Marc sah sie forschend an. »Alles in Ordnung?«

»Wie meinst du das, du zahlst dafür? Wofür genau?« Sie spürte, wie sich von einem Augenblick auf den anderen eine eisige Wand zwischen sie zu schieben drohte. Als er nicht umgehend antwortete, wandte sie sich ab und trat hinaus auf den Balkon. Sie verspürte augenblicklich den Wunsch nach frischer Luft.

»Oh Gott, nein, Sam. Warte!« Er war vom Stuhl aufgestanden und ihr sofort nach draußen gefolgt. »Das hast du völlig missverstanden. Ich zahle selbstverständlich nur dafür, dass du mir für meine Trainingseinheiten zur Verfügung stehst, als Personal Trainerin. Ausschließlich für diesen Zweck. Mehr nicht. Alles andere ist reine Privatsache. Was denkst du eigentlich von mir?« Er klang verletzt.

Sam wusste nicht, was sie erwidern sollte. Sie wollte ihm gern glauben, aber Stolz und Angst versperrten ihr den Weg.

»Mir liegt sehr viel an dir, und ich bin gern mit dir zusammen«, fuhr er ruhig fort. Dann trat er dicht an sie heran, legte seine Arme um sie und zog sie behutsam an sich, sein Kinn auf ihren Kopf gestützt. Sie konnte das rhythmische Schlagen seines Herzens hören. Langsam begann sich ihr innerer Widerstand zu lösen, und ihr Körper entkrampfte sich zusehends. Sie musste sich eingestehen, dass sie sich an Marcs Seite geborgen fühlte wie lange nicht mehr.

»Es tut mir leid«, flüsterte sie. »Ich weiß manchmal selbst nicht, was mit mir los ist.«

»Schon gut«, murmelte er in ihr Haar und hielt sie weiterhin fest in seinen Armen.

Nach einer ganzen Weile löste sie sich schweren Herzens aus seiner Umarmung. »Ich muss jetzt wirklich los.«

»Ich weiß.«

»Übrigens habe ich deine Sachen gewaschen, sie sind momentan im Trockner. Ein bisschen musst du dich noch gedulden. Du kannst gern hierbleiben und auf mich warten, wenn du magst. Nimm dir alles, was du brauchst. Der Kühlschrank ist voll, der Kaffee müsste inzwischen durchgelaufen sein. Toastbrot findest du über der Spüle im Schrank.«

»Danke. Was ist mit dir? Willst du, ohne was zu essen, los?«

»Keine Zeit!« Sie zeigte zur Küchenuhr. »Feldtmann sollte man lieber nicht warten lassen«, versicherte sie und war bereits auf dem Sprung.

»Warte! Danke, meine Heldin.« Marc gab ihr einen flüchtigen Kuss auf die Wange.

»Ich werde zu spät kommen, wenn ich mich jetzt nicht beeile.« Seine unerwartete Berührung irritierte sie für einen Moment, gleichzeitig fühlte es sich gut an.

»Soll ich nicht besser mitkommen? Zur seelischen Unterstützung. Vielleicht lässt dein Chef Gnade walten, wenn ich ritterlich die Schuld auf mich nehme.«

»Ein Ritter in Unterhosen? Wohl kaum! Danke für deine Tapferkeit, aber das schaffe ich allein«, fügte sie belustigt hinzu.

An der Rezeption wurde Sam sehnlichst von Kim erwartet.

»Hallo, Sam! Da bist du ja endlich. Feldtmann wartet auf dich«, sagte sie mit besorgter Miene.

»Ich gehe gleich zu ihm, seine Sekretärin hat mich angerufen. Ich kann mir denken, was er will«, entgegnete Sam.

»Ich wünsche dir viel Glück!« Kim drückte beide Daumen.

Sam eilte den Gang bis zu Feldtmanns Büro entlang, der rechts und links mit Fotografien der Insel gesäumt wurde. Doch dafür hatte sie momentan keinen Blick. An der Tür angekommen atmete sie tief durch und klopfte an.

»Frau Bachner!«, begrüßte ihr Chef sie. »Treten Sie ein. Ich will nicht lange um den heißen Brei herumreden. Sicher können Sie sich vorstellen, warum ich Sie herbestellt habe.« Sein selbstgefälliges Grinsen ließ erahnen, welches Donnerwetter gleich über ihr zusammenbrechen würde. Lorena hatte einmal angedeutet, dass Feldtmann es regelrecht genoss, seinen Mitarbeitern eine Standpauke zu halten.

»Nein, ehrlich gesagt nicht«, erwiderte Sam mit fester Stimme. Ihre Antwort schien ihr Gegenüber aus dem Konzept zu bringen, denn er sah sie verblüfft an. Sam bemerkte die Zeitung auf seinem Schreibtisch und fuhr fort: »Aber wenn es sich um den Überfall auf Herrn Nahringer am gestrigen Abend handelt, kann ich das erklären. Ich habe unserem Gast in einer misslichen Lage erste Hilfe geleistet. Dieser Vorfall hat mit meiner Person nichts zu tun. Wenn ich mich recht erinnere, hatten Sie mir den Auftrag erteilt, unserem Gast jeden Wunsch zu erfüllen. An diesem Abend war es der ausdrückliche Wunsch von Herrn Nahringer, dass ich ihn begleite, und ich habe Ihre Anweisung lediglich befolgt.« Sam hoffte, dass sie mit diesem Gegenangriff ihrem Chef ein wenig den Wind aus den Segeln nehmen konnte.

Er sah sie noch immer sprachlos an und räusperte sich anschließend. »Ich habe Sie auch nur zu mir bestellt, um mich bei Ihnen persönlich für Ihre Zivilcourage und Ihren Mut zu bedanken. Sie haben mir und dem Hotel damit einen großen Dienst erwiesen.«

Sam nahm seine Worte mit Staunen zur Kenntnis, gleichzeitig fiel ihr ein gewaltiger Stein vom Herzen. »Danke.«

»Also, Sie können dann gehen. Bitte richten Sie Herrn Nahringer meine besten Genesungswünsche aus. Sie können sich für heute freinehmen. Vielleicht benötigt Herr Nahringer Ihre Hilfe bei …« Er fuchtelte unbeholfen mit den Händen herum. »Was weiß ich! Er wird Sie schon irgendwie brauchen können. Sagen Sie ihm bitte, dass wir diesen Vorfall selbstverständlich mit höchster Diskretion behandeln werden. Von unserer Seite werden keine Details in falsche Hände geraten. Er kann sich auf den guten Ruf unseres Hotels verlassen.«

»Sehr gern, Herr Feldtmann. Ich werde es ihm ausrichten«, erwiderte Sam. Alter Schleimer, dachte sie.

»Na? Wie ist es gelaufen?« Kim machte ein angespanntes Gesicht.

»Nochmal gut gegangen«, erklärte Sam erleichtert. »Feldtmann hat mir für den Rest des Tages freigegeben.«

»Das ist wirklich großzügig, du musst ihn sehr beeindruckt haben«, stellte Kim anerkennend fest.

»Offensichtlich. Ich hole noch etwas aus meinem Spind, bevor ich gehe. Bis später!«

»Mach das! Bis dann.«

Sam machte sich auf den Weg zu den Personalumkleiden. Kurz davor kam ihr Torben entgegen und grummelte ein ›Morgen‹ vor sich hin. Wie immer lutschte er einen von seinen bunt verpackten Bonbons, worauf eine kleine Beule in seiner linken Wange hinwies. Sam grüßte zurück und steuerte ihren Spind an.

Auf dem Rückweg machte sie einen Abstecher zum Wellnessbereich in der Hoffnung, Britt oder Lorena anzutreffen. Sie hatte beide eine Weile nicht gesehen und den Eindruck, dass besonders Britt ihr seit Neuestem gezielt aus dem Weg ging. Der Tresen des Wellnessbereichs war verwaist, als Sam dort ankam. Zur gleichen Zeit öffneten sich die Fahrstuhltüren und eine Frau im Bademantel trat heraus und sah sich hilfesuchend um.

»Kann ich Ihnen behilflich sein?«, bot Sam ihre Unterstützung an.

»Guten Morgen. Ich habe nachher einen Massagetermin, den ich gerne um eine halbe Stunde nach hinten verlegen würde, wenn das möglich ist«, erläuterte sie. »Ich heiße Marlies Günnser.«

»Ich werde nachsehen, was sich machen lässt.« Sam ging um den Tresen herum und blätterte in dem Terminbuch. »So, Frau Günnser, da haben wir Ihren Termin. Eine halbe Stunde sagten Sie?« Die Frau nickte zustimmend. »Das dürfte kein Problem sein. Ich ändere das gleich.«

»Sie sind ein Engel!«, bedankte sich Frau Günnser und entschwand in Richtung Schwimmbad.

Sam schrieb einen kleinen Zettel für die Kolleginnen, um sie auf die Terminverschiebung aufmerksam zu machen. Schließlich suchte sie einen Textmarker. Dabei fiel ihr Blick auf eine leicht geöffnete Schublade. Genau an dieser Schublade hatte sich neulich ihr Kollege Torben zu schaffen gemacht. Da weit und breit niemand in der Nähe war, zog Sam sie weiter auf.

Neben allerlei Kleinkram wie Gummibändern, einer Dose Kaugummi, einem Beutel mit Bonbons in bunt glitzerndem Papier mit asiatischen Schriftzeichen befanden sich darin diverse Schreibgeräte und eine durchsichtige Plastiktüte mittlerer Größe mit kleinen Tabletten. Sam stutzte, nahm dann aber die Tüte heraus und betrachtete sie näher. Sie trug weder eine Aufschrift noch gab es eine Packungsbeilage oder einen anderen Hinweis auf den Inhalt. Sie legte die Tüte zurück in die Schublade und wollte sie verschließen, als sie Schritte hörte. Schnell widmete sie sich wieder dem Zettel und schrieb in großen Lettern DRINGEND darauf.

»Oh, Sam! Beehrst du uns zur Abwechslung auch mal wieder?« Britt trat neben sie.

»Ich habe gerade eine Terminänderung eingetragen, weil niemand hier war. Auf dem Zettel habe ich alles notiert.« Sam reichte ihr den Zettel und überging geflissentlich die feindselige Anspielung.

»Aha. Aber wir sollen keine weiteren Termine annehmen«, entgegnete Britt kühl. »Wir sind ausgebucht.«

»Ausgebucht? Wie kommst du denn darauf? Der Terminkalender ist nicht einmal zur Hälfte gefüllt, da ist jede Menge frei.«

»Anweisung von Feldtmann«, gab Britt knapp zurück.

»Das verstehe ich nicht. Er muss doch froh sein, wenn die Gäste viele Termine buchen.«

Britt reagierte nicht, sondern schimpfte laut vor sich hin. »Dieser Torben! Ständig lässt er überall das Bonbonpapier rumliegen. Guck dir das an!« Sie deutete auf die bunten glitzernden Papierfetzen. »Den ganzen Tag stopft er dieses Zeug in sich hinein. Er bestellt sie extra übers Internet aus Asien. Ich möchte lieber nicht wissen, wie sie schmecken, denn riechen tun sie jedenfalls grässlich. Keine Ahnung, was er daran so toll findet.«

Wutentbrannt sammelte sie das leere Bonbonpapier ein und feuerte es in den Mülleimer unterm Tisch.

Da Britt offenbar schlechte Laune hatte, machte Sam sich auf den Weg zur Rezeption. Kim war dabei, eine Gruppe neu angereister Gäste zu begrüßen und ihnen ihre Zimmerschlüssel zu überreichen, daher gab Sam ihr bloß ein kurzes Zeichen und verließ das Hotel.

»Ich bin wieder da!«, rief Sam, als sie die Wohnungstür öffnete. »Marc?«

»Hier!«, ertönte seine Stimme vom Balkon. »Wie ich feststelle, ist dein Kopf noch dran. Also kein Ärger mit dem Chef?«

»Nein, weder Kettenrasseln noch Drohungen, eher das Gegenteil. Ich soll dir sogar ausdrücklich schöne Grüße bestellen«, bestätigte Sam gut gelaunt. »Er hat mir den restlichen Tag freigegeben für den Fall, dass du meine Hilfe benötigst.«

»Äußerst großzügig! Hat er auch gesagt, wobei du mir helfen sollst?«

»Das hat er offengelassen. Ich stehe Ihnen also voll und ganz zur Verfügung, Herr Nahringer«, erklärte sie und deutete eine Verbeugung an.

Doch Marc schien Sams Freude nicht zu teilen, denn er wirkte auf einmal bedrückt. »Sam, ich habe leider schlechte Nachrichten.«

Sie sah ihn fragend an und ihre überschäumende Freude war schlagartig erloschen.

»Was ist passiert?«

»Ich muss nach München. Heute noch.«

»Oh«, mehr brachte sie nicht hervor.

»Mein Boss will mich umgehend sprechen, persönlich. Das hat er mir vor einer halben Stunde mitgeteilt. In knapp zwei Stunden geht mein Flieger. Ich wollte dich gerade anrufen. Phil und Richard fliegen auch zurück, aber das wusste ich bereits seit gestern. Nur Jonas bleibt auf der Insel. Er hat einen Job bei der Surfschule bekommen.«

»Liegt wohl gerade im Trend, das mit den schlechten Nachrichten«, versuchte sie, ihrer Enttäuschung mit Humor zu begegnen.

»Es tut mir sehr leid. Ich verspreche dir, dass ich so schnell es geht zurückkomme.« Er sah sie aus seinen Smaragdaugen an. »Ich muss vorher kurz ins Hotel meine Sachen holen. Kommst du mit? Ich würde mich sehr freuen, wenn du mich zum Flughafen bringen könntest. Wir nehmen selbstverständlich meinen Wagen, der kann dann bei dir bleiben. Einverstanden?«

»Ja, sicher. Dann lass uns losfahren.«

Sie hatten das Auto kaum erreicht, da stieß Marc verärgert hervor: »Das darf doch nicht wahr sein! Sieh dir das an!«

Sofort fiel Sam der lange Kratzer ins Auge, der sich über die gesamte Länge der Fahrerseite erstreckte. Marc fluchte verhalten und besah sich den Schaden von Nahem.

»Die Typen haben wirklich nichts ausgelassen«, bemerkte Sam. »Oder meinst du, das waren sie nicht?«

»Wer soll das sonst gewesen sein?«

»Keine Ahnung. Hast du eine Vollkaskoversicherung für den Wagen?«

»Ja, aber nichtsdestotrotz ist es ärgerlich. Da bindet man sich unnötig Zeit und Geld ans Bein wegen so ein paar hirnlosen Idioten«, brummte Marc vor sich hin. Es war nicht zu übersehen, dass er Mühe hatte, seiner Wut nicht freien Lauf zu lassen.

»Das steht außer Frage. Ich wäre an deiner Stelle auch wütend.«

Marc gab Sam den Schlüssel. »Du fährst!«

Nachdem Marc in Windeseile einige Sachen aus seinem Hotelzimmer geholt hatte, fuhren sie die lange Straße von List über Kampen und Wenningstedt zum Flughafen nach Tinnum. Zum Abschied nahm Marc Sam kurz in den Arm und gab ihr einen Kuss auf die Stirn.

»Pass auf dich auf!«, flüsterte er. »Ich bin bald zurück.«

Dann drehte er sich um und begab sich in die Abflughalle. Sam sah ihm nach, wie er durch die Tür verschwand und fuhr dann mit seinem Wagen nach Hause.

Er war ihnen gefolgt, als sie gemeinsam in seinem Wagen weggefahren waren. Mit großer Freude hatte er sehen können, dass dieser Kerl sich über die Schramme an seinem Wagen geärgert hatte. Außerdem sah er ziemlich mitgenommen aus. Ein blaues Auge und jeweils ein weißes Pflaster über Nase und Schläfe zierten seine Visage. Offensichtlich war er im Begriff, abzureisen, denn sie hielten vor dem Hotel, das er kurz darauf mit einer Reisetasche verließ. In dieser Hinsicht brauchte er – jedenfalls für den Moment – keine weiteren Schritte einzuleiten, um den Widersacher loszuwerden. Er konnte seine Aufmerksamkeit einzig und allein ihr widmen. Mit einem guten Gefühl fuhr er zurück zu ihrem Haus. Nach ungefähr einer Stunde kehrte sie allein mit seinem Wagen zurück. Sie sah müde aus, das blonde Haar hing ihr in einem unordentlichen Zopf über der Schulter. Einzelne Haarsträhnen hatten sich ihren Weg aus dem Geflecht gesucht. Diese Nachlässigkeit demonstrierte ihr wahres Naturell, das sie stets gut zu verbergen vermochte, ihn jedoch verrückt nach ihr machte. Im Kern war sie eine Rebellin, die sich ungern in eine starre Form pressen ließ. Er sah sie im Haus verschwinden. Mit einem zufriedenen Lächeln startete er den Motor seines Wagens und fuhr nach Westerland. Zur Feier des Tages wollte er sich an der Westerländer Promenade ein ordentliches Bier und ein Fischbrötchen genehmigen. Oder war es gar an der Zeit für ein Glas Champagner?

Die nächsten zwei Tage verliefen ohne besondere Vorkommnisse. Sam gab Kurse oder vertrat ihre beiden Kollegen Alex und Björn in der Folterkammer, da diese sich vor Nachfragen bezüglich der Surf- und Stand Up Paddling-Kurse kaum retten konnten. Der Sommer machte seinem Namen alle Ehre und ließ die Sonne vom wolkenlosen Himmel strahlen, wobei die Temperaturen weit über die 20-Grad-Marke kletterten. Morgens und abends telefonierten Sam und Marc miteinander. Er hatte seine Rückkehr für das kommende Wochenende in Aussicht gestellt. Sam konnte es kaum erwarten, ihn wiederzusehen. Die Mittagspause, die sie heute ausnahmsweise ohne Kim verbrachte, da diese ihren freien Tag genoss, war eben beendet, als Britt in der Personalumkleide erschien.

»Hallo, Sam! Kannst du mit zur Rezeption kommen? Da steht eine Lieferung für dich.« Ohne näher darauf einzugehen, machte sie auf dem Absatz kehrt und marschierte los. Sam folgte ihr in geringem Abstand. Bereits von Weitem leuchtete Sam ein üppiger Blumenstrauß entgegen. Der Name Marc war das Erste, was ihr dazu einfiel und ihr augenblicklich ein Lächeln ins Gesicht zauberte.

»Wurde vorhin für dich abgegeben«, sagte Britt kurz angebunden und setzte sich mit unbeteiligter Miene an den Computerbildschirm.

»Wow! Für mich? Von wem ist er?«, wollte Sam wissen, da sie keine Karte oder ähnliches entdecken konnte, was auf den Absender hingewiesen hätte.

»War keine Karte dabei. Der Bote hat sich nach dir erkundigt und die Blumen anschließend hiergelassen«, murmelte sie, den Blick stur auf den Bildschirm gerichtet.

»Der Bote?«

»Sicher, ein Blumenstrauß kommt selten allein angeflattert. Außerdem wirst du wohl am besten wissen, wer deinetwegen so tief in die Tasche gegriffen hat.«

»Britt, ich glaube, wir sollten uns mal dringend unterhalten. Was ist eigentlich los? Habe ich dir irgendetwas getan? Dauernd machst du bissige Andeutungen oder gehst mir aus dem Weg. Sag einfach, was dich stört! Hat es mit Herrn Nahringer zu tun?«

»Pah, Herrn Nahringer! Tu doch nicht so, als wenn ich nicht wüsste, dass du ihm den Kopf verdreht hast. Erst tust du so, als würde er dich nicht interessieren, und dann kannst du nicht schnell genug mit ihm in die Kiste steigen! Aber glaub mal nicht, dass …«

»Frau Bachner!« Die laute Stimme von Manfred Feldtmann dröhnte durch den Empfangsraum, als würde sie über einen Lautsprecher kommen, und ließ jegliche weitere Unterhaltung verstummen.

Sam stöhnte innerlich, ihr Chef hatte ihr gerade noch gefehlt. »Ja, Herr Feldtmann, was kann ich für Sie tun?«

»Bitte kommen Sie umgehend in mein Büro.«

Sam tat wie ihr geheißen. Als sie das Bürozimmer betrat, richteten sich zwei weitere Augenpaare auf sie.

»Darf ich vorstellen? Frau Jensen und Herr Witt, die Herrschaften sind von der Polizei. Um es kurz zu machen ...«, begann Feldtmann.

»Wenn Sie erlauben, Herr Feldtmann, würde ich gern an dieser Stelle weitermachen«, wurde er von Frau Jensen in freundlichem, aber bestimmtem Ton unterbrochen. »Frau Bachner, wir müssen dringend mit Ihnen sprechen. Wir ermitteln in dem Fall des toten Dennis Hauwinkel. Sie haben ihn vor ein paar Tagen am Strand gefunden und versucht, ihn zu reanimieren. Das ist doch richtig?«

»Das stimmt, aber ich habe ihren Kollegen bereits alles vor Ort zu Protokoll gegeben«, bekräftigte Sam und wunderte sich über die neuerliche Befragung.

»Frau Bachner, ich fordere Sie auf zu kooperieren! Uns allen liegt die lückenlose Aufklärung dieses Unglücks sehr am Herzen«, schaltete sich Feldtmann erneut ein. »Bedenken Sie schließlich den guten Ruf des Hotels, der unweigerlich in Mitleidenschaft gezogen wird.«

»Herr Feldtmann, bitte!« Die Beamtin wurde in Anbetracht der Unterbrechung durch Manfred Feldtmann zusehends ungehalten. »Frau Bachner, die Obduktion des Jungen hat ergeben, dass er an Herzversagen gestorben ist.«

»Das ist sehr tragisch, wenn man das Alter des Jungen bedenkt. Aber wie kann ich Ihnen in der Sache weiterhelfen?« Sam konnte der Polizistin nicht folgen.

»Sagt Ihnen der Name Nandrolon etwas?«

Sam stutzte zunächst. »Ja, Nandrolon ist ein Dopingmittel und gehört zur Gruppe der Anabolika, es verstärkt den Muskelaufbau«, erklärte sie und wurde misstrauisch, da sie nicht wusste, worauf die Frage der Polizistin letztendlich abzielte.

»Offenbar kennen Sie sich bestens auf dem Gebiet aus«, meldete sich der Kollege Witt mit einem überheblichen Grinsen zu Wort.

Seine Äußerung brachte ihm umgehend einen strengen Blick seiner Kollegin ein.

»Das Thema Doping wurde im Rahmen meines Sportstudiums behandelt«, verteidigte sich Sam instinktiv, da ihr langsam dämmerte, in welche Richtung die Befragung ging. »Wollen Sie etwa andeuten, dass der Junge an den Folgen von Doping gestorben ist?«

»Genau das will ich, Frau Bachner. Wir haben ein paar dieser harmlos wirkenden Pillen bei ihm gefunden. Darüber hinaus konnten die Rechtsmediziner Ecstasy bei ihm nachweisen, eine sehr harte Droge. Der Junge scheint einen ganzen Cocktail verschiedener Substanzen konsumiert zu haben, was am Ende zum plötzlichen Herztod geführt hat. Die Frage, die sich uns stellt, lautet: Wie kommt ein vierzehnjähriger Schüler an derart harte Drogen?« Die Kommissarin sah Sam mit bohrendem Blick an.

»Gute Frage, aber mir scheint, Sie waren lange nicht mehr auf einem Schulhof.« Dieser Satz war ihr spontan herausgerutscht, was sie im selben Moment zutiefst bereute, denn die Polizistin würde unweigerlich falsche Schlüsse ziehen und ihr womöglich einen Strick daraus drehen. »Warum fragen Sie ausgerechnet mich das alles?«, hakte Sam daher nach.

»Ich hatte gehofft, Sie könnten mir eine plausible Erklärung auf die Frage liefern«, entgegnete Frau Jensen ohne Umschweife.

Manfred Feldtmann stand mit hochrotem Gesicht neben ihnen und wirkte, als würde er jeden Augenblick explodieren. Nervös tupfte er sich mit einem Taschentuch den Schweiß aus Stirn und Nacken.

»Wie bitte? Ich? Wie kommen Sie denn darauf?« Sams Vermutung schien sich zu bewahrheiten.

»Wir haben das hier in Ihrem Spind gefunden. Interessant, nicht wahr?« Die Kommissarin hielt Sam eine kleine durchsichtige Tüte mit Tabletten, die wiederum in einem Asservatenbeutel steckte, vor die Nase. »Fällt Ihnen hierzu vielleicht etwas ein, wie das in Ihren Schrank gekommen sein könnte?«

»Nein! Die Tabletten gehören mir nicht. Was haben Sie außerdem an meinem Spind zu suchen?«

»Wir ermitteln. Sie können beruhigt sein, wir halten die offiziellen Wege selbstverständlich ein«, entgegnete die Kommissarin gelassen und bedachte ihren Kollegen mit einem Seitenblick, der daraufhin zustimmend nickte.

»Ich habe den Jungen lediglich am Strand entdeckt, als ich dort joggen war, sonst habe ich mit der ganzen Sache nicht das Geringste zu tun«, protestierte Sam und fühlte sich zunehmend in die Zange genommen. »Sie sollten lieber Torben Niermann näher unter die Lupe nehmen. Er arbeitet ebenfalls im Hotel. In seiner Schreibtischschublade habe ich neulich zufällig eine Tüte mit solchen Tabletten gesehen. Außerdem scheint er sich sehr für Bodybuilding zu interessieren. Bei ihm sollten Sie lieber genauer hinsehen.«

»Frau Bachner, ich darf doch sehr bitten!«, echauffierte sich Manfred Feldtmann. »Sie können nicht wahllos andere Menschen beschuldigen. Torben Niermann hat mit dieser Angelegenheit überhaupt nichts zu tun. Dann können Sie ja gleich jeden im Haus an den Pranger stellen!«

»Ach ja und woher wollen Sie wissen, dass er nichts damit zu tun hat?« Sam hatte Mühe, ihren Ärger im Zaum zu halten.

Doch Feldtmann ging nicht auf ihre Frage ein, sondern wandte sich direkt der Kommissarin zu.

»Frau Bachner wurde nicht von mir persönlich für die Stelle ausgewählt. Ich habe mich auf die Empfehlung einer Geschäftspartnerin verlassen. Da sieht man, wohin es führt, wenn man sich bei der Personalauswahl auf Dritte verlässt. Ich hatte ja keine Ahnung, wen ich mir ins Haus hole!« Feldtmann fasste sich theatralisch an die Stirn und rückte anschließend den Knoten seiner Krawatte gerade.

»Das ist ja wohl …« Weiter kam Sam in ihrer Empörung nicht. Diese Ungerechtigkeit stank zum Himmel.

»Schluss jetzt!«, beendete Kommissarin Jensen den Schlagabtausch. »Das ist genug. Ihre internen Personaldebatten interessieren mich nicht im Geringsten, Herr Feldtmann. Frau Bachner, Sie sind vorläufig festgenommen, da Sie unter dringendem Tatverdacht stehen, mit Drogen gehandelt zu haben. Ich muss Sie bitten, uns auf das Polizeirevier zu begleiten.«

»Das ist nicht Ihr Ernst. Das können Sie nicht machen!« Sam traute ihren Ohren nicht. »Ich habe mit der ganzen Sache nicht das Geringste zu tun!«

»Mein Kollege wird Sie über Ihre Rechte informieren. Es steht Ihnen selbstverständlich frei, einen Rechtsbeistand einzuschalten«, fuhr Kommissarin Jensen ungeachtet jeglichen Protests seitens Sam fort. »Herr Feldtmann, Sie hätte ich gern noch kurz unter vier Augen gesprochen.«

»Selbstverständlich, Kriminalkommissarin Jensen. Ich stehe Ihnen jederzeit uneingeschränkt zur Verfügung. Ein Wort Ihrerseits genügt. Mir liegt die Aufklärung dieses Verbrechens sehr am Herzen.« Er setzte ein süßliches Grinsen auf und bedachte Sam anschließend mit einem abfälligen Seitenblick.

Sie wäre ihm in diesem Moment am liebsten an die schlecht gebundene Krawatte gesprungen. Als sie neben dem Polizeibeamten nach draußen ging, kam ihr Torben mit einem vielsagenden Gesichtsausdruck entgegen, passierte sie jedoch wortlos.

»Um den sollten Sie sich kümmern, statt Ihre Zeit mit mir zu vergeuden«, raunte Sam dem Beamten zu, doch dieser blieb von ihrer Äußerung vollkommen unberührt und öffnete stattdessen in stoischer Gelassenheit die Tür des Streifenwagens, damit Sam einstieg.

»Vorsicht mit dem Kopf«, war das Einzige, was er sagte.

»Ich möchte bitte telefonieren«, sagte Sam, als sie in eines der Büros im Westerländer Polizeirevier gebracht wurde.

»Später«, erwiderte die Beamtin. »Frau Jensen wird bald kommen und sich darum kümmern.«

Über eine Stunde später betrat die Kommissarin endlich das Büro.

»Ich möchte meinen Bruder anrufen«, erklärte Sam. »Und unseren Anwalt.«

»Das würde ich Ihnen auch dringend raten, Frau Bachner, es sieht nämlich nicht besonders gut für Sie aus.«

Sam wurde schlagartig flau im Magen. »Weshalb?«, presste sie hervor.

»Auf der Tüte aus ihrem Spind wurden Ihre Fingerabdrücke gefunden.« Die Kommissarin tippte mit dem Kugelschreiber auf das Beweisstück.

»Das ist unmöglich!«, stieß Sam hervor. »Da will mir jemand etwas unterschieben! Ich habe mit der Angelegenheit nichts zu tun, wie oft soll ich das noch wiederholen?« Ihre Kehle fühlte sich an wie zugeschnürt.

»Es bestehen keine Zweifel. Daher habe ich einen richterlichen Beschluss für eine Wohnungsdurchsuchung bei Ihnen erwirkt. Die Kollegen sind bereits bei der Arbeit.«

»Was? Das dürfen Sie nicht!«

»Was wir dürfen oder nicht, entscheiden wohl kaum Sie, Frau Bachner. Glauben Sie mir, alles hat seine Richtigkeit. Der richterliche Beschluss kommt jeden Augenblick aus Flensburg.« Die Kommissarin sah Sam streng aus ihren graublauen Augen an. Sam konnte ihr Alter schwer einschätzen. Um ihren Mund und die Augen hatten sich im Laufe der Jahre tiefe Falten in die Haut gegraben. Das kurz geschnittene, graumelierte Haar unterstrich ihre herbe, maskuline Art. Sie musterte Sam kritisch von oben bis unten, und ihr Blick verriet, dass sie keinerlei Sympathien für sie hegte.

»Wird nur bei mir gesucht oder bei den anderen Kollegen des Hotels auch? Ich sagte ja, dass ich bei Torben Niermann solche Tabletten gesehen habe. Bestimmt …«

»Dazu darf ich Ihnen keine Auskunft geben«, wurde sie von der Kommissarin rüde abgewürgt.

Sam rutschte nervös auf ihrem Stuhl hin und her und knetete ihre Finger. Nach einer weiteren halben Stunde, die unendlich erschien, klingelte das Telefon. Frau Jensen nahm betont entspannt nach dem dritten Klingelton ab. Während sie zuhörte, verweilte ihr Blick auf Sam, die voller Anspannung das Mienenspiel ihres Gegenübers beobachtete.

»Danke, Boysen, gut gemacht«, beendete sie schließlich das Gespräch und legte auf. Dann faltete sie ihre Hände und blickte Sam ins Gesicht. »Tja, Frau Bachner, ich würde sagen, Sie benötigen ihren Anwalt dringender denn je zuvor. Meine Kollegen sind in Ihrer Wohnung ebenfalls fündig geworden.« Eine Portion Genugtuung mischte sich in ihre Stimme.

»Das ist unmöglich«, flüsterte Sam wie betäubt. Wer hatte ein Interesse daran, ihr etwas anzuhängen? Handelte es sich um einen Racheakt? Aber wie war das möglich? Die Sache von damals lag Jahre zurück.

»Kommen Sie bitte, Sie dürfen die Nacht bei uns verbringen.«

In diesem Moment wurde die Tür aufgerissen, und ein Mann stürmte herein, gefolgt von einer jungen Polizistin.

»Tut mir leid, Frau Jensen, der Herr ließ sich nicht aufhalten!«, entschuldigte sich die verzweifelt wirkende Frau.

»Mir tut es auch leid. Vielleicht sollten Sie Ihre Berufswahl noch einmal gründlich überdenken, wenn das bereits zu schwer für Sie ist«, entgegnete die Kommissarin barsch. Die junge Kollegin zuckte zusammen und bekam augenblicklich ein hochrotes Gesicht. Dann zog sie sich umgehend zurück.

»Und wer sind Sie? Was fällt Ihnen ein, hier einfach unangemeldet hereinzuplatzen? Das ist keine Kneipe, sondern ein Polizeirevier.« Eine tiefe Falte teilte ihre Stirn in zwei Hälften und verlieh ihr ein noch grimmigeres Aussehen als ohnehin schon.

Sam war von ihrem Stuhl aufgesprungen. »Tom!«, rief sie und wollte zu dem Mann stürzen.

»Halt!«, ertönte die schroffe Stimme der Kommissarin. »Sitzenbleiben.« Sam gehorchte und setzte sich wieder hin. »Also, Herr …«

»Mein Name ist Tom Bachner, ich bin Samaya Bachners Bruder«, stellte er sich vor. »Meine Schwester wird sich ab sofort zu keinerlei Anschuldigungen mehr ohne unseren Anwalt äußern.«

Kommissarin Jensen musterte ihn eindringlich. Allein durch sein äußeres Erscheinungsbild strahlte Tom Bachner eine ungeheure Autorität aus, und für einen kurzen Moment schien sich die Kommissarin von seinem souveränen Auftreten beeindrucken zu lassen, doch dann ging sie schnell zur Tagesordnung über.

»Schön, aber ich sehe keinen Anwalt«, erwiderte sie gereizt.

»Er trifft jeden Augenblick ein«, entgegnete Tom selbstsicher.

»Gut, so lange bleibt Frau Bachner hier, und Sie warten. Und zwar draußen, wenn ich bitten darf.« Sie deutete demonstrativ zur Tür.

»Wie Sie wünschen.« Tom schenkte ihr ein Lächeln, bei dem normalerweise jede Frau dahinschmolz, doch in diesem Fall zeigte sein Charme keinerlei Wirkung, sondern prallte an der Kommissarin ab wie ein Squashball von der Wand. An Sam gewandt fügte er hinzu: »Du sagst kein Wort bis Patrick hier ist. Okay? Und mach dir keine Sorgen, alles wird gut.« Er zwinkerte ihr aufmunternd zu.

»Okay«, versprach Sam. Sie verspürte einen winzigen Funken Erleichterung bei der Gewissheit, dass sie ab jetzt nicht mehr allein dastand. Trotzdem war ihr der besorgte Ausdruck in den Augen ihres Bruders nicht entgangen. Vermutlich war ihre momentane Situation ernster, als sie ohnehin befürchtet hatte. Sie begann von innen heraus zu frösteln und schlang beide Arme um ihren Körper.

»Kaffee?«, fragte die Kommissarin wider Erwarten. Anscheinend verbarg sich unter der harten Schale doch ein Hauch von Menschlichkeit und Mitgefühl.

Sam nickte. »Sehr gern, danke.«

Unruhig lief er in seinem Apartment hin und her. Er musste dringend nachdenken, aber ihm fehlte die nötige Konzentration. Seine Gedanken schweiften ständig ab. Die aktuelle Situation erforderte eine Planänderung. Um seine Gedanken in die richtigen Bahnen lenken zu können, brauchte er dringend eine Zigarette. Er zog sie aus der Jackentasche hervor, ging damit auf die kleine Terrasse, wo er sie ansteckte. In einer Ecke, versteckt zwischen Laub und Unkraut, stand ein schäbiger Aschenbecher, denn innerhalb des Apartments war das Rauchen streng untersagt. Eigentlich hatte er vor drei Monaten auf Anraten seines Arztes damit aufgehört, als dieser ihm das Röntgenbild seiner Lunge gezeigt hatte. Der Schreck über das, was dort zu sehen war, steckte ihm heute noch in den Knochen. Wenn er nicht wollte, dass seine Eingeweide irgendwann als mahnendes Beispiel auf einer Zigarettenschachtel prangten, musste er schleunigst mit dem Tabakgenuss aufhören. Nur noch in absoluten Ausnahmezuständen griff er zum Glimmstängel, und dies war einer. Nach drei tiefen Lungenzügen fühlte er sich gleich wesentlich entspannter und auch das Denken fiel ihm leichter. Die Frau an der Rezeption – Britt war ihr Name – hatte ihm bereitwillig Auskunft erteilt, als er nachfragte, was denn vorgefallen sei. Die Frau war in ihrer Berichterstattung kaum zu bremsen gewesen, und so erfuhr er, dass sie von der Polizei mitgenommen worden war, weil man sie mit dem Tod des Jungen in Verbindung brachte. Hätte man ihn gefragt, hätte er ihnen sofort sagen können, dass dies vergeudete Zeit war. Sie würde niemals jemandem schaden, dafür war ihr Gerechtigkeitssinn zu stark ausgeprägt. Bei dem Ganzen konnte es sich lediglich um einen Irrtum handeln. Er hatte oft genug miterleben können, wie sie sich für Gerechtigkeit eingesetzt hatte, und dabei selbst davor nicht zurückgeschreckt war, unter Umständen Sympathiepunkte bei wichtigen Entscheidungsträgern einzubüßen. Insgeheim zog er in diesen Situationen den Hut vor ihrer Courage. Er selbst hätte vermutlich überwiegend den bequemeren Weg gewählt. Jetzt galt es, seinen Anspruch auf sie geltend zu machen – um jeden Preis.

»Patrick! Gott sei Dank, dass du da bist.« Sam hätte am liebsten vor Erleichterung geweint, als der hochgewachsene Anwalt den Raum betrat, in den man sie zuvor geführt hatte.

»Sam! Es tut mir leid, dass ich es nicht eher geschafft habe. Ich habe gestern das Flugzeug verpasst. Manche Tage sollte man besser vom Kalender streichen.« Er sah sie entschuldigend an. »Wie geht es dir? Hat man dich anständig behandelt?«

»Ja, aber ich bleibe keine Minute länger hier. Bitte hol mich hier raus, ich werde sonst verrückt«, flehte Sam.

»Ich habe eben mit der Kommissarin gesprochen. Du bist vorerst auf freiem Fuß, sie dürfen dich nicht länger festhalten.« Er verzog den Mundwinkel. »Allerdings darfst du die Insel vorläufig nicht verlassen«, erklärte Patrick.

»Das hatte ich auch nicht vor. Ich kann dir gar nicht sagen, wie froh ich bin, dass ich nach Hause kann.« Die Erleichterung war ihr sichtlich anzumerken.

»Sag mal«, begann Patrick, »gibt es da irgendetwas Persönliches zwischen euch?«

»Du meinst Kommissarin Jensen?«

»Ja, die meine ich.«

»Nein. Ich glaube, sie mag mich einfach nicht.« Sam zuckte resigniert die Schultern.

»Das ist nicht zu übersehen«, stellte Patrick fest. »Vielleicht verwechselt sie Unfreundlichkeit mit beruflicher Professionalität.«

»Ob sie wohl privat auch solch ein Eisblock ist?«, fragte Sam lachend.

Patrick stimmte in ihr Lachen ein. »Das ist nicht auszuschließen. Komm, Tom wartet in einem Restaurant an der Promenade auf uns. Er musste noch einige wichtige Telefonate führen.«

»Das sieht ihm ähnlich«, bemerkte Sam beiläufig.

Sie folgte Patrick, und gemeinsam verließen sie das Polizeirevier.

»Und du hast wirklich keine Idee, wie die Substanzen in deinen Spind und deine Wohnung gekommen sind?«, wollte Patrick auf dem Weg zum Auto wissen.

»Nein, ich habe die ganze Nacht darüber nachgedacht. Meine einzige Vermutung gilt meinem Kollegen Torben Niermann. Bei ihm habe ich solche Tabletten im Schreibtisch entdeckt. Aber die Polizei ist sich offenbar sicher, dass er mit der Sache nichts zu tun hat.«

»Wieso denkst du das?«

»Weil die Kommissarin auf meinen Verdacht überhaupt nicht eingegangen ist. Außerdem hält unser Chef schützend seine Hand über ihn. Keine Ahnung, warum er das tut. Ich glaube, Torben hat mir die Tabletten untergeschoben.«

»Ach, tatsächlich?« Patrick zog überrascht die Augenbrauen hoch.

»Ehrlich gesagt, weiß ich nicht, wie er sie in meiner Wohnung versteckt haben soll, da war er nie. Bislang war dort niemand außer …« Mitten im Satz kam Sam ein furchtbarer Gedanke. Sie blieb abrupt stehen.

»Außer?«, hakte Patrick nach und beobachtete sie abwartend.

»Vergiss es«, wiegelte sie schnell ab. Sie konnte und wollte nicht glauben, dass Marc eventuell derjenige sein könnte, der die Drogen in ihrer Wohnung deponiert hatte. Warum hätte er das tun sollen? Welchen Grund hatte er, ihr zu schaden? Das ergab überhaupt keinen Sinn. Andererseits war er der Einzige, der bislang in ihrer Wohnung gewesen war, abgesehen von Doktor Westerkamp. Für kurze Zeit war Marc sogar allein dort gewesen. Eine gute Gelegenheit, die Tabletten in aller Seelenruhe so zu platzieren, dass die Polizei sie bei einer Durchsuchung in jedem Fall finden würde. Sie hatte seine Sachen gewaschen, da hätten ihr die Tabletten zwangsläufig in die Hände fallen müssen. Das würde erklären, warum sich ihre Fingerabdrücke darauf befanden, doch dies war nicht der Fall gewesen. War am Ende doch Marc in die Sache verstrickt? Hatte er die Drogen in seinem Wagen deponiert und später unbemerkt ins Haus geschmuggelt, um sie zu belasten? War sie ihm gegenüber zu leichtgläubig gewesen und hatte sich von seiner charmanten und offenen Art blenden lassen? Hatten ihre Warnsignale dieses Mal versagt? Immer stärker werdende Zweifel suchten sie heim.

»Da vorne ist es«, sagte Patrick und deutete auf einen Treppenaufgang, an dessen Ende mehrere Fahnen kräftig im Wind flatterten.

Beide erklommen sie die Stufen und sahen sich anschließend nach Tom um. Sam entdeckte ihn zuerst. Ihr Bruder saß an einem Tisch auf der Terrasse, den Laptop aufgeklappt und das Handy am Ohr. So kannte sie ihn – ein absolutes Arbeitstier, der keine Minute ungenutzt verstreichen ließ.

»Na, du Workaholic«, begrüßte sie ihn, als sie neben seinem Tisch angekommen waren.

Tom legte das Telefon beiseite, erhob sich von seinem Stuhl und schloss seine Schwester in die Arme. »Sorry, ich hatte zu tun. Momentan habe ich einen ganz dicken Fisch an der Angel.« Er verzog spitzbübisch den Mund.

»Du solltest dir lieber eine vernünftige Frau an Land ziehen und ein bisschen kürzertreten. Du wirst auch nicht jünger«, begrüßte Patrick seinen Freund.

»Hallo, Patrick! Danke, dass du so schnell kommen konntest und die Angelegenheit in die Hand nimmst. Setzt euch!«, forderte Tom die beiden auf. Kurz darauf eilte die Bedienung herbei und nahm die Bestellungen auf. »Wie sieht es aus? Kannst du Sam aus der Sache rausholen? Dabei kann sich nur um einen Irrtum handeln. Samaya hat damit nichts zu tun, ich kenne meine Schwester«, stellte Tom klar.

»Das wissen wir, aber der Fund der Tabletten in Sams Wohnung untermauert leider den Verdacht der Polizei«, begann Patrick.

»Aber ich war das nicht!«, wehrte Sam vehement ab.

»Das glaube ich dir, aber wir müssen versuchen, das der Polizei klar zu machen. Für die Kommissarin deutet alles auf dich als Täterin hin. Ein scheinbar glasklarer Fall. Ein bisschen zu glasklar für meinen Geschmack.«

»Hast du eine Idee?«, fragte Tom und nahm einen Schluck seines frisch gepressten Orangensaftes, den er sich bestellt hatte.

Patrick schüttelte den Kopf. »Nein, momentan leider nicht. Sam, überlege bitte nochmal ganz genau. Wer könnte sich unbefugt Zugang zu deiner Wohnung verschafft haben? Wo bewahrst du deinen Wohnungsschlüssel auf, während du arbeitest?«

»In meinem Spind, wie alle meine privaten Sachen auch«, erwiderte sie, ohne lange überlegen zu müssen. »Willst du andeuten, es könnte ihn sich jemand *ausgeliehen* und später wieder hineingelegt haben, ohne dass ich etwas mitbekommen habe?« Sie überlegte angestrengt, wer dafür infrage kam.

»Zum Beispiel. Das wäre eine Möglichkeit. Immerhin bist du über mehrere Stunden beschäftigt. Diese Zeit hätte sich die Person zunutze machen können.«

»Hm«, sie überlegte. »Dafür kämen mehrere Leute aus dem Hotel in Frage. Wie willst du denjenigen ausfindig machen?«

»Momentan habe ich keine Lösung parat. Ich werde in jedem Fall ein weiteres Mal mit der Kommissarin sprechen. Gleich morgen früh rufe ich sie an.«

»Warum anrufen?«, erkundigte Sam sich. »Du kannst persönlich mit ihr sprechen.«

»Das wird nicht klappen. Leider. Ich muss heute noch zurück nach Hamburg«, ließ Patrick sie wissen. »Um genau zu sein, mir bleibt nicht mehr viel Zeit.« Er sah auf seine Armbanduhr und verzog entschuldigend das Gesicht.

»Was?« Sam verspürte Panik in sich aufsteigen. »Du kannst mich in dieser Situation nicht allein lassen!«

»Mach dir keine Sorgen, Sam. Ich bin jederzeit telefonisch erreichbar, das verspreche ich dir«, versuchte er seine Mandantin zu beruhigen. »Außerdem bist du nicht allein, du hast Tom.« Er deutete zu seinem Freund, der zustimmend nickte.

Als das Essen gebracht wurde, stocherte Sam lustlos mit der Gabel in ihrem Salat herum.

»Was ist?«, wollte Tom wissen und legte die Stirn in Falten.

»Ich habe überhaupt keinen Hunger«, gab Sam zurück. »Mir schlägt die Sache gehörig auf den Magen. Mich lässt der Gedanke nicht los, dass es jemand aus dem Hotel gewesen sein könnte, der mich ans Messer liefern will. Eine andere Möglichkeit gibt es meiner Ansicht nach nicht. Aber warum? Ich habe niemandem etwas getan oder weggenommen. Bis auf Torben sind alle unheimlich freundlich zu mir.«

»Versuch dich zu erinnern, ob dir in letzter Zeit irgendetwas Außergewöhnliches aufgefallen ist«, bat Patrick um Sams Mithilfe. »Das könnte wichtig sein. Wie kommen deine Fingerabdrücke auf die Tüte? Dass sie sich darauf befinden, lässt sich nicht widerlegen.«

»Mir ist nichts aufgefallen. Ich zermartere mir schon seit gestern mein Hirn, aber mir fällt beim besten Willen nichts ein«, erwiderte Sam kraftlos. »Als ich die Tüte mit den Tabletten in der Schublade gefunden habe, habe ich sie angefasst – glaube ich wenigstens.« Sie seufzte.

Patrick warf erneut einen Blick auf seine Uhr. »Ich fürchte, ich muss mich jetzt verabschieden, sonst verpasse ich zum zweiten Mal meinen Flieger.«

»Niklas kann dich fliegen, wenn du willst«, warf Tom ein. »Ich benötige seine Dienste im Moment nicht. Soll ich ihm Bescheid geben?« Er hielt sein Handy bereits in der Hand.

»Danke für das Angebot, Tom, das ist sehr großzügig von dir. Aber ich habe mein Ticket bereits gekauft. Gönn deinem Piloten ein bisschen freie Zeit auf dieser herrlichen Insel.« Patrick zwinkerte seinem Freund zu und erhob sich, um sich von dem Geschwisterpaar zu verabschieden. Er versprach, sich umgehend zu melden, sobald ihm neue Informationen vorlagen. Desgleichen versicherte Sam, ihm sofort Bescheid zu geben, wenn ihr etwas einfiel.

Nach dem Essen blieben Sam und ihr Bruder eine Weile auf der Restaurantterrasse sitzen. Die Bedienung stellte soeben zwei Espresso vor ihnen auf dem Tisch ab, als Sams Handy den Eingang einer Nachricht vermeldete. Neugierig griff sie danach und sah auf das Display. Ihre Miene erhellte sich schlagartig, und was sie dort sah, zauberte ein zartes Lächeln auf ihr Gesicht.

»Das muss eine gute Nachricht sein, wenn du so schaust«, vermutete ihr Bruder, der ein längliches Zuckertütchen öffnete und den kristallenen Inhalt in seinen Kaffee rieseln ließ.

»Ja«, erwiderte Sam mit einem Anflug von Verlegenheit. »Ich habe jemanden kennengelernt.« Tom zog fragend eine Augenbraue hoch und schmunzelte.

»Er heißt Marc«, erklärte Sam daraufhin und fühlte sich in ihre Teenagerzeit zurückversetzt.

»Soso, Marc. Und wo habt ihr euch kennengelernt?«, wollte Tom wissen.

»Im Hotel. Er ist ein Gast.« Als sie sah, dass ihr Bruder verwundert die Augenbrauen hochzog, ergänzte sie schnell: »Ich weiß, was du sagen willst, keine privaten Beziehungen zu Gästen.«

»Meine Worte!«

»Eigentlich haben wir uns schon vorher gesehen, am Sylt Shuttle und später noch einmal. An der Verladestation war er gerade auf der Flucht vor einem Haufen Fans.«

»Fans?« Tom legte die Stirn in Falten.

»Um es kurz zu machen, ich spreche von Marc Nahringer«, ließ Sam ihn wissen und wartete gespannt auf seine Reaktion.

»Der Marc Nahringer?«, wiederholte Tom.

»Dann kennst du ihn also?«

»Schwesterchen, wer kennt Marc Nahringer nicht? Die Sponsoren reißen sich um ihn, und die Yellow Press ist derzeit voll von ihm.«

»Solche Blätter lese ich nicht. Mir ist neu, dass du dich offensichtlich in der Szene auskennst.«

»Ich habe Marc Nahringer neulich bei einer Sportveranstaltung in einem meiner Hotels in München erlebt.« Er wirkte amüsiert und führte die kleine Kaffeetasse zum Mund, ohne seinen Blick von seiner Schwester zu nehmen.

»Aha«, sagte Sam lediglich und trank ebenfalls von ihrem Espresso.

»Mit dieser Neuigkeit hast du mich wirklich überrascht. Ich hoffe, du bist dir im Klaren darüber, worauf du dich einlässt.«

»Was soll das heißen?«, erwiderte Sam angriffslustig und stellte die kleine Tasse mit lautem Klappern auf die Untertasse zurück.

»Das soll heißen, dass Männer wie er …«, startete Tom einen Erklärungsversuch.

»Das lass bitte meine Sorge sein. Er ist nicht so, wie du vielleicht denkst«, schnitt Sam ihrem Bruder das Wort ab.

»Schon gut, Samaya. Ich meine es nur gut. Selbstverständlich bist du alt genug, deine Entscheidungen selbst zu treffen. Trotzdem bitte ich dich, nicht zu blauäugig zu sein.« Tom sah seine Schwester eindringlich an. »War er bei dir in der Wohnung?«, fragte ihr Bruder und kräuselte die Lippen.

Sam holte tief Luft. »Ja, das war er. Du denkst doch wohl nicht, dass er mit der Tablettensache etwas zu tun oder mir Drogen untergeschoben hat?«, empörte sie sich, obwohl sie den Gedanken kurzzeitig bereits selbst verfolgt hatte. Das wollte sie ihrem Bruder allerdings nicht unter die Nase reiben.

»Samaya! Beruhige dich! Das habe ich nicht behauptet. Aber du kennst diesen Nahringer doch wahrscheinlich kaum, und ich weiß, wie es hinter den Kulissen in der Branche aussehen kann.«

»Das gibt dir längst nicht das Recht, Marc zu verdächtigen. Du kennst ihn nicht einmal und verurteilst ihn aufgrund von Spekulationen!« Sie hatte Mühe, ruhig zu bleiben.

»Nein, das tue ich nicht. Außerdem möchte ich mich nicht mit dir streiten, Sam. Ich mache mir Sorgen um dich«, fuhr Tom in besänftigendem Tonfall fort. »Versetze dich in meine Lage. Was würdest du an meiner Stelle denken?«

Sam schenkte ihm einen versöhnlichen Blick. »Ich will mich auch nicht mit dir streiten. Die ganze Sache belastet mich derzeit genug. Ausgerechnet ich, die mit einem Aufkleber *Keine Macht den Drogen* auf dem Auto durch die Gegend fährt, wird wegen Drogenbesitz verdächtigt. Das ist so absurd!« Sie lachte bitter auf und fuhr sich mit den Händen übers Gesicht.

»Man wird keine Beweise finden, die den Verdacht erhärten, davon bin ich überzeugt. Du musst Patrick vertrauen, er ist der beste Anwalt, den es gibt.« Tom schenkte seiner Schwester ein aufmunterndes Lächeln. »Weiß Nahringer von der Sache damals?«

»Nein«, erwiderte sie nachdenklich. »Das Gespräch hat sich bislang nicht ergeben.« Sam drehte nervös den kleinen Espressolöffel in ihrer Hand hin und her. »Im Übrigen wäre ich dir dankbar, wenn du seinen Vornamen verwenden würdest, wenn wir über ihn sprechen.«

»Natürlich, entschuldige. Hast du Angst davor?«

»Wovor?«

»Ihm deine Geschichte zu erzählen.«

Sie nickte zaghaft. »Ja, ich weiß nicht, ob ich das kann, und wie er reagieren wird«, gestand sie.

»Wenn es ihm wirklich ernst ist, wird er Verständnis zeigen. Und jetzt komm, lass uns fahren.« Tom signalisierte der Bedienung, die Rechnung zu bringen.

»Ich möchte kurz ins Hotel und ein paar Sachen aus meinem Spind holen, vorausgesetzt, es klebt kein Polizeisiegel mehr darauf«, bat Sam ihren Bruder.

»Natürlich. Kein Problem! Ich begleite dich.«

Das Rote Kliff in Kampen leuchtete in der Sonne und machte seinem Namen alle Ehre. Zahlreiche Urlauber am Strand hatten ihre Kameras und Handys gezückt, um diesen fantastischen Anblick für die Ewigkeit festzuhalten. Jedes Jahr verlor das Kliff an Substanz, wenn die gierige Nordsee an ihm fraß. Er stand oben an der Kante, von wo aus es steil nach unten ging, und beobachtete das Geschehen am Strand und im Wasser. Das Meer leuchtete in den unterschiedlichsten Grün- und Blautönen. Weiße Schaumkronen tanzten auf den sich brechenden Wellen. Ein feiner Salznebel lag in der Luft. Sonnenhungrige lagen auf ihren Handtüchern und ließen ihre spärlich bekleideten Körper von den wärmenden Sonnenstrahlen umschmeicheln. Kinder spielten im Sand und bauten Burgen, die spätestens mit der nächsten Flut der Vergangenheit angehören würden. Andere ließen bunte Drachen steigen und wurden selbst dann nicht müde, einen Anlauf nach dem nächsten zu unternehmen, wenn der kräftige Westwind an den Flugobjekten zerrte und sie anschließend mit voller Wucht in den Sand krachen ließ. Der eine oder andere Drachen überlebte den Aufprall nicht unbeschadet. Er sah dem Treiben dort unten zu, war jedoch mit seinen Gedanken woanders. Mit Erleichterung hatte er sehen können, dass sie das Polizeirevier verlassen hatte. Allerdings war sie in Begleitung eines hochgewachsenen Mannes gewesen, von dem er annahm, dass es sich um ihren Anwalt handelte. Doch die Vertrautheit, mit dem sie ihm begegnet war, ließ ihn aufmerken. War zwischen den beiden mehr als die reine Geschäftsbeziehung? Kaum hatte er sich von diesem Gedanken gelöst, war er mit der nächsten Überraschung konfrontiert worden. Ein weiterer Mann war auf der Bildfläche erschienen. Die Beiden hatten ihn in einem Restaurant am Strand getroffen. Sie hatte sich offenkundig gefreut, ihn zu sehen. Mit ihm schien sie noch vertrauter zu sein als mit dem mutmaßlichen Anwalt. Sein Magen zog sich krampfartig zusammen, und Zorn braute sich wie ein herannahendes Unwetter in seinem Inneren zusammen. Das Bild, das er sich von ihr gemacht hatte, bekam zunehmend Risse. Alles in ihm rebellierte gegen die Vorstellung, sie als Gespielin dieser Männer anzusehen. Sie war eine wunderschöne Frau, der die Männer reihenweise den Hof machten, das stand außer Frage. Er schnaubte verächtlich und trat wütend mit der Fußspitze gegen den Holzpfosten des Geländers. Trotzdem würde er sich nicht von seinem ursprünglichen Vorhaben abbringen lassen. Im Gegenteil: Noch war es nicht zu spät, sie vor dem endgültigen moralischen Verfall zu bewahren und ihr den rechten Weg zu weisen. Er zog erneut sein Fernglas aus der Tasche und richtete es auf das Restaurant. Gerade rechtzeitig, wie sich herausstellte, denn sie stand auf und verließ in Begleitung des schwarzhaarigen Mannes im Businesslook, der ihr eine Hand an den Rücken legte, die Restaurantterrasse.

Tom hatte seine Schwester erst zum Hotel und anschließend zu ihrer Wohnung gebracht. Da er – wie so oft – einen dringenden Termin wahrnehmen musste, hatte er keine Zeit, ihr länger Gesellschaft zu leisten.

»Wollen wir heute Abend zusammen essen?«, fragte er. »Ich würde gern ein neues Restaurant ausprobieren, das mir ein Geschäftspartner empfohlen hat.«

»Gern. Ich habe heute Abend nichts vor.«

»Okay, dann hole ich dich um halb acht ab.«

Sam tigerte ruhelos durch ihre Wohnung. Sie konnte sich auf nichts konzentrieren und wartete zudem sehnsüchtig auf einen Anruf von Marc. In seiner letzten Nachricht hatte er geschrieben, er würde sich in Kürze melden. Das war Stunden her. Vielleicht war er momentan beschäftigt, überlegte Sam und beschloss, abzuwarten, auch wenn es ihr schwerfiel. Sie würde ihn später anrufen, bevor sie mit Tom zum Essen ging, nahm sie sich vor. Plötzlich wurde sie durch das Klingeln an ihrer Wohnungstür aufgeschreckt. Wer konnte das sein? Sam ging auf die Tür zu.

Die offen stehende Haustür lockte wie eine Einladung des Schicksals und schrie förmlich danach, die Gunst der Stunde zu nutzen, um ungehindert in das Haus zu gelangen. Er hatte nicht lange gezögert und die Chance ergriffen, die sich ihm bot. Offenbar hatte jemand die Eingangstür geöffnet und festgestellt, damit sie sich nicht von selbst schließen konnte. Beim Betreten des Hausflurs schlug ihm ein starker Essensgeruch entgegen. Sicher war dies der Grund für die Lüftungsaktion. Ihm konnte es nur recht sein. Zunächst sah er sich prüfend um. Dann spähte er durch die geöffnete Kellertür die Stufen nach unten. Dort brannte Licht, aber niemand war zu sehen oder zu hören. Ihn trennten nur wenige Treppenstufen von ihr. Ein begehrliches Kribbeln erfasste ihn. Sollte er es wagen und an ihrer Tür klingeln? Sie war allein, das hatte er beobachtet. Der Mann, mit dem sie vorhin gekommen war, hatte nach kurzer Zeit das Haus wieder verlassen. Zugleich kochte Wut in ihm hoch. Was hatten sie in der gemeinsamen Zeit in der Wohnung gemacht? Hatten sie etwa ...? Nein, er verbot sich selbst, diesen unerträglichen Gedanken weiter zu verfolgen. Ekel und Zorn würden ihn nicht mehr klar denken lassen, was wiederum fatale Folgen für seinen Plan haben würde. Ehe er seine Überlegungen zu Ende bringen konnte, drangen Stimmen aus dem Keller an sein Ohr, die sich rasch näherten. Behände versteckte er sich in einer Nische und hoffte, nicht entdeckt zu werden. Aus dem Augenwinkel konnte er zwei Frauen erkennen, die sich – beide mit Wäschekörben in den Händen – angeregt unterhielten. Eine von ihnen stellte ihren Korb nur wenige Zentimeter von ihm auf dem Boden ab. Sogleich zog er seinen Fuß enger an den anderen, damit ihn die Spitze seines Schuhs nicht verriet. Sein Herz klopfte vor Anspannung. Die Frau löste den Keil unter der Eingangstür, sodass diese mit einem dumpfen Geräusch ins Schloss fiel. Ohne Unterlass unterhielt sie sich mit der Nachbarin, nahm ihren Wäschekorb auf und entfernte sich, ohne ihn bemerkt zu haben. Erleichtert atmete er durch, verharrte jedoch noch einen Moment in seinem Versteck, bevor er aus der Nische trat.

»Tom?«

»Mit wem hattest du denn gerechnet?«, fragte er amüsiert und ging an ihr vorbei in die Wohnung.

»Eigentlich habe ich erst viel später mit dir gerechnet«, erwiderte Sam. »Wie bist du ins Haus gekommen?«

»Durch die Tür.«

»Was du nicht sagst! Ich habe den Summer gar nicht betätigt.«

»Da hat gerade jemand das Haus verlassen, daher brauchte ich unten nicht zu klingeln«, erklärte Tom. »Du wirkst beunruhigt. Gibt es noch etwas Anderes als die Drogensache, die dich belastet? Samaya?«

»Nein, es ist alles in Ordnung, Tom. Was führt dich so früh zu mir? Hattest du nicht dringende geschäftliche Verpflichtungen?«, wechselte sie das Thema und neckte ihn gleichzeitig ein bisschen. Sie hatte keine Erklärung für die innere Unruhe, die sie seit Tagen verspürte.

»Mein Termin ist geplatzt und ich dachte, wir könnten vor dem Essen einen Strandspaziergang machen. Wenn ich schon auf der Königin der Inseln bin, möchte ich wenigstens eine Spur davon genießen.«

»Das ist eine hervorragende Idee. Ich ziehe mich schnell um, dann kann es losgehen.« Mit diesen Worten huschte Sam ins Schlafzimmer.

»Tu das. Ich gehe derweil auf den Balkon und rufe mal Patrick an.«

»Mach das! Bestell ihm schöne Grüße!«, rief sie.

Nach wenigen Minuten war Sam in Jeans, Bluse und Sneakers geschlüpft und gesellte sich zu ihrem Bruder nach draußen.

»Und?«, fragte sie neugierig. »Hat Patrick Neuigkeiten?«

»Nein. Die Polizei ist in der Drogensache nicht wesentlich vorangekommen. Außerdem lassen die sich ungern in die Karten sehen«, brummte er.

»Ist das gut oder schlecht für mich?«

»Momentan weder noch. Du bist immer noch ihre einzige Verdächtige. Wir müssen hoffen, dass ihnen der tatsächliche Täter schnellstmöglich ins Netz geht. Patrick hat übrigens mit deinem Chef gesprochen und ihm höflich, aber eindeutig klar gemacht, welche rechtlichen Konsequenzen es für ihn haben kann, wenn er sich dir gegenüber inkorrekt verhält.«

»Ach, Tom! Ich wünschte, die Sache läge bereits weit hinter mir.«

Er trat ein Stück auf sie zu und schloss sie tröstend in die Arme. Sam vergrub ihr Gesicht an seiner Brust.

»Keine Sorge, meine Süße, alles wird gut. Erwartest du Besuch?«, erkundigte sich Tom plötzlich.

»Nein«, gab Sam verwundert zurück und löste sich aus der Umarmung.

»Wenn ich mich nicht täusche, steigt da unten gerade Marc Nahringer aus einem Taxi.«

»Tatsächlich! Ich wusste gar nicht, dass er schon heute kommt.« Sam lehnte sich über das Balkongeländer und erkannte Marc, der mit versteinerter Miene zu ihnen hoch sah.

»Marc!«, rief Sam ihm freudig entgegen und winkte. »Warte, ich mache …« Doch bevor Sam zu Ende gesprochen hatte, saß Marc wieder im Taxi, und es fuhr fort.

»Warum fährt er denn weg?« Verständnislos blickte sie dem Wagen hinterher.

»Ich befürchte, er hat die Situation missverstanden«, bemerkte Tom.

»Meinst du, er hat dich für meinen Freund gehalten?«

»Sieht danach aus. Warum sollte er sonst fluchtartig den Rückzug antreten?«

»Verdammt! Ich muss das unbedingt aufklären.« Sam stürmte nach drinnen.

»Warte, ich komme mit und fahre!«, sagte Tom und folgte seiner Schwester.

»Wohin ist er wohl gefahren?«, wollte Tom wissen, als sie im Auto saßen.

»Vermutlich ist er ins Hotel gefahren. Dort hat er seine Sachen«, mutmaßte Sam. »Kannst du nicht ein bisschen schneller fahren?«

»Keine Panik! Wir erwischen ihn und dann kannst du ihm alles in Ruhe erklären«, beruhigte sie ihr Bruder.

»Hoffentlich«, gab sie zurück und rutschte unruhig in ihrem Sitz herum. »Um deine Zuversicht beneide ich dich wirklich.«

Sie hatten kaum das Hotel erreicht, da sprang Sam aus dem Wagen und rannte zum Empfang.

»Hallo, Kim«, begrüßte sie ihre Kollegin atemlos. »Ist Marc hier gewesen?«

Tom war ihr gefolgt und stand dicht hinter ihr. Kim sah beide zunächst überrascht an, dann nahm ihr Gesicht eine leicht rötliche Verfärbung an.

»Ja, kurz«, antwortete sie und hielt ihren Blick auf Tom gerichtet.

»Was heißt kurz?«, bohrte Sam ungeduldig nach, doch ihre Kollegin schien von Toms Anwesenheit regelrecht hypnotisiert zu sein. »Kim? Wann war das?«

»Ähm. Er wollte nur seine Sachen und den Wagen abholen«, erklärte sie leicht zerstreut.

Ohne eine weitere Erklärung abzuwarten, stürmte Sam die Treppe nach unten in die Tiefgarage des Hotels. Sie öffnete die schwere Metalltür und sah gerade noch die Rücklichter von Marcs schwarzem SUV, als er die Ausfahrt nahm.

»Mist!«, rief sie verzweifelt aus. Dann rannte sie dem Fahrzeug hinterher, obwohl sie wusste, dass dieser Versuch, ihn einzuholen, zwecklos war. Marcs Wagen entfernte sich rasch und verschwand schließlich um die nächste Ecke. Atemlos und niedergeschlagen zugleich kehrte Sam zum Empfang zurück, wo sich Tom und Kim unterhielten.

»Hast du ihn erwischt?«, erkundigte sich Tom bei seiner Schwester, obwohl er die Antwort ihrem Gesichtsausdruck längst entnehmen konnte.

»Nein, er ist weg.« Sie verzog das Gesicht.

»Vielleicht ist er auf dem Weg zum Flughafen«, überlegte Kim.

»Dann lass uns gleich losfahren, dann erwischen wir ihn vielleicht noch«, forderte Sam ihren Bruder auf.

»Ich habe eine bessere Idee«, gab dieser zurück und zog sein Handy aus der Hosentasche. Er entfernte sich ein paar Schritte, um ungestört telefonieren zu können.

»Du hast mir vorenthalten, dass Tom Bachner dein Bruder ist. Ich dachte, mich trifft der Schlag, als du mit ihm eben hereinspaziert bist«, flüsterte Kim Sam zu.

»Du kennst Tom?«

»Natürlich! Welche Frau im heiratsfähigen Alter kennt ihn nicht? Einer der erfolgreichsten Junggesellen Deutschlands.« Sie bekam einen verzückten Gesichtsausdruck. »Das stand jedenfalls neulich in einem Magazin, das ich beim Friseur gelesen habe.«

»Tatsächlich? Ich glaube, ich sollte öfter zum Friseur gehen.« Sam zog eine Grimasse.

»So, ich habe Niklas Bescheid gegeben. Er fängt ihn ab, sollte er am Flughafen ankommen.« Er wirkte zufrieden.

»Können wir bitte trotzdem zum Flughafen fahren?«, drängelte Sam ungeduldig.

»Du gibst sonst sowieso keine Ruhe. Los, komm!« Tom nickte Kim zum Abschied zu.

Draußen auf dem Parkplatz hörte Sam, wie jemand ihren Namen rief. Sie sah sich um und erkannte Alex, der aus einem Seitenausgang des Hotels auf sie zugelaufen kam.

»Sam! Ich muss dich unbedingt sprechen. Aber nicht hier.«

»Alex, es tut mir leid, es ist gerade sehr ungünstig«, erwiderte Sam entschuldigend.

»Aber es ist wirklich wichtig«, insistierte Alex.

»Ich habe es schrecklich eilig. Bist du morgen früh da?«

»Ja.« Die Enttäuschung war ihm anzumerken.

»Dann lass uns gleich morgen früh reden. Ich komme ein bisschen früher. Ist das okay?«

»Okay«, lenkte er zähneknirschend ein, während Sam ins Auto stieg. »Heißt das, du arbeitest wieder? Ich dachte Feldtmann hätte dich freigestellt?«, setzte Alex nach.

»Solange man mir nichts nachweisen kann, geht das nicht ohne Weiteres. Mein Anwalt hat das mit Feldtmann geklärt. Ich weiß aber, dass es ihm lieber wäre, ich wäre nicht hier. Bis morgen, Alex!«

»Wer war das und was wollte er?«, erkundigte sich Tom.

»Alex Koch, er ist ein Kollege. Er hat auch Sport studiert so wie ich und gibt unter anderem die Surfkurse. Wir verbringen hin und wieder die Mittagspausen zusammen oder gehen joggen«, erläuterte Sam. »Er wollte mir etwas Wichtiges sagen.«

»Worum geht es?«, hakte Tom interessiert nach.

»Keine Ahnung. Ich habe ihn auf morgen früh vertröstet«, sagte Sam. »Jetzt muss ich unbedingt mit Marc sprechen.«

Toms Handy klingelte, kaum dass sie den Flughafen erreicht hatten. Sam entdeckte Marcs Wagen auf dem Parkplatz und stürmte zum Terminal. Als sie sich drinnen umsah, fiel ihr Blick als Erstes auf einen schlanken Mann in Uniform, der offensichtlich auf sie wartete und die Hand hob: Niklas, der Pilot ihres Bruders, der seit Jahren für ihn flog.

»Niklas! Hast du ihn gesehen?«, fiel Sam mit der Tür ins Haus.

»Hallo, Sam! Ich freue mich auch, dich zu sehen.«

»Hallo! Entschuldige, Niklas, wo sind bloß meine guten Manieren geblieben?«

»Halb so wild. Sorry, aber ich habe deinen Traummann nicht gesehen«, ließ er sie wissen.

»Ich verstehe das nicht, er muss hier sein. Sein Wagen steht draußen auf dem Parkplatz.« Verzweifelt ließ Sam ihren Blick durch die Halle schweifen.

»Ich war bis eben draußen an der Maschine«, erklärte Niklas. »Vielleicht ist er in der Sylt Lounge. Versuch es dort mal!«

»Gute Idee, danke!«, erwiderte Sam und lief los.

Vor der Sylt Lounge drängte sich eine Gruppe Passagiere, da in nächster Zeit eine Maschine abflugbereit war. Unter ihnen entdeckte Sam tatsächlich Marc. Sie hatte ihn an seiner großen Statur und der braunen Lederjacke erkannt. Sie bahnte sich den Weg durch die Wartenden hindurch, bis sie ihn erreicht hatte. Als sie ihn ansprach, drehte er sich abrupt um.

»Sam!« Seine Begrüßung fiel nicht sonderlich herzlich aus. Er begegnete ihr eher zurückhaltend.

»Ich bin ja so froh, dass ich dich erwischt habe. Wo willst du denn hin?«, fragte sie verunsichert.

»Nach München«, gab er knapp zurück und rückte in der Schlange ein Stück weiter, als stünde sein Entschluss zurückzufliegen unwiederbringlich fest.

»Aber du bist doch eben erst angekommen.«

»Offensichtlich war das ein Fehler.«

»Nein, nein. Du hast das falsch verstanden.«

»Lass gut sein, Sam. Ich habe Augen im Kopf.«

»Aber Tom ist …«

»Samaya!«, dröhnte Toms Stimme hinter ihnen. »Da bist du ja!« Mit großen Schritten kam er auf sie zu. »Hallo, Herr Nahringer! Meine Name ist Tom Bachner.«

»Na prima, Sam. Du bist sogar verheiratet. Wann hattest du vor, es mir zu sagen?« Marc wirkte zutiefst verletzt. »Hat es wenigstens Spaß gemacht, mich zum Narren zu halten?« Seine Augen funkelten dabei angriffslustig.

»Stopp!«, ging Tom vehement dazwischen. »Hier liegt offenbar ein Missverständnis vor.«

»Das versuche ich, ihm die ganze Zeit zu erklären, aber er hört mir nicht zu«, beschwerte sich Sam verzweifelt. Dann wandte sie sich Marc zu. »Tom ist nicht mein Ehemann, er ist mein Bruder!«

Marc wirkte zunächst irritiert, dann entspannten sich seine Gesichtszüge. »Bruder?«, wiederholte er ungläubig. »Sorry, ich glaube, ich habe mich gerade zum absoluten Idioten gemacht.« Er schloss Sam fest in die Arme. »Es tut mir so leid«, flüsterte er ihr ins Haar. Dann reichte er Tom zur Begrüßung die Hand.

»Na, dann ist wieder alles in Ordnung«, stellte Tom fest. »Wie wäre es mit einem gemeinsamen Abendessen? Das Happyend sollte gebührend gefeiert werden.«

»Gerne«, stimmten Sam und Marc ein.

Ein Taxi hielt direkt vor ihrem Haus, und dieser Fernsehtyp stieg aus. Mit Genugtuung konnte er feststellen, dass er kurz darauf wegfuhr, ohne sich überhaupt dem Eingang genähert zu haben. Im ersten Moment irritierte ihn die Situation, doch die Erklärung für das sonderbare Verhalten war schnell klar. Scheinbar hatte er sie mit dem Rivalen in ihrer Nähe auf dem Balkon gesehen. Was für ein Versager, sagte er sich. Statt um sie zu kämpfen, klemmte er den Schwanz ein und zog sich zurück, um sich die Wunden zu lecken. Ein verächtliches Lachen entschlüpfte seiner Kehle. Dieser Typ wäre ihr ohnehin in keinerlei Hinsicht gewachsen, sein mädchenhaftes Verhalten, das er eben an den Tag gelegt hatte, war Beweis genug. Umso besser für ihn selbst, denn nun brauchte er sich um den Kerl nicht mehr zu kümmern. Sein Fokus lag ab sofort einzig auf diesem schwarzhaarigen Beau, der wie aus dem Nichts plötzlich an ihrer Seite aufgetaucht war. Sie schienen sich gut zu kennen, denn sie begegnete ihm sehr vertraut. Kein Wunder, dass der andere in diesem Fall das Nachsehen hatte. Dennoch hatte er sie nicht für derart abgebrüht gehalten. Kaum war einer ihrer

Verehrer außer Sichtweite, schnappte sie sich den nächsten. Einerseits imponierte ihm ihr Verhalten, andererseits musste er höllisch aufpassen und durfte sie unter keinen Umständen unterschätzen. Nachdem sie gefahren waren, wartete er einen Moment im Auto, bevor er sich erneut dem Haus näherte. Als er überlegte, wie er in das Haus kommen sollte, ging die Eingangstür auf, und eine Frau mit einem Kinderwagen kam heraus. Er witterte sofort seine Chance und hielt ihr die Tür auf.

»Das ist aber freundlich von Ihnen, junger Mann«, bedankte sie sich.

»Keine Ursache!«, entgegnete er.

»Besuchen Sie jemanden im Haus?«, erkundigte sie sich neugierig.

»Meine Schwester wohnt hier seit einiger Zeit. Ich bin gerade angekommen und will sie überraschen«, erklärte er selbstsicher, um jegliches Misstrauen im Keim zu ersticken.

»Ach, was für eine nette Geste, da wird sie sich aber freuen«, betonte sie mit verschwörerischer Miene.

»Bestimmt«, versicherte er.

Er ging die Stufen nach oben in den ersten Stock. Außer ihm hielt sich niemand im Treppenhaus auf. Die Wohnungstür war erwartungsgemäß verschlossen, als er mit sanftem Druck dagegen stieß. Kurzerhand zog er seine Kreditkarte aus dem Portemonnaie. Vielleicht klappte das, was man immer wieder im Fernsehen sah, auch in der Realität, überlegte er. Doch seine anfängliche Euphorie schwand mit jedem vergeblichen Versuch, sich schnell und unbemerkt Einlass zu verschaffen. Immer wieder rutschte ihm die Karte aus der Hand, oder er hielt sie nicht im richtigen Winkel. So mühsam hatte er sich dieses Unterfangen nicht vorgestellt. Er konnte von Glück reden, dass ihn niemand dabei beobachtete. Als er die Karte ein letztes Mal durch den schmalen Türspalt zog, erklang plötzlich ein leises Klacken und Simsalabim: Die Höhle seiner Raubkatze öffnete sich problemlos. Zu seinem Vorteil hatte sie die Tür nicht abgeschlossen, sondern lediglich zugezogen. Ein Zeichen, dass sie sich in Sicherheit wiegte und nicht den kleinsten Verdacht hegte. Schnell schlüpfte er hinein und schloss die Tür leise hinter sich. Einen Moment blieb er mit dem Rücken an die Tür gelehnt stehen und lauschte. Nichts. Bis auf das leise Klicken des Sekundenzeigers einer Uhr an der Wand, der gleichmäßig seine Runden drehte, war es absolut still. Dann schritt er vorsichtig die Wohnung ab und achtete penibel darauf, nichts zu verändern oder gar Spuren zu hinterlassen. Zunächst inspizierte er das Wohnzimmer. Auf dem niedrigen Couchtisch stand ein Glas Wasser neben einer Tageszeitung. Ein Hauch Lippenstift klebte am Rand des Glases. Er war versucht, es zu berühren, hielt sich jedoch im letzten Moment zurück. Er blickte sich weiter um. In den Regalen standen viele Bücher und CDs ordentlich aneinandergereiht. Vom Wohnzimmer aus führte ihn sein Weg in die kleine Küche, vorbei an der Balkontür. Er wagte einen kurzen Blick aus dem Fenster, um sich zu vergewissern, dass sie nicht in der Zwischenzeit wiedergekommen waren. Aber vor dem Haus hielt kein Auto. Außer ihrem Wagen stand dort kein weiteres Fahrzeug. In der Küche standen mehrere Tassen und Teller im Waschbecken. Auf der Spüle lag ein Schneidebrett, auf dem sich ein großes Küchenmesser befand. Es schien, als hätte sie mitten im Schneiden alles stehen und liegen gelassen. Der Gedanke, dass die Unterbrechung mit dem Schwarzhaarigen in Verbindung stehen könnte, drängte sich ihm auf. Er ballte automatisch die Hand zur Faust, und seine Kiefermuskeln mahlten kräftig. Schnell besann er sich und marschierte zielstrebig ins Badezimmer. Hier roch es nach Duschgel und Parfüm. Auf der Konsole über dem Waschbecken standen diverse Tuben, Tiegel und Flaschen mit Körperpflegemitteln. Er war geneigt, eine nach der anderen in die Hand zu nehmen, doch er widerstand dem drängenden Wunsch. In einer flachen Schale lagen wahllos diverse Lippenstifte und andere Schminkutensilien. Dazwischen entdeckte er einen einfachen Lippenpflegestift. Dieses Mal konnte er der Versuchung nicht widerstehen und griff danach. Er öffnete die Kappe. Der Stift war benutzt worden. Er schloss die Augen und roch daran. Ein leichter Vanilleduft stieg ihm in die Nase, und in Gedanken konnte er förmlich ihre vollen, warmen Lippen fühlen. Er verschloss ihn und ließ ihn in der Jackentasche verschwinden. Selbst wenn sie den Stift vermissen würde, käme sie niemals auf die Idee, dass er ihn genommen hatte. Sie würde annehmen, sie hätte ihn schlichtweg verloren. Er verließ das Bad und suchte den letzten Raum auf, das Schlafzimmer. Dieses Zimmer hatte er sich bewusst für den Schluss aufgehoben. Das Rollo war zur Hälfte heruntergelassen, und das Bett war nicht gemacht. Hatte sie sich womöglich noch vor kurzer Zeit darin mit ihrem Liebhaber vergnügt? Seine Nasenflügel begannen bei dieser abscheulichen Vorstellung zu beben. Angewidert wandte er seinen Blick ab und richtete sein Augenmerk auf einen Sessel, der vor einem Kleiderschrank stand. Darauf lagen verschiedene Kleidungsstücke, darunter ein BH mit passendem Slip. Er musste dem Impuls einfach nachgeben und griff nach beidem. Mit geschlossenen Augen presste er die Unterwäsche auf Mund und Nase, um ihren Geruch tief in sich aufzunehmen. Dieser Duft war derart betörend, als stehe sie leibhaftig vor ihm. Das Ziehen in seinen Lenden verstärkte sich, und seine Fantasie bescherte ihm göttliche Bilder. Plötzlich ließ ihn ein unerwartetes Geräusch hochschrecken. Kam das Knacken aus Richtung der Wohnungstür? War er von diesem Fetzen Stoff derart berauscht gewesen, dass er alles andere um sich herum nicht wahrgenommen hatte? Sein Puls beschleunigte sich, und er wagte kaum zu atmen. Horchend wartete er ab, ohne sich einen Zentimeter von der Stelle zu bewegen. Doch nun herrschte erneut Stille. Draußen konnte man ein Flugzeug und den üblichen Straßenlärm hören, sonst nichts. Schnell stopfte er die Kleidungsstücke in die Jackentasche und steuerte auf die Haustür zu. Vorsichtig lugte er durch den Türspalt, und als er absolut sicher war, dass ihn niemand sehen konnte, huschte er unbemerkt aus dem Haus.

»Du hängst sehr an deiner Schwester, habe ich recht?«, fragte Marc, während Sam die Restauranttoilette aufsuchte.

»Ja, Samaya ist das Wichtigste in meinem Leben. Sie ist meine einzige Familie. Allerdings hat sie es nicht gerne, wenn man sich in ihr Leben einmischt.« Tom zog eine Grimasse, während er ein Stückchen Weißbrot in eine Schale mit Olivenöl tauchte, die mittig auf dem Tisch stand.

»Wer hat das schon gern?«, bestätigte Marc und zog einen Mundwinkel hoch.

»Unsere Eltern sind bei einem Flugzeugabsturz während eines Sylturlaubs ums Leben gekommen, als Sam noch sehr jung war. Wir waren quasi von einer Minute auf die andere auf uns allein gestellt, und ich habe sie als großer Bruder unter meine Fittiche genommen.«

»Das tut mir leid. Das war sicher nicht einfach für euch.«

»Nein, aber man wächst mit seinen Aufgaben. Seither verbindet uns ein sehr enges Verhältnis. Ich bin mir bewusst, dass ich es mit meinem Beschützerinstinkt hin und wieder leicht übertreibe. Ich könnte es mir aber auch nie verzeihen, wenn Sam etwas zustößt, obwohl ich es hätte verhindern können.« Er machte eine nachdenkliche Pause. »Du kannst dir nicht vorstellen, wie viel Überzeugungskraft es mich gekostet hat, bis sie sich endlich bereit erklärt hatte, mit einer Freundin von mir zu sprechen, der das Hotel in List gehört, in dem sie jetzt arbeitet.«

»Dann wollte sie wegen des Unglücks mit euren Eltern nie wieder nach Sylt zurückkehren?«, folgerte Marc.

»Nein, aber somit habe ich mich abermals in ihre Pläne eingemischt.« Er musste leicht schmunzeln, bevor er sich das ölgetränkte Brotstück in den Mund steckte.

»Ach, das wusste ich nicht. Ich dachte, dieser Feldtmann ist der Inhaber, so wie er sich aufspielt.«

Tom schluckte kopfschüttelnd den letzten Bissen hinunter. »Nein, er ist der Geschäftsführer, aber nicht der Inhaber. Ich hätte Sam auch eine Wohnung oder ein Haus besorgt, aber das wollte sie auf keinen Fall. Sie will lieber alles selbst in die Hand nehmen. Sie ist sehr stolz und kann unglaublich eigensinnig sein.«

»Das ist mir nicht entgangen.« Marc lachte. »Sie ist eine starke und selbstbewusste Frau. Allerdings …« Er sprach nicht weiter.

»Was wolltest du sagen? Spuck es aus«, forderte Tom ihn freundschaftlich auf.

»Ich weiß nicht, wie ich es formulieren soll. Ich glaube, dass sie ihre harte Seite als Schutzschild einsetzt. Wogegen auch immer.« Er seufzte. »Sie ist oft nicht derart cool, wie sie vorgibt, sondern im Grunde sehr verletzlich. Sam hat Angst, andere Menschen dicht an sich herankommen zu lassen. Stimmt's?«

Ein feines Lächeln umspielte Toms Lippen bei Marcs Worten. »Da liegst du nicht verkehrt. Dafür gibt es einen Grund, aber ich will ihr nicht vorgreifen, sonst heißt es am Ende wieder, ich hätte mich eingemischt. Ich kann dir nur sagen, dass du ihr viel bedeutest. Ich kann mich nicht erinnern, wann sie jemals so verrückt nach einem Kerl war.« Tom boxte Marc spielerisch gegen die Schulter und lachte. »Solltest du ihr allerdings wehtun, bekommst du es mit mir zu tun. Das würde ich dir nicht empfehlen.« Mit einem Schlag war das Lachen einem Augenausdruck gewichen, der klar erkennen ließ, dass seiner Ankündigung unangenehme Taten folgen würden.

»Versprochen. Ich könnte ihr niemals wissentlich wehtun«, erklärte Marc kleinlaut.

In diesem Moment kam Sam an den Tisch zurück und das Essen wurde gebracht.

Tom verabschiedete sich, und Sam fuhr mit Marc zu ihrer Wohnung nach List.

»Dein Bruder ist ein netter Typ«, stellte Marc fest. »Trotzdem glaube ich, dass er sehr ungemütlich werden kann, wenn man sich mit ihm anlegt. Er kann ziemlich einschüchternd wirken.«

Sam zog amüsiert die Augenbrauen hoch. »Hat er dir in irgendeiner Form gedroht?«

»So würde ich es nicht bezeichnen. Er hat mir lediglich in Aussicht gestellt, was passiert, wenn ich dir in irgendeiner Form wehtue«, bestätigte Marc.

»Tja, dann solltest du mich stets gut behandeln«, scherzte Sam.

Marc griff nach ihrer Hand und sah zu ihr auf den Beifahrersitz. »Mir liegt nichts ferner, als dir wehzutun, Sam. Das verspreche ich!«

Sie honorierte seine Worte mit einem zaghaften Lächeln. Je nördlicher sie kamen, desto dunkler färbte sich der Himmel. Die friedliche Abenddämmerung wurde durch tiefhängende, schwarzgraue Wolken, die wie Walzen immer näher heranrollten, abgelöst.

»Ich glaube, da kommt ein heftiges Gewitter auf uns zu«, bemerkte Sam mit einem skeptischen Blick zum Himmel. »Passt ja irgendwie«, setzte sie leiser nach und sah aus der Seitenscheibe.

»Sieht sehr danach aus«, stimmte Marc zu. »Hoffentlich kommen wir rechtzeitig an, ohne nass zu werden. Was hast du gesagt?«

Sie stieß einen langgezogenen Seufzer aus. »Die Polizei verdächtigt mich, mit Drogen zu dealen«, erklärte sie geradeheraus.

»Wie bitte?« Marc war derart perplex, dass er um ein Haar von der Spur abgekommen wäre. »Das hast du bislang mit keiner Silbe erwähnt? Wie kommt die Polizei zu dieser abenteuerlichen Behauptung?«

Sam berichtete, was bislang geschehen war, während Marc ihren Schilderungen fassungslos folgte.

»Ich kann froh sein, dass ich Patrick an meiner Seite habe.«

»Die Polizei wird bald den wahren Täter finden, davon bin ich überzeugt«, versuchte Marc sie aufzumuntern und schenkte ihr ein zuversichtliches Lächeln, während er nach ihrer Hand griff und sie drückte.

»Hoffentlich. Aber lassen wir bitte für heute dieses Thema«, bat Sam.

Plötzlich zuckte ein langgezogener Blitz quer über den Horizont. Gleich darauf folgte ein Donnergrollen, das man sogar im Wageninneren spüren konnte. Das Meer auf der Wattseite, das man von der Straße aus sehen konnte, war grau, und auf der Wasseroberfläche türmten sich Wellenberge, die durch den aufkommenden Wind immer größer wurden.

»Eigentlich habe ich keine Angst vor Gewitter«, sagte Sam mit einem Blick aus dem Fenster. »Nur, wenn ich allein bin.«

»Das sind ja ganz neue Töne. Samaya Bachner gibt offen eine Schwäche zu!«, amüsierte sich Marc. »Keine Sorge, ich werde dein kleines Geheimnis hüten wie einen kostbaren Schatz.«

Sie sah ihn mit einem Blick an, den er nicht deuten konnte und der ihn augenblicklich verstummen ließ. Hatte er versehentlich etwas Falsches gesagt?

Die ersten dicken Regentropfen platschten vereinzelt auf die Windschutzscheibe. In Sekundenschnelle entwickelte sich vor ihren Augen ein wahres Unwetter. Die Scheibenwischer hatten Mühe, die Wassermassen zu bewältigen, die unaufhörlich vom Himmel fielen. Der Wind peitschte den Regen auf, Blitz und Donner wechselten sich in immer geringer werdenden Abständen ab. Um sie herum war es auf einen Schlag rabenschwarze Nacht geworden. Marc bog auf den Parkplatz vor dem Haus ein und schaltete den Motor aus. Der Regen prasselte auf das Dach.

»Mein Gott, das ist der reinste Weltuntergang«, bemerkte Sam.

»Wollen wir es wagen oder warten wir, bis es vorüber ist?« Marc sah sie fragend an.

»Auf drei!«, erwiderte sie.

»Okay. Eins, zwei, drei!«

Daraufhin stürmten sie durch den sintflutartigen Regen zum Hauseingang. Trotz des kurzen Weges vom Auto zur Tür wurden sie ordentlich nass. Im Flur zog Sam die Schuhe aus.

»Im Badezimmer ist ein Handtuch, wenn du dich abtrocknen magst«, teilte sie Marc mit.

Sam ging in die Küche, während Marc im Bad verschwand.

»Möchtest du auch etwas trinken?«, rief sie.

Als Marc sich ihr schweigend näherte, verspürte sie plötzlich eine gewisse Nervosität in sich aufsteigen. So wie er sie ansah, wusste sie, was er wollte und sie wollte es auch. Wortlos nahm er ihr das Glas aus der Hand und stellte es neben sich auf den Küchentisch. Er stand dicht vor ihr, sodass sie meinte, seinen Herzschlag hören zu können. Dann legte er ihr eine Hand in den Nacken und zog sie behutsam zu sich. Ohne ein Wort begann er, ihren Hals zu küssen, was ihr kleine, sehnsüchtige Seufzer entlockte. Sie legte ihre Hände um seine Taille und zog ihn näher an sich heran. Ihre Küsse wurden leidenschaftlicher, aber als Marcs Hände unter ihre Bluse wanderten und er sie gegen die Wand drückte, fühlte sie schlagartig Panik in sich aufsteigen. Obwohl sich jede Faser ihres Körpers nach ihm sehnte, stieß sie ihn von sich.

»Was ist denn?«, fragte er sichtlich verwundert. »Ich dachte, du willst es auch.«

»Ja, aber ich …«

»Soll ich lieber gehen? Wenn du noch nicht so weit bist, ist das okay.« Er streichelte sanft über ihre Wange. »Es wird nichts passieren, was du nicht auch willst«, versicherte er ihr.

»Nein, bitte bleib.« In ihrem Blick lagen Verzweiflung und Angst.

»Wovor fürchtest du dich?«

Sie atmete tief durch. »Es gibt etwas, was ich dir sagen will, aber ich habe einfach Angst, dass du mich dann nicht mehr willst.«

Er runzelte die Stirn. »Was sollte das sein? Ich will dich so, wie du bist. Es sei denn …«, er machte eine kleine Pause, »du bringst deine Liebhaber nach dem Liebesspiel um. Wie diese Spinne. Wie heißt sie noch gleich?«

»Du meinst die schwarze Witwe. Nein, natürlich bringe ich niemanden um.« Sie schüttelte lachend den Kopf.

»Dann fällt mir kein anderer Grund ein.«

Marc zog sie in seine Arme, küsste sie zärtlich und löste dabei ihre Haarspange, sodass ihr das lange Haar über den Rücken fiel. Sams Hände wanderten unter seinen Pullover, wo sie seine warme, nackte Haut spürte. Auf dem Weg ins Schlafzimmer entledigten sie sich eines Kleidungsstücks nach dem anderen, bis sie auf das große Bett sanken. Sam ließ sich treiben, und ihre Ängste wurden unter Marcs Zärtlichkeiten endgültig begraben.

Marc lag auf der Seite, hatte den Kopf in eine Hand gestützt und betrachtete Sam mit zufriedenem Gesichtsausdruck. Dabei ließ er die andere Hand über ihren Rücken gleiten. Er schob ihr Haar beiseite und legte eine ungefähr dreißig Zentimeter lange Narbe, die sich an der Wirbelsäule entlangzog, frei.

»Das ist es also, oder?« Sam nickte, vermied es jedoch, ihn anzusehen. »Willst du mir erzählen, wie es dazu gekommen ist?«, fragte er vorsichtig.

»Das könnte eine Weile in Anspruch nehmen«, gab sie zu bedenken, drehte sich auf den Rücken und zog die Bettdecke ein Stück höher.

»Die Nacht ist noch jung.«

»Wie du willst … Als ich gerade achtzehn geworden bin«, begann Sam zögerlich, »war ich mit ein paar Freunden auf dem Heimweg von einer Party. Es war spät in der Nacht, und wir warteten am Bahnhof auf die S-Bahn. Der Bahnhof in dem Ort war klein und zu dieser Zeit menschenleer«, erklärte Sam.

»Und dann?«

»Während wir warteten, tauchte eine Gruppe junger Männer auf dem Bahnsteig auf. Sie pöbelten lautstark und waren alkoholisiert. Ein paar von ihnen zerstörten mutwillig Papierkörbe und schlugen die Scheibe eines Getränkeautomaten ein. Sie hatten offensichtlich Spaß am Randalieren. Meine Freunde und ich versuchten, uns so unauffällig wie möglich zu verhalten, um sie nicht zu provozieren. Da sich außer uns fast niemand auf dem Bahnsteig aufhielt, gerieten wir schnell in ihren Fokus. Sie schubsten uns und wollten uns unsere Sachen abnehmen.«

»War denn kein Wachdienst oder die Bahnpolizei zur Stelle, die hätte helfen können?«, wollte Marc, der Sams Ausführungen mit Unbehagen folgte, wissen.

»Nein. Vor elf Jahren waren nicht überall an öffentlichen Plätzen Kameras installiert. Das kam später. Letztendlich wurde ich von drei Typen in eine Ecke gedrängt. Sie zerrten an meiner Kleidung, lachten laut und versuchten …« Bei der Erinnerung an das Gegröle und den alkoholgeschwängerten Atem bekam Sam eine Gänsehaut. Die Bilder tauchten mit einem Schlag vor ihren Augen auf. »Sie haben versucht, mich zu vergewaltigen.« Sie sah zu Marc, dem das Entsetzen ins Gesicht geschrieben stand.

»Oh Gott, Sam!« Er nahm ihre Worte mit Fassungslosigkeit auf. »Was hast du gemacht? Warum hat dir niemand geholfen? Wo waren deine Freunde?«

»Ich schrie um Hilfe und versuchte, mich zu wehren so gut ich konnte, obwohl ich vor lauter Angst wie gelähmt war. Irgendwie gelang es mir, ihnen zu entwischen, als einer der Truppe mit Alkoholnachschub auftauchte. Leider blieb mein Fluchtversuch nicht unbemerkt und sie hefteten sich an meine Fersen. Es gelang mir nicht, sie abzuschütteln. Sie nahmen selbst im betrunkenen Zustand erstaunlich rasch die Verfolgung auf. Ich rannte so schnell ich konnte, ohne ein festes Ziel vor Augen zu haben. Schließlich erreichte ich eine Treppe und rannte sie hinunter, dann überquerte ich mehrere Gleise. Dabei bin ich ins Straucheln gekommen und gestürzt und habe ich mich am Knöchel verletzt. Die Jungen kamen unaufhaltsam näher. In meiner Panik sprang ich letztendlich blindlings über eine Mauer, ohne zu wissen, was sich dahinter befand.«

Marc blieb Sams Anspannung nicht verborgen. Auch wenn er sie gern augenblicklich in die Arme geschlossen hätte, unterbrach er sie nicht, sondern ließ sie erzählen.

»Hinter der Mauer«, fuhr Sam fort, »landete ich ein paar Meter tiefer in einem Eisenbahnwagon mit Metallschrott. Leider fiel ich so unglücklich, dass ich mich schwer am Rücken verletzte, wie man unschwer erkennen kann. Meine Jäger sahen zu mir hinunter und prosteten sich zu. Ihr boshaftes Lachen werde ich nie vergessen können. Als ein Streckenposten mit Taschenlampe näher kam, suchten sie eilig das Weite. Er hat dann einen Rettungswagen gerufen. Ich habe allerdings nicht viel davon mitbekommen und kann mich nicht mehr an alle Details erinnern.«

»Das ist grauenhaft, mir fehlen die Worte«, flüsterte Marc betroffen. »Mir ist nach wie vor schleierhaft, warum dir deine

Freunde nicht geholfen haben. Oder wenigstens die Polizei verständigt haben.« Marcs Miene hatte sich verdüstert.

»Meine Freunde sind abgehauen. Jeder ist sich eben selbst der Nächste.« Sam zuckte gleichgültig die Schultern, aber ihre Augen schimmerten feucht. Der Stachel der Enttäuschung saß selbst Jahre später tief. »Wahrscheinlich hatten sie selbst Angst.«

»Da stimme ich dir zu, aber sie hätten Hilfe holen müssen. Für ihr Verhalten gibt es keine Entschuldigung. Das ist unterlassene Hilfeleistung und strafbar. Hat man denn die Typen ausfindig machen können?«

»Nein, sie wurden nie gefasst. Ich kam in ein Krankenhaus, der Arzt war vermutlich ein Verwandter von Frankenstein.« Sie zog eine Grimasse und deutete auf ihren Rücken. »Dadurch bin ich für immer entstellt.« In ihren Augen standen Tränen.

»Sag das nicht! Ich finde dich wunderschön, Sam. Das meine ich ganz ehrlich. Alles hätte weitaus schlimmer kommen können, auch wenn das vielleicht nur ein schwacher Trost ist.«

»Das Schlimmste war, dass ich mir aufgrund der Verletzung meinen Lebenstraum nicht erfüllen konnte. Ich wollte Tänzerin werden und hatte mein Stipendium gerade in der Tasche. Das war auch der Grund, warum wir feiern gegangen sind. In der darauffolgenden Woche sollte ich nach München gehen, um anzufangen.«

»Das tut mir unendlich leid, Sam.« Marc strich ihr eine Träne aus dem Gesicht.

»Tja, ich kann zwar weiterhin Sport treiben und unterrichten, aber nie wieder Leistungssport machen, ans Profitanzen gar nicht zu denken. Daher habe ich damals angefangen, Sport zu studieren. Irgendwie wollte ich mir selbst beweisen, dass ich wenigstens das schaffen kann. Ich wollte gegen meinen Körper antreten und als Gewinnerin hervorgehen.«

»Das ist dir gelungen.« Marc schenkte ihr ein verständnisvolles Lächeln. »Du bist eine unglaublich starke Persönlichkeit.«

»Nach außen wenigstens.«

»Jetzt verstehe ich das alles erst. Dein Misstrauen anderen gegenüber, deine Selbstverteidigungstricks, deine oft so kühle, kontrollierte Art, das alles ergibt nun einen Sinn. Als ich dich das erste Mal getroffen habe, damals im Club in Kampen, da dachte ich, du würdest mich mit deinem Blick töten.« Er lachte. »Dabei wollte ich nur verhindern, dass du gehst. Ich hatte niemals vor, dir in irgendeiner Art zu schaden. Warum hast du mir das nicht alles schon viel früher erzählt? Vertraust du mir so wenig?« Seine Worte klangen leicht verletzt.

»Doch, ich vertraue dir. Jetzt. Es fällt mir nach wie vor schwer, über die Geschichte zu sprechen. Übrigens habe ich mich noch gar nicht für die schönen Blumen bei dir bedankt«, fiel Sam urplötzlich ein.

»Welche Blumen?« Marc legte die Stirn in Falten.

»Der Blumenstrauß, der im Hotel für mich abgegeben wurde«, erklärte Sam. »Ich dachte, er wäre von dir. Nicht?«

»Tut mir leid, der war nicht von mir. Vielleicht wollte Tom dir eine Freude machen?«, überlegte er laut. »Oder hast du einem heimlichen Verehrer? Was ich selbstverständlich nicht gutheißen kann.« Er grinste breit. Die Heiterkeit schlug jedoch umgehend in Besorgnis um, als er in Sams erschrockenes Gesicht blickte. »Was ist?«

»Ach, nichts. Manchmal glaube ich, ich leide seit dem Unfall unter Verfolgungswahn, und vermute hinter jeder

Ecke jemanden, der bloß darauf wartet, mich zu überfallen.« Sie schüttelte über sich selbst den Kopf und versuchte, ein heiteres Gesicht zu machen.

»Sicher, dass da nicht noch etwas ist, was dich belastet?«, hakte Marc nach. »Du kannst es mir sagen.«

»Das letzte halbe Jahr über«, begann Sam, »hat mich jemand heimlich beobachtet.«

»Beobachtet? Wer? Und warum?«

»Ich weiß nicht, wer es war. Gesehen habe ich ihn nicht, aber gespürt. Eines Tages wurde ein Blumenstrauß für mich abgegeben. Zunächst dachte ich, er wäre von einer Freundin, weil es mein Geburtstag war. Aber niemand meiner Freunde bekannte sich dazu. Später erhielt ich ab und zu kleine Geschenke, Schokolade oder andere Aufmerksamkeiten.«

»Ohne Absender?«, erkundigte sich Marc.

»Ja. Wenn ich meinen Wagen über eine längere Zeit irgendwo geparkt hatte, steckte anschließend eine rote Rose hinter dem Scheibenwischer. Zuletzt kamen kleine Zettel mit Nachrichten dazu, die an meiner Windschutzscheibe angebracht waren oder im Briefkasten lagen. Alles natürlich anonym mit dem PC geschrieben.«

»Was stand drauf?«, wollte Marc wissen.

»Wirres Zeug. Dass ich bald in Sicherheit wäre und solch ein Blödsinn. Manchmal waren es nur Komplimente, wenn ihm beispielsweise meine Kleidung gefallen hat.« Sam bekam eine Gänsehaut bei dem Gedanken.

»Du gehst von einem Mann aus?«

»Du nicht? Hast du schon einmal davon gehört, dass eine Frau eine andere derart behelligt?«

»Nein, stimmt. Warst du nicht bei der Polizei?«

»Doch, aber sie sagten, solange er mir nicht zu nahe käme oder mich belästige, könnten sie nichts unternehmen.«

»Das ist doch Belästigung genug!«, erwiderte Marc verärgert. »Was hat Tom dazu gesagt?«

Sam zögerte einen Moment, bevor sie antwortete. »Er weiß nichts davon. Ich habe es ihm nicht erzählt.«

»Warum nicht?«

»Was hätte er tun sollen? Ich wollte ihn nicht unnötig belasten. Er sorgt sich ohnehin viel zu sehr um mich. Ich möchte selbstständig sein, schließlich bin ich eine erwachsene Frau, die nicht mit jeder Sache zu ihrem großen Bruder laufen will.«

»Ach, Sam. Tom meint es nur gut.«

»Das weiß ich. Trotzdem: Bitte sag es ihm nicht, er würde sich unnötig Sorgen machen«, bat Sam.

»Versprochen. Bist du deswegen nach Sylt gekommen, um deinem Stalker zu entkommen?«, wollte Marc wissen.

»Nicht nur. Er war nicht der ausschlaggebende Grund. Aber da ich nicht weiß, wer mich beobachtet hat, habe ich niemandem erzählt, wohin ich gehe und was ich mache.«

»Mach dir keine Sorgen. Ich werde dich beschützen«, erklärte Marc und kuschelte sich dicht an sie.

»Ich bin froh, dass ich dich getroffen habe. Es tut mir leid, dass ich mit der Geschichte unsere erste gemeinsame Nacht kaputt gemacht habe.« Sie biss sich verlegen auf die Lippe.

»Wer sagt denn, dass sie schon zu Ende sein muss?« Er drückte sie sanft auf die Matratze und begann zunächst, sie sanft zu küssen, dann immer leidenschaftlicher.

Am nächsten Morgen erwachte Sam von einem Sonnenstrahl, der durch das Fenster auf ihr Kopfkissen fiel. Sie schlug die

Augen auf und sah neben sich. Erschrocken fuhr sie hoch. Das Bett war leer und kalt. Wo war Marc? Mit einem Satz sprang sie aus dem Bett und lief ins Bad. Dort war er nicht. Dann rannte sie barfuß in die Küche, um nach ihm zu suchen. Aber auch hier war er nicht. Er war weg. Hatte er es sich anders überlegt, nachdem er ihr Geheimnis kannte und die hässliche, entstellende Narbe gesehen hatte? Zu verübeln wäre es ihm nicht. Ein Mann wie er konnte reihenweise schöne Frauen haben. Plötzlich füllten sich ihre Augen mit Tränen. Die Ereignisse der letzten Zeit forderten ihren Tribut, ohne dass sie sich dagegen wehren konnte. Sie kehrte ins Schlafzimmer zurück, als sich plötzlich die Wohnungstür öffnete und Marc hereinkam.

»Hey, Sam! Was ist los? Weinst du etwa?« Erschrocken stellte er die Brötchentüte auf die Anrichte und eilte ihr entgegen, um sie in die Arme zu schließen.

»Du warst plötzlich verschwunden, da dachte ich, du bist gegangen, weil du es dir anders überlegt hast«, erwiderte sie und versuchte, ihre Tränen wegzublinzeln.

»Ich habe nur Frühstück besorgt.«

Er führte sie ins Wohnzimmer, wo sie sich aufs Sofa setzten.

»Sieh mich an. Du hast nicht wirklich geglaubt, dass ich dich wegen dieser Verletzung am Rücken verlasse? Das kann unmöglich dein Ernst sein.« Er hielt sie an den Schultern und sah ihr eindringlich ins Gesicht. »Diese Narbe ist ein Teil deiner Geschichte, ein Teil von dir! Und ich will alles an dir. Nicht nur dein hübsches Gesicht, dein Lachen oder deine tolle Figur. Ein Mensch ist kein Setzkasten, bei dem man sich nur die besten Teile herauspickt. Schau her!«

Unvermittelt stand er auf und öffnete den Reißverschluss seiner Jeans. Ehe sie ihrer Irritation Ausdruck verleihen konnte, deutete er auf eine feine helle Linie an der Innenseite seines linken Oberschenkels.

»Siehst du das?«, fragte er.

Sie nickte. »Was ist das?«

»Das stammt von einem Motorradunfall. Ein Autofahrer hat mich übersehen und in vollem Tempo über eine Kreuzung katapultiert. Anschließend lag ich fast zwei Wochen im Koma. Es sah nicht gut für mich aus. Wirst du mich deswegen verlassen wollen?«

»Nein, natürlich nicht«, erwiderte Sam, »aber ...«

»Kein aber. Und ich werde das auch nicht tun. Jetzt geh dich duschen, ich mache unterdessen Frühstück.«

»Ich muss mich beeilen, die Arbeit ruft.«

»Dann gib Gas, Traumfrau!«

»Ich bin keine Traumfrau«, wehrte sie sich.

»Steht aber auf deinem Shirt«, erwiderte Marc und tippte mit dem Zeigefinger auf den Schriftzug auf Sams Brust.

»Guten Morgen, Kim«, begrüßte Sam ihre Kollegin, als sie den Empfangsbereich betrat. »Alles klar?«

»Moin, Sam! Ja, alles bestens. Und bei dir? Du strahlst ja so.«

»Nur so.« Den wahren Grund für ihre gute Laune behielt sie vorerst für sich. An diesem Morgen sprühte sie vor lauter Energie und fühlte sich nach langer Zeit entspannt und glücklich. Das Gespräch vorhin mit Marc hatte ihre Zweifel zerstreut. Allein der Gedanke an ihn zauberte ihr ein Lächeln ins Gesicht. Sie erinnerte sich an das wohlige Prickeln auf ihrer Haut, welches seine Berührungen hinterlassen hatten.

»Alles in Ordnung?«, holte Kim sie aus ihren Erinnerungen. »Ich wusste nicht, dass du arbeitest. Ich hätte angenommen,

Feldtmann beurlaubt dich aufgrund der Ermittlungen gegen dich.«

»Das wollte er auch, aber dazu hat er kein Recht. Die Polizei musste mich ebenfalls gehen lassen. Das habe ich auch gestern schon Alex gesagt. Hast du ihn gesehen? Er wollte unbedingt mit mir sprechen, schien dringend zu sein«, erklärte Sam und ging nicht näher auf das Thema ein.

»Nein, bislang nicht. Ich bin aber eben erst gekommen. Bestimmt ist er schon seit Stunden in der Folterkammer.«

»Warum?«

»Hast du es nicht mitbekommen?«

»Was denn?«

Kim winkte Sam näher zu sich und senkte die Stimme. »Er hat mit Lorena Schluss gemacht.«

»Oh, das wusste ich nicht«, gestand Sam. »Das hat ja nicht lange gehalten.«

»Angeblich hat er sich in eine andere Frau verliebt«, teilte Kim mit. »Lorena ist außer sich.«

»Verständlich. Arme Lorena! Nimm es mir nicht übel, Kim, aber ich habe es eilig. Wir können später reden.«

Dann machte Sam sich auf den Weg in den Sportbereich zu den Personalumkleiden. Unterwegs begegnete sie Torben, der auf der Herrentoilette verschwand, bevor sie näherkam. Ihr war nicht entgangen, dass er sie in der letzten Zeit mied, was sie einerseits begrüßte, ihr andererseits aber noch merkwürdiger als sonst vorkam. Sicherlich wartete Alex längst auf sie. Um ein Haar wäre sie gestürzt, als sie die Damenumkleiden fast erreicht hatte. Ihr Blick wanderte nach unten auf den Fußboden, um der Ursache ihres Beinahe-Sturzes auf den Grund zu gehen. Vor ihren Füßen kullerte ein Nasenspray hin und her, auf dem sie ausgerutscht war. Vermutlich war es jemandem unbemerkt aus der Tasche gefallen. Verhalten fluchend rieb sie sich den schmerzenden Knöchel. Plötzlich richtete sie ihre Aufmerksamkeit auf etwas anderes, und der Vorfall um das Nasenspray geriet in Vergessenheit. Als sie die Tür der Damenumkleide öffnete, zog ihr ein eigentümlicher Geruch in die Nase. Ein Potpourri aus diversen Gerüchen, die sie im Einzelnen nicht näher zu definieren vermochte, und doch war da irgendetwas, was ihr unterschwellig bekannt vorkam. In der hinteren Ecke des dunklen Raums schimmerte etwas auf dem Fußboden. Eine Wasserlache? Wo sollte die hergekommen sein? Sam betätigte den Lichtschalter, um besser sehen zu können. Der Schrei blieb ihr in der Kehle stecken.

Das Blaulicht der Einsatzwagen warf immer wiederkehrende Schatten an die Hauswand und Fenster. Überall liefen uniformierte Beamte, Mitarbeiter der Spurensicherung in weißen Overalls und Rettungssanitäter durcheinander. Sam saß in sich zusammengesunken in der Hotellobby und starrte vor sich hin. Kim beugte sich zur ihr und legte ihr behutsam eine Hand auf die Schulter.

»Möchtest du ein Glas Wasser?«, fragte sie mit besorgter Miene.

»Nein danke«, gab Sam zurück.

»Kann ich sonst etwas für dich tun? Mein Gott, der arme Alex. Das ist entsetzlich. Wer macht so etwas? Und vor allem warum?« Tränen glänzten in ihren großen, dunklen Augen.

»Ich weiß es nicht.« Sam vergrub ihr Gesicht in den Händen.

In diesem Augenblick erschien Manfred Feldtmann in der Lobby. Er wirkte – wie immer – abgehetzt. »Was ist denn hier los?«, fragte er. Dann fiel sein Blick auf Sam. »Frau Bachner? Ich hoffe sehr für Sie, dass Sie dieses Mal nichts mit der Sache zu tun haben.« Er hob anklagend die Arme.

Bevor er weitersprechen konnte, kam Kommissarin Jensen aus dem Sportbereich geradewegs auf Sam zu.

»Moin, Herr Feldtmann! Danke, dass Sie gleich kommen konnten.«

»Selbstverständlich. Was um alles in der Welt ist passiert?«, wollte er wissen.

»Einer ihrer Mitarbeiter wurde tot in der Damenumkleide aufgefunden.«

»Wer?« Jegliche Farbe war aus seinem Gesicht gewichen.

»Es handelt sich um Alex Koch«, erklärte die Kommissarin.

»Wie ist er ums Leben gekommen?«, erkundigte sich Feldtmann.

»Ihm wurde die Kehle durchgeschnitten.«

Feldtmann schluckte sichtlich und griff sich reflexartig an den Hals. »Aber …«

»Mehr kann ich Ihnen derzeit nicht sagen. Wir müssen das Ergebnis der Obduktion abwarten, bevor wir voreilige Schlüsse ziehen. Die Kollegen der Spurensicherung haben ihre Arbeit aufgenommen. Was Herr Koch in der Damenumkleide zu suchen hatte, in der er gefunden wurde, wissen wir derzeit nicht«, fügte sie hinzu. »Wir gehen allerdings nach jetzigem Stand davon aus, dass er auch dort ums Leben gekommen ist.«

Dann wandte sie sich Sam zu. »Frau Bachner? Fühlen Sie sich imstande, mir ein paar Fragen zu beantworten? Herr Feldtmann, wir sprechen später weiter.«

»Sie können mich jederzeit anrufen. Ich bin in meinem Büro«, betonte er und verließ die Lobby.

In diesem Augenblick kam Lorena durch die Tür gestürmt, geradewegs auf Sam zu. »Das ist allein deine Schuld! Wärst du nicht aufgetaucht, wäre das alles nie passiert!«, schrie sie Sam in wilder Wut an, bevor sie schluchzend wegrannte.

Sam wollte ihr folgen, aber die Kommissarin hielt sie zurück. »Lassen Sie sie! Die Kollegen werden sich um sie kümmern.« Dann nahm sie neben Sam Platz. »Was meinte sie eben damit, es wäre Ihre Schuld?«

»Ich habe keine Ahnung, was sie gemeint haben könnte. Sie war eng mit Alex befreundet. Verständlicherweise nimmt sie sein Tod sehr mit. Anders kann ich mir ihr Verhalten nicht erklären.«

»Erzählen Sie mir bitte der Reihe nach, was vorgefallen ist. Wie genau haben Sie den Toten gefunden?«

»Ich wollte mich für die Arbeit umziehen und bin in die Umkleide gegangen. Die Tür war nur angelehnt, und drinnen war es dunkel. Als ich das Licht eingeschaltet habe, sah ich eine Person auf dem Bauch in einer riesigen Blutlache liegen.«

»Ist Ihnen im Vorfeld etwas aufgefallen? Sind Sie auf dem Weg in die Umkleide jemandem begegnet? Eventuell einer fremden Person? Oder einem Gast?«

»Nein.« Sam versuchte, sich mit aller Macht zu erinnern. »Oder doch! Ein paar Minuten zuvor habe ich Torben Niermann in der Herrentoilette verschwinden sehen. Sonst bin ich niemandem begegnet. Wäre ich bloß früher hier gewesen. Ich mache mir solche Vorwürfe.«

»Inwiefern? Würden Sie das bitte näher erläutern?« Kommissarin Jensen wurde misstrauisch.

»Alex wollte mir gestern irgendetwas mitteilen. Aber ich hatte keine Zeit und habe ihn auf heute Morgen vertröstet.

Deshalb bin ich früher zur Arbeit gekommen, um vorher mit ihm zu reden.«

»Und deswegen hat er extra in der Damenumkleide auf Sie gewartet? Was sollte das für eine Art Unterhaltung werden?«

»Was wollen Sie mir damit unterstellen?« Sam konnte ihre Empörung über diese Frage schwer zurückhalten.

»Nichts, vergessen wir das. Haben Sie keine Idee, worüber Herr Koch mit Ihnen sprechen wollte?«

Sam zuckte mit den Achseln. »Nein. Ich habe keine Erklärung für das alles. Er hat gesagt, es wäre sehr wichtig, ohne eine Andeutung zu machen.«

»Hm. Uns liegt die Aussage eines Angestellten vor, dass Sie sich mit Herrn Koch einen heftigen Streit geliefert haben sollen.«

»Das ist nicht wahr! Wer sagt so etwas und wann soll das gewesen sein?«

»Das kann ich Ihnen leider aus ermittlungstechnischen Gründen nicht sagen.« Die Kommissarin zuckte entschuldigend die Achseln. »Die Person will sie beide beobachtet haben. Worum ging es in dem Streit?«

»Ich sagte doch, dass wir nicht gestritten haben. Alex wollte mir lediglich etwas mitteilen, da ich aber sehr in Eile war, habe ich ihn auf den nächsten Morgen vertröstet. Ich kann mir denken, wer Ihnen von diesem angeblichen Streit erzählt hat. Torben Niermann, habe ich recht?« Sam musste sich anstrengen, ihre Wut in Zaum zu halten.

Kommissarin Jensen überging Sams Frage. »Schade, Frau Bachner, das hätte uns die Arbeit vermutlich erleichtert. Haben Sie am Fundort der Leiche etwas verändert oder angefasst? Die Tatwaffe vielleicht?«, hakte die Kommissarin in professionellem Ton nach, als würde sie einen festen Fragenkatalog abarbeiten.

»Nein, das Messer lag ungefähr einen halben Meter neben ihm auf dem Boden. Ich habe Alex nicht sofort erkannt, denn er hatte das Gesicht zur anderen Seite gedreht. Erst als ich das Tattoo an seinem Arm gesehen habe, wusste ich, dass er es ist.« Das Bild ihres getöteten Kollegen verursachte in Sam eine erneut aufsteigende Übelkeit, und sie hielt sich eine Hand vor den Mund. »Entschuldigung«, sagte sie und eilte zur Toilette.

Noch immer hatte er den Anblick des Blutes vor Augen und das gurgelnde Geräusch, als die Klinge die Kehle durchschnitten hatte. Das Metall des Messers hatte selbst in der Dunkelheit hell aufgeblitzt und das Opfer vollkommen überrascht. Mit zitternden Fingern hielt er sich am Lenkrad fest, sodass die Fingerknöchel weiß hervortraten, und kämpfte gegen die Übelkeit. Für einen kurzen Augenblick hatte er beinahe die Nerven verloren und war anschließend nur noch gerannt. Woher sollte er ahnen, dass der Typ in die Umkleide kam? Was hatte er in der Damenumkleide an ihrem Spind zu schaffen? Und dann … Ein heftiger Niesanfall überkam ihn, und er griff in seine Jackentasche. Vergeblich tasteten seine Finger nach dem Fläschchen mit dem Nasenspray. Es war weg. Er musste es auf seiner Flucht verloren haben. Stattdessen hielt er nun einen zerknitterten und mit Blutflecken versehenen Briefumschlag in der Hand. ›Sam‹ stand in großen Lettern darauf geschrieben. Er hatte ihn einfach an sich genommen, ohne darüber nachzudenken. Er strich ihn glatt. Der Umschlag war verschlossen. Sollte er ihn öffnen? Wollte er überhaupt wissen, was darin stand? Hatte der Inhalt jetzt noch eine Bedeutung? Er vertagte die Entscheidung und schob den Brief kurzerhand zurück in seine Jackentasche. Er blickte zum Hotel, vor dem noch immer das Blaulicht tanzte. Plötzlich erblickte er sie, wie sie zwischen den Autos auftauchte. Durch das flackernde Licht wirkte sie beinahe gespenstisch. Sie kam geradewegs auf ihn zu. Ihm wurde schlagartig heiß. Sie durfte ihn unter keinen Umständen hier sehen. Nur noch wenige Meter trennten sie und seinen Wagen. Schnell legte er sich seitlich mit dem Kopf auf den Beifahrersitz in der Hoffnung, dass sie ihn nicht sehen würde. Er wartete einige Minuten mit klopfendem Herzen ab, bis er sich vorsichtig aufrichtete. Sie hatte seinen Wagen passiert und ging, die Hände in den Taschen ihrer Jacke, mit gesenktem Blick den Bürgersteig entlang. Erleichtert atmete er aus. Das war nochmal gut gegangen. Am besten würde er schleunigst in seine Pension fahren. Er musste seinen Plan überdenken, der ihm aufgrund der neuesten Entwicklungen zu entgleiten drohte. Er drehte den Schlüssel im Zündschloss und startete den Motor.

Sam hatte nach der Befragung durch die Kommissarin vergeblich versucht, Marc auf dem Handy zu erreichen. Dann fiel ihr ein, dass er sich mit seinen Freunden am Strand treffen wollte, um zu surfen. Das hatte sie in der ganzen Aufregung völlig vergessen. Auch ihren Bruder Tom hatte sie nicht erreichen können, lediglich seine Mailbox sprang an. Ein Gefühl der Hilflosigkeit und der Wunsch, eine vertraute Stimme zu hören, überrollten sie mit ungeheurer Wucht. Der Anblick des toten Alex ließ sie nicht mehr los. Was hatte er ihr sagen wollen? Hätte sie ihn gestern bloß nicht abgewimmelt, sondern angehört, was er zu sagen hatte, dann wäre er unter Umständen noch am Leben. Jetzt würde sie vermutlich niemals erfahren, was er gewollt hatte. Stand sein Redebedarf in Zusammenhang mit seinem Tod oder war es purer Zufall? Ihre Schuldgefühle umklammerten sie mit eisernem Griff und schienen sie zerdrücken zu wollen. Ihr war kalt, sie fröstelte, obwohl es warm war und die Sonne vom sommerlich blauen Himmel lachte. Sam lief ziellos eine Weile gedankenverloren vor dem Hotel auf und ab, bevor sie in einer halben Stunde einen Fitnesskurs geben musste. Sie konnte nicht nachvollziehen, wie Feldtmann trotz der aktuellen Vorkommnisse weitermachen konnte wie bisher. Besaß er keinen Anstand und war lediglich auf Profit aus? Derart gierig und abgebrüht konnte man kaum sein. Selbst wenn es ihm in erster Linie um das Wohlergehen der Gäste ging, war sein Verhalten äußerst fragwürdig. Über kurz oder lang würde auch der Letzte erfahren, was geschehen war. Für eine harmlose Angelegenheit wimmelte es zu sehr von Polizei im gesamten Hotel, und die Medien erledigten den Rest. Natürlich ging das Leben weiter, versuchte sich Sam einzureden. Das Klingeln ihres Handys riss sie aus ihrer Lethargie.

»Hallo, Sam! Wie geht es dir? Bist du in Ordnung? Das ist grauenvoll, was passiert ist. Was sagt die Polizei? Gibt es Hinweise auf den Täter?«, legte ihr Bruder sogleich los. Er hatte es also auch bereits erfahren.

»Hallo, Tom! Nein, so schnell geht das nicht. Mir ist glücklicherweise nichts passiert, aber der Anblick war entsetzlich. Woher weißt du es?« Sam stutzte einen Moment.

»Erzähl ich dir später. Kann ich etwas für dich tun? Soll ich zu dir kommen?«

»Nein, du brauchst nicht zu kommen. Ich muss ohnehin gleich arbeiten«, wehrte Sam ab, obwohl sie ihren Bruder in diesem Moment gern bei sich gehabt hätte. Auf der anderen

Seite fühlte sie sich von seiner Fürsorge und Beharrlichkeit manchmal regelrecht erdrückt. Schließlich war sie kein kleines Kind mehr.

»Arbeiten? Nach diesem Schock? Feldtmann macht weiter wie bisher?« Seine Verwunderung war nicht zu überhören. »Wenn du willst, rede ich mit ihm, damit er dir wenigstens für den Rest des Tages freigibt«, schlug Tom vor.

»Nein, das geht in Ordnung. Ich brauche Beschäftigung, sonst drehe ich durch.«

»Bist du dir sicher?«, vergewisserte sich Tom.

»Ja, einer von uns muss sich um die Gäste kümmern, falls überhaupt jemandem momentan der Sinn nach Sport steht.«

»Wie du meinst. Das ist deine Entscheidung«, gab Tom schließlich nach.

Als Sam den Kursraum beinahe erreicht hatte, hörte sie Stimmen auf dem Gang. Sie kamen nicht von den Mitarbeitern der Polizei, die noch immer mit der Spurensicherung beschäftigt waren, denn die Umkleiden lagen auf der ganz anderen Seite. Jetzt kamen die Stimmen schnell näher. Es handelte sich zweifelsfrei um Männerstimmen. Sie stritten sich. Als sie nur wenige Meter von ihr entfernt waren, erkannte Sam die beiden und verbarg sich intuitiv hinter einem Mauervorsprung. Bei den beiden Streithähnen handelte sich um ihren Chef Manfred Feldtmann und ihren Kollegen Torben Niermann. Worüber sie derart heftig diskutierten, konnte Sam nicht heraushören, da sie zügig an ihr vorbeimarschierten. Sam schnappte lediglich einige Wortfetzen auf, die sie allerdings in keinen vernünftigen Zusammenhang bringen konnte. Dann waren sie nicht mehr zu hören und Ruhe kehrte ein bis auf das leise, monotone Brummen der Heizungsanlage. Alles deutete darauf hin, dass Feldtmann seinen Mitarbeiter zurechtwies. Sams Gefühl, dass mit Torben etwas nicht stimmte, verstärkte sich. Sie konnte bloß nicht klar sagen, was es war. Sie wartete einen Moment, bis die beiden Männer außer Sichtweite waren, bevor sie ihren Weg fortsetzte. Der Tresen vor dem Wellness- und Sportbereich war überraschenderweise verwaist. Vielleicht standen die diensthabenden Kollegen der Polizei noch Rede und Antwort. Britt hatte sich heute Morgen überraschend krankgemeldet. Daher hatte Sam eigentlich erwartet, Torben an ihrer Stelle anzutreffen, doch er war in der entgegengesetzten Richtung verschwunden. Sie nutzte die Gunst der Stunde und steuerte zielstrebig auf die Schublade zu, in der sie das letzte Mal das Tütchen mit den Tabletten entdeckt hatte. Zu ihrer Freude war sie unverschlossen. Sam sah sich um und durchsuchte anschließend den Inhalt flüchtig, konnte allerdings nichts Verdächtiges finden, abgesehen von einer Unmenge an Stiften, Textmarkern und anderem Bürobedarf. Die Tabletten waren spurlos verschwunden.

»Mist«, murmelte Sam vor sich hin. Falls Torben die Tabletten dort deponiert hatte, war er nicht so dumm, sie weiterhin an diesem Platz aufzubewahren. Solange die Polizei ihre Ermittlungen nicht abgeschlossen hatte, musste er damit rechnen, dass sie überall nachsehen würden.

»Kann ich dir behilflich sein?«, ertönte plötzlich eine Stimme hinter ihr und ließ sie zusammenfahren.

Torben. Er stand direkt hinter ihr, die Hände in den ausgebeulten Hosentaschen vergraben und beäugte sie misstrauisch. Ein unangenehmer Geruch nach Schweiß und Essen umgab ihn, als hätte er tagelang keine Duschkabine von innen gesehen. Darüber hinaus lutschte er eines seiner Bonbons, das ebenfalls einen seltsamen Geruch absonderte. Sam wurde beinahe schlecht. Sie machte unwillkürlich einen Schritt zurück.

»Ich habe einen Kugelschreiber gesucht«, erwiderte sie geistesgegenwärtig, um seine Zweifel zu zerstreuen.

»Die stehen da drüben«, erklärte er und deutete auf ein rundes Plastikgefäß, in dem mindestens ein Dutzend farbiger Stifte wie ein bunter Blumenstrauß in einer Vase steckten.

»Ach.« In vorgetäuschter Gelassenheit schlug sie sich mit der flachen Hand vor die Stirn. »Manchmal sieht man den Wald vor lauter Bäumen nicht!« Torben musterte sie mit kritischer Miene, ohne ein Wort zu sagen. »Die Sache mit Alex ist entsetzlich«, wechselte Sam schnell das Thema, um von der Situation abzulenken. »Wer tut so etwas? Hast du eine Vorstellung, wer als Täter infrage kommt? Ein schrecklicher Gedanke, wenn man sich vorstellt, dass es jeden von uns hätte treffen können. Wer ist dermaßen kaltblütig und vor allem warum?«

»Das herauszufinden, ist Aufgabe der Polizei«, erwiderte Torben knapp und setzte sich vor den Rechner.

»Alex war einer von uns. Hast du denn keine Angst, dass der Täter erneut zuschlagen könnte?«

Torben zuckte daraufhin lapidar die Schultern und erklärte damit unmissverständlich die Unterhaltung für beendet. Wenn Sam sich ausgerechnet hatte, ihm womöglich irgendwelche Informationen entlocken zu können, hatte sie sich gründlich getäuscht. Einen kurzen Moment überlegte sie noch, ihn auf seine Behauptung, sie hätte sich mit Alex gestritten, anzusprechen, aber auch in dieser Hinsicht würde sie auf keine Erklärung hoffen können.

Sam machte sich nach der Arbeit auf den Heimweg. Aufgrund des Mordfalls hatten nur zwei Gäste an ihrem Kurs teilgenommen. Der Tod von Alex hatte sich – wie zu erwarten war – in Windeseile unter den Gästen herumgesprochen. Ein Ehepaar war aufgrund dessen vorzeitig aus dem Hotel ausgezogen. Solange der Mörder nicht geschnappt sei, fühlten sie sich nicht sicher, hatten sie erklärt. Die Entscheidung war ihnen nicht zu verdenken, auch wenn Feldtmann versucht hatte, sie zum Bleiben zu überreden. In der Zwischenzeit hatte Marc eine Nachricht auf Sams Mailbox hinterlassen, in der er ihr mitteilte, dass er um 18.00 Uhr zurück sei. Um die Stille in der Wohnung zu durchbrechen, schaltete Sam das Radio ein. Dort wurde von dem Mord in einem Sylter Hotel berichtet. Sam schaltete das Radio aus. In der Küche überlegte sie, was sie zum Abendessen machen könnte, als es an der Wohnungstür klingelte. Das wird Marc sein, überlegte sie. Sam staunte nicht schlecht, als Kommissarin Jensen in Begleitung zweier uniformierter Beamter vor ihr stand.

»Hallo, Frau Bachner! Dürfen wir reinkommen?«

Sam nickte und schlagartig beschlich sie ein ungutes Gefühl. »Was führt Sie zu mir? Haben Sie den Mörder von Alex Koch gefunden?« Sie sah die Kommissarin erwartungsvoll an.

Doch in deren Miene spiegelte sich das komplette Gegenteil wider. Sie legte Sam die vergrößerte Fotografie eines blutverschmierten Messers vor.

»Können Sie mir sagen, was das ist?«, fragte sie.

»Das ist ein Messer. Warum zeigen Sie mir das Foto?« Sie vermutete, dass es sich dabei um die Tatwaffe handelte. Aber weshalb zeigte die Kommissarin ausgerechnet ihr das Bild?

Die Beamtin sah Sam mit einem beinahe triumphierenden Gesichtsausdruck an, während sich Sams Brustkorb zusehends verengte.

»Ja, das ist ein Messer. Das haben Sie gut erkannt.«

»Was soll das?«, gab Sam verärgert zurück.

»Kommt Ihnen das Messer irgendwie bekannt vor? Sehen Sie bitte genau hin, bevor Sie antworten«, betonte Kommissarin Jensen und schob Sam das Bild erneut über den Tisch, an dem sie Platz genommen hatten, zu.

Sam nahm das Foto in die Hand, um es genauer zu betrachten. Abgesehen von dem Blut handelte es sich um ein haushaltsübliches Küchenmesser mit schwarzem Griff. Sie selbst besaß ebensolche Messer, sogar ein komplettes Set von fünf Messern in unterschiedlichen Größen. »Das ist ein gewöhnliches Küchenmesser. Ich habe auch so eins. Es steckt neben der Spüle in dem Messerblock.« Sie deutete zur Küche.

Die Kommissarin gab den beiden Beamten ein Zeichen, die daraufhin in die Küche gingen. Schubladen wurden aufgezogen und man konnte es klappern hören.

»Halt, was machen Sie denn da?«, erhob Sam Einspruch und wollte ihnen folgen.

»Bleiben Sie sitzen, Frau Bachner! Wie viele Messer besitzen Sie aus dieser Reihe?«

»Fünf!«, erklärte Sam prompt.

In diesem Moment kamen die Beamten aus der Küche zurück.

»Und?«, fragte die Kommissarin.

»Vier«, erwiderte einer der Polizisten.

»Vier. Komisch, nicht wahr? Ich frage mich, wo das fünfte Messer geblieben ist? Haben Sie eine Erklärung für dessen Verbleib?«, wollte die Kommissarin an Sam gewandt wissen und zog die Augenbrauen zusammen. Der Tonlage ihrer Stimme und ihrem Blick nach zu urteilen, war sie Sam, was den Wissenstand in dieser Angelegenheit anging, einen Schritt voraus.

»Sicherlich ist eines der Messer in der Spülmaschine«, versuchte Sam verzweifelt, sich aus der Schlinge, die sich immer enger um ihren Hals zu ziehen drohte, zu befreien.

»Das glaube ich kaum, sonst hätten es meine Kollegen gefunden. Auf diesem Messer …«, sie tippte mit dem Zeigefinger auf das Foto, »befinden sich Ihre Fingerabdrücke. Und zwar nur Ihre!«

»Das ist unmöglich! Ich habe Alex nicht umgebracht! Zu solch einer Tat wäre ich niemals im Stande!« Sams Augen füllten sich mit Tränen, obwohl sie dagegen ankämpfte. Vor dieser Frau einzuknicken, war das Letzte, was sie in dieser Situation wollte. Warum war sie derart versessen darauf, ihr etwas anzuhängen?, fragte sie sich abermals.

»Wollen Sie mir weismachen, dass das Messer den Weg aus Ihrer Wohnung, in das Hotel und schließlich durch Alex Kochs Kehle von ganz allein gefunden haben soll?« Sie blickte zu den Kollegen, wie um sich bestätigen zu lassen, dass sie kurz davorstanden, die Täterin ihres Verbrechens zu überführen.

»Natürlich nicht. Ich weiß aber, dass ich es ganz bestimmt nicht mitgenommen habe, um Alex damit zu ermorden! Welchen Grund sollte ich gehabt haben? Sie liegen vollkommen daneben mit ihrer Vermutung«, wehrte sich Sam. »Bevor ich weiterspreche, würde ich gern meinen Anwalt sprechen.« Kaum hatte Sam die Worte ausgesprochen, klingelte ihr Handy. Patrick. Es schien, als könne er Gedanken lesen. Sie sah die Kommissarin fragend an, die ihr mit einem Kopfnicken – wenn auch widerwillig – signalisierte, dass sie das Gespräch annehmen dürfe.

»Sam! Hat sich die Polizei schon bei dir gemeldet?«, hörte sie Patricks Stimme am anderen Ende der Leitung. Er klang besorgt.

»Sie sind hier«, bestätigte Sam und ließ dabei ihre drei Besucher nicht aus den Augen. »Sie haben angeblich meine Fingerabdrücke auf der Tatwaffe gefunden.«

»Unter anderem«, erklärte Patrick.

»Du wusstest es bereits?« Diese Tatsache überraschte Sam.

»Die Jensen hatte mich angerufen. Dass sie anschließend zu dir wollte, hat sie mit keiner Silbe erwähnt.« Patrick klang verärgert. »Jedenfalls haben die Untersuchungen ergeben, dass weitere Spuren säuberlich abgewischt wurden und der Täter Handschuhe getragen haben muss«, fuhr er fort. »Lass dich also nicht provozieren und warte bis ich wieder auf der Insel bin. Sie können dich aufgrund der dünnen Beweislage nicht mitnehmen. Ich habe soeben mit dem zuständigen Richter telefoniert. Außerdem sollte die Jensen es besser nicht auf die Spitze treiben mit dem, was sie tut, sonst lernt sie mich richtig kennen. Lass dich nicht von ihr verunsichern oder in die Enge treiben. Sie soll sich an mich wenden, wenn sie Fragen hat. Hast du verstanden?«

»Ja«, antwortete Sam und schöpfte ein wenig Hoffnung.

»Okay. Vor morgen Nachmittag werde ich es nicht schaffen, bei dir zu sein. Niklas wird mich fliegen. Bis dahin halt die Ohren steif!«

»Danke, Patrick.« Sam legte erleichtert auf.

»Ich vermute, Sie wurden gerade hinreichend aufgeklärt«, bemerkte die Kommissarin mit grimmiger Miene.

»Das wurde ich. Warum haben Sie mir wichtige Details vorenthalten?«

»Wir sind durch den Anruf unterbrochen worden, ich war noch nicht fertig«, konterte sie.

Sam schnaubte verhalten und schluckte jegliche Widerworte hinunter. Kommissarin Jensen erhob sich, steckte das Foto ein und begab sich mit ihren Kollegen zur Tür.

»Halten Sie sich bitte weiterhin zu unserer Verfügung, Frau Bachner.«

Kaum war die Tür hinter ihren Besuchern ins Schloss gefallen, stürmte Sam in die Küche. Sie zog eine Schublade nach der nächsten heraus und durchsuchte alles fieberhaft nach dem fehlenden Messer. Fehlanzeige. Das fünfte Messer war wie vom Erdboden verschluckt. Handelte es sich bei der Tatwaffe tatsächlich um ihr fehlendes Messer? Alles deutete darauf hin. Damit wäre die Tatsache, dass es darauf nur so von ihren Fingerabdrücken wimmeln musste, einleuchtend. Sie überlegte krampfhaft, wann sie es zum letzten Mal verwendet hatte. Dann fiel es ihr ein. Erst kürzlich hatte sie damit Salat geschnitten und das Messer auf dem Schneidebrett liegen lassen. Oder hatte sie es doch in den Geschirrspüler geräumt? Sie konnte sich beim besten Willen nicht daran erinnern. Diesen alltäglichen Handgriffen schenkte sie selten Beachtung wie vermutlich jeder andere Mensch auch. Viel wichtiger war allerdings die Frage, wer das Messer an sich genommen hatte. Dieser Gedanke versetzte sie erneut in Panik. Jemand musste sich Zutritt zu ihrer Wohnung verschafft haben. Ein weiteres Mal. Handelte es sich dabei um denselben Menschen, der auch die Drogen in ihrer Wohnung deponiert hatte? Und in ihrem Spind? Wurde sie etwa die ganze Zeit über beobachtet? Mit einem Schlag überkamen sie böse Erinnerungen.

In ihrer Zeit als Referendarin hatte sie eine kurze Affäre mit einem Kollegen, Kay Wiener, gehabt. Im Nachhinein betrachtet war es eher eine Schwärmerei ihrerseits als eine richtige Beziehung gewesen. Zunächst verstanden sie sich ausgezeichnet, und Sam hatte das Gefühl, er würde sie verstehen und sie wären auf einer Wellenlänge, was Interessen und Einstellungen anging. Sam schwebte damals im siebten Himmel. Doch dann merkte sie schnell, dass mit Kay etwas nicht stimmte. Er war immer öfter launisch, dann wieder ausgesprochen euphorisch. Sam hatte für dieses wechselhafte Verhalten keine Erklärung. Zunächst hegte sie den Verdacht, er könne an Depressionen leiden. Eines Tages erwischte sie ihn dabei, wie er nach dem Sportunterricht verbotene Aufputschmittel an seine Schüler verkaufte. Sie stellte ihn anschließend zur Rede, aber er lachte sie nur aus. Das seien harmlose Vitaminpräparate, und sie solle sich nicht lächerlich machen. Sam ließ die Sache zunächst auf sich beruhen, weil sie zu zweifeln begann und sich nicht bis auf die Haut blamieren wollte. Doch eines Tages war eine Schülerin aufgrund von Drogenkonsum beinahe gestorben. Sam sprach mit Kay, der sie ein weiteres Mal als hysterisch abstempelte und einfach stehen ließ. Daraufhin setzte sie sich mit dem Direktor in Verbindung, der in dieser Hinsicht keinen Spaß verstand. Kay Wiener wurde kurz darauf des Drogenhandels überführt und festgenommen. Er wurde zu einer relativ hohen Gefängnisstrafe verurteilt, und seine Lehrerkarriere war somit beendet. Sam hatte üblen Beschimpfungen und Anfeindungen selbst aus Reihen der Lehrerschaft gegenübergestanden, was sie bis heute nicht nachvollziehen konnte. Sie wurde als Nestbeschmutzerin und Verräterin tituliert, die den Beruf des Lehrers in den Dreck zog. Daraufhin hatte sie die Schule gewechselt und ihr Referendariat an einer anderen Schule beendet, von der sie im Anschluss übernommen worden war. Sie hatte nie wieder etwas von Kay Wiener gehört. Mittlerweile musste er längst wieder auf freiem Fuß sein. Hatte er sich womöglich auf die Suche nach ihr gemacht, um sich an ihr zu rächen? Schreckte er dabei sogar vor Mord nicht zurück? Ein eisiger Schauer durchfuhr sie. Panisch rannte sie zur Wohnungstür und drehte den Schlüssel zweimal im Schloss herum. Dann hastete sie ins Wohnzimmer und zog die dünnen Vorhänge zu. Vorsichtig spähte sie dabei auf die Straße, ob sie jemanden erblicken konnte, der sie eventuell beobachtete. Ihr gesunder Menschenverstand sagte ihr, dass sie maßlos überreagierte, und dass ja niemand wusste, dass sie hier war. Trotzdem spürte sie die nackte Angst. Dieselbe Angst, die sie gefühlt hatte, als sie den betrunkenen Schlägern schutzlos ausgeliefert gewesen war. Als sie gerade im Wohnzimmer auf dem Sofa Platz genommen hatte, hörte sie ein Geräusch an der Tür. Wie versteinert blickte sie in die Richtung, aus der die Laute kamen.

Er saß in der Sonne auf einer Bank und vertilgte ein Fischbrötchen. Sein Magen hatte lautstark rebelliert und Nahrung gefordert, bis er schließlich nachgegeben hatte. Von seinem Platz aus hatte er einen exzellenten Blick auf den Hauseingang, ohne dass die Gefahr bestand, erkannt zu werden. Dafür lag sein Aussichtsposten zu weit entfernt. Eine Frau mit einem Mops hatte neben ihm Platz genommen. Das rundliche Tier mit seinen dunklen Glubschaugen wurde von dem Fischbrötchen in seiner Hand regelrecht hypnotisiert und gab röchelnde Geräusche von sich. Er befürchtete, es könne jeden Moment einen Erstickungstod erleiden, doch die Besitzerin schienen die Laute ihres vierbeinigen Begleiters nicht zu irritieren, denn sie studierte in aller Ruhe ihren Sylt-Reiseführer.

»Hör auf zu betteln, Olli!«, war das Einzige, was sie sagte, ohne jedoch von ihrer Lektüre aufzusehen. Der Hund ignorierte allerdings ihren Befehl und starrte weiterhin auf den vermeintlichen Leckerbissen.

Mit ein paar Metern Sicherheitsabstand hatte sich eine Möwe niedergelassen und stolzierte auf und ab. Sie hatte es vermutlich ebenfalls auf das Brötchen abgesehen und wartete auf einen geeigneten Moment, um Beute zu machen. Doch daraus wurde nichts. Nachdem er den letzten Bissen runtergeschluckt hatte, putzte er sich die Finger mit der Serviette ab, knüllte sie anschließend zusammen und beförderte sie mit einem geschickten Wurf in den Mülleimer neben der Bank. Dann lehnte er sich zurück und verschränkte zufrieden die Arme vor der Brust. Plötzlich sah er, wie sich die Eingangstür öffnete und drei Personen heraustraten. Zwei davon trugen Polizeiuniformen. Sicherlich waren sie zu einer Befragung bezüglich des Mordes bei ihr gewesen. Neugierig verfolgte er, wie die Uniformierten in den Streifenwagen stiegen und wegfuhren. Die dritte Person blieb vor ihrem Wagen stehen und telefonierte. Das Gespräch dauerte allerdings nicht lange und schien nicht zur Zufriedenheit der Person ausgefallen zu sein, denn sie trat mit dem Fuß wütend gegen den Vorderreifen des Wagens, bevor sie einstieg und in rasantem Tempo davonfuhr. War nun seine Chance gekommen? Sollte er es wagen? Plötzlich fühlte er Aufregung und Vorfreude in sich aufsteigen. Wie würde sie reagieren? Letzte Nacht hatte er nicht schlafen können und die schlaflose Zeit damit verbracht, noch mehr über sie herauszufinden. Er hatte ihren Namen unzählige Male durch das World Wide Web geschickt und am Ende eine interessante Entdeckung gemacht. Ein Blogger hatte sie in einer kürzlich veröffentlichten, äußerst delikaten Angelegenheit erwähnt. Dem Eintrag war zu entnehmen, dass der Autor ihr nicht wohlgesinnt war, denn der Text triefte vor Anschuldigungen und Anfeindungen. Zunächst hatte er sich geärgert, als er die Zeilen las, und hätte diesem Schmierfinken am liebsten umgehend einen gepfefferten Kommentar zurückgegeben. Doch dann hatte er sich eines Besseren besonnen. Dafür hätte er später immer noch ausreichend Gelegenheit. Vielleicht konnte er sich die neue Information in eigener Sache zu Nutze machen. Vermutlich wusste sie nicht, was man über sie verbreitete. Und schneller als die Polizei wäre er allemal. Bis die dahintergekommen war, wäre er längst am Ziel und über alle Berge.

»Sam? Bist du da?« Marcs Stimme erklang hinter der verschlossenen Tür.

»Marc!« Hastig machte Sam auf und zog Marc in die Wohnung.

»Hey! Was ist denn hier los? Seit wann verrammelst du alles tagsüber? Sind sie hinter dir her?« Er verzog grinsend das Gesicht.

»Ich weiß nicht, ich hatte plötzlich ein blödes Gefühl. Albern, nicht wahr?«

»Gibt es einen Grund?«, fragte Marc und sah Sam besorgt an.

»Die Polizei war vorhin hier. Auf der Tatwaffe, mit der Alex umgebracht wurde, befinden sich meine Fingerabdrücke.«

»Warte! Immer der Reihe nach. Von welcher Tatwaffe sprichst du? Was zum Teufel ist überhaupt los?«

»Mein Kollege Alex ist tot. Ich habe ihn in der Damenumkleide gefunden. Es war grässlich! Alles war voll Blut, jemand hat ihm mit einem Messer die Kehle durchgeschnitten«, sprudelte es mit Macht aus Sam heraus.

Marc hörte ihr mit Bestürzung zu. »Das muss schrecklich für dich gewesen sein«, sagte er schließlich und nahm Sam in den Arm, die sich fest an ihn presste.

Als sie sich wieder voneinander gelöst hatten, wandte Marc ein: »Du hast gesagt, deine Fingerabdrücke wären auf der Tatwaffe gefunden worden? Das verstehe ich nicht. Hast du sie denn angefasst? Vielleicht unter Schock, ohne dass es dir in dem Augenblick bewusst war?«

Sam schüttelte verneinend den Kopf. »Nein, angefasst habe ich nichts. Es ist viel schlimmer.« Sie sah ihm in die Augen. »Das Messer gehört mir.«

»Wie bitte? Ich verstehe nicht ...« Marc verschlug es die Sprache.

»Ich habe auch keine Erklärung, aber das Messer stammt eindeutig aus meiner Wohnung. Ich habe alles durchsucht und es nirgends gefunden, als hätte es sich in Luft aufgelöst.«

Beide schwiegen einen Moment ratlos.

»Vielleicht handelt es sich bei dem Täter um dieselbe Person, die auch die Tabletten bei dir deponiert hat. Bei der Gelegenheit hat er das Messer mitgehen lassen«, mutmaßte Marc.

»Die Idee hatte ich auch schon. Glaubst du, er hat das alles fein säuberlich im Vorfeld geplant?«

Marc zuckte die Schultern. »Möglich wäre es immerhin«, gab er zu bedenken.

»Nehmen wir mal an, derjenige, der die Tabletten in meinem Spind versteckt hat, wurde von Alex dabei beobachtet.«

»Denkst du, Alex hat versucht, ihn mit seinem Wissen zu erpressen, und der Täter hat deshalb kurzen Prozess mit ihm gemacht?«, unterbrach Marc ihre Theorie.

»Ein schrecklicher Gedanke. Vielleicht war es aber genau das, was Alex mir so wahnsinnig dringend erzählen wollte. Eventuell hat er etwas gesehen oder herausgefunden, was mit dem Tod des Jungen und den Tabletten in Verbindung steht. Könnte doch sein, dass er den Mann auf frischer Tat ertappt hat, wie er das Zeug verteilte?«

»Hm«, überlegte Marc. »Das wäre eine Möglichkeit. Was macht dich wiederum so sicher, dass es sich bei dem Täter unbedingt um einen Mann handelt, es könnte ebenso gut eine Frau gewesen sein. Auch Frauen sind zu derartigen Gräueltaten fähig. Die Tatsache sollten wir nicht außer Acht lassen. Vielleicht hat der Mord auch überhaupt nichts mit den Tabletten zu tun, und das Motiv ist woanders zu suchen? Überleg doch mal, gibt es vielleicht in deinem näheren Umfeld irgendeine Frau, mit der es in letzter Zeit Streit gab, und die dir womöglich schaden will? Eventuell eine Kollegin aus dem Hotel oder ein weiblicher Gast? Als Beweggrund fällt mir hierzu spontan Eifersucht ein.«

»Eifersucht? Nein, jedenfalls nicht, was Alex und mich betrifft, wenn du darauf abzielen solltest. Wir waren bloß Kollegen. Dann muss es sich um eine andere Person gehandelt haben. Allerdings kann ich mir auch nicht vorstellen, dass eine Frau mit solcher Brutalität vorgeht, oder glaubst du, dass beispielsweise Kim oder Britt dazu in der Lage wären? Selbst Lorena nicht, obwohl Alex mit ihr Schluss gemacht hat, und sie sicherlich wütend auf ihn war. Nein, das kann ich mir beim besten Willen nicht vorstellen. Darüber hinaus ist nichts vorgefallen, was jemanden zu solch einer Tat veranlassen könnte. Falls ich unbewusst jemandem auf die Füße getreten sein sollte, hätte er oder sie es mir sagen können. Dazu muss man niemanden umbringen. Langsam weiß ich überhaupt nicht mehr, was ich glauben und wem ich trauen soll. Es ist zum Verrücktwerden!« Sam seufzte und massierte sich die Schläfen.

»Oder es ist jemand, den wir nicht kennen. Ein völlig Fremder. Dann frage ich mich allerdings, warum er oder sie es ausgerechnet auf dich abgesehen hat. Das ist doch kein Zufall.«

Sam seufzte. »Ich wünschte, dass alles wäre vorbei, und der Täter säße hinter Schloss und Riegel.«

»Komm!« Marc stand auf und reichte ihr die Hand.

»Wohin?«, fragte sie erstaunt.

»Lass uns an die Promenade fahren. Noch scheint die Sonne, und du solltest auf andere Gedanken kommen. Außerdem schadet dir ein bisschen Frischluft nicht.«

»Ich weiß nicht«, zögerte Sam.

»Na los! Aber vorher machen wir die Vorhänge auf, da bekommt man ja Beklemmungen.«

»Überredet. Wahrscheinlich hast du recht.« Sam erhob sich.

»Das will ich meinen.«

Hand in Hand schlenderten sie die Westerländer Promenade entlang in Richtung der Musikmuschel. Unten am Strand tummelten sich die Urlauber an der Wasserkante oder genossen die Abendsonne in Strandkörben sitzend. Am Horizont konnte man die Silhouette eines Containerschiffes vorbeiziehen sehen. Die bunten Fahnen auf der Promenade bewegten sich im leichten Wind, ein typischer Urlaubstag an der Nordseeküste neigte sich langsam dem Ende zu.

»Sieh mal!«, sagte Sam plötzlich und deutete auf eine Bank, auf der ein Junge saß und mit seinem Smartphone beschäftigt war. »Wenn mich nicht alles täuscht, ist das Roland.«

»Roland?« Marc konnte ihr nicht folgen.

»Roland ist der Freund des toten Dennis. Er war ebenfalls Gast im Hotel und dabei, als Dennis gestorben ist. Der arme Junge. Offenbar sind seine Eltern nicht abgereist, sondern haben nur die Unterkunft gewechselt.«

»Ja, ich erinnere mich an ihn. Ich habe die beiden Jungs ein paar Mal im Fitnessraum getroffen und mich mit ihnen unterhalten. Roland wirkte ziemlich schüchtern«, erinnerte sich Marc. »Na, dann schauen wir mal.«

»Was hast du vor?« Sam ahnte nichts Gutes. »Die Polizei hat mit ihm gesprochen, er hat nichts gesagt. Das weiß ich von Patrick. Lass uns gehen, bevor wir Ärger mit den Eltern oder dieser Jensen von der Polizei bekommen. Womöglich unterstellt sie mir zusätzlich Zeugenbeeinflussung. Der traue ich mittlerweile alles zu. Sie hasst mich.«

»Blödsinn, sie will bloß den Fall schnellstmöglich abschließen. Keine Sorge, Sam. Vertrau mir!«

Widerwillig folgte sie Marc, der zielsicher auf den Jungen zusteuerte.

»Hallo, Roland!«

Der Junge sah überrascht auf. »Hallo!«

»Dürfen wir uns zu dir setzen?«, eröffnete Marc das Gespräch mit einem freundlichen Lächeln. Roland nickte und rückte ein Stück zur Seite. »Du erinnerst dich sicher an uns, oder? Das ist Sam, sie ist Fitnesstrainerin, und ich bin Marc. Wir haben uns ein paar Mal im Sportbereich im Hotel getroffen.«

»Ja, stimmt«, erinnerte sich Roland und starrte dann wieder angestrengt auf sein Handy. Offensichtlich war ihm die Situation unangenehm. Sam meinte zu spüren, dass er sogar Angst hatte.

»Magst du etwas trinken? Ich gebe einen aus. Eine Cola?« Marc ließ nicht locker. Roland sah ihn misstrauisch an, nickte dann jedoch zögerlich. »Prima. Sam, bist du so lieb und holst uns da drüben an dem Stand etwas zu trinken?«

»Hast du die endlose Schlange nicht gesehen?«

Marc sah Sam eindringlich an, woraufhin sie verstand und sich auf den Weg machte.

»Was spielst du da?«, wollte Marc mit Blick auf das Handy in Rolands Hand wissen.

»Ein Sportspiel«, erwiderte der Junge, ohne seinen Blick von dem Smartphone zu nehmen.

»Bist du allein? Wo hast du deine Eltern gelassen?«

»Die sind noch etwas einkaufen gegangen. Dazu hatte ich keine Lust«, gab er zu.

»Kann ich verstehen. Mit Frauen shoppen zu gehen, zieht sich unter Umständen Stunden hin und zerrt gehörig an den Nerven. Ich weiß, wovon ich spreche, ich habe drei ältere Schwestern.«

»Oh.« Roland sah Marc voller Mitgefühl an. »Das ist bestimmt nicht leicht.«

»Das sage ich dir, mein Freund!« Er lachte und auf dem Gesicht des Jungen erschien ein zaghaftes Lächeln. Dann wurde Marc ernster. »Wie geht es dir denn jetzt nach der Sache mit deinem Freund?« Er setzte alles auf eine Karte. Entweder der Junge öffnete sich ihm gegenüber oder er machte dicht und eine weitere Annäherung war vergeblich. Einen Versuch war es in jedem Fall wert.

»Nicht so toll. Ich träume ganz oft davon, wie Dennis am Strand gelegen hat.« In den Augen des Jungen glitzerten Tränen.

»Und du weißt nicht, warum er gestorben sein könnte?«, wagte Marc einen vorsichtigen Vorstoß.

Roland richtete seinen Blick auf seine Schuhspitzen und schüttelte den Kopf, ohne zu antworten.

»Weißt du eigentlich, dass die Polizei Sam verdächtigt, mit der Sache zu tun zu haben?«

Roland hob den Kopf und sah Marc stirnrunzelnd an. »Warum? Sie hat doch versucht, ihm zu helfen.« Man konnte deutlich erkennen, wie es hinter seiner Stirn arbeitete.

»Die Polizei hat herausgefunden, dass Dennis unerlaubte Aufputschmittel genommen hat, die sein ohnehin angeschlagenes Herz zum Stillstand gebracht haben.«

Rolands Ohren nahmen plötzlich eine dunkelrote Farbe an und auch auf seinem Hals bildeten sich hektisch rote Flecken. Er wirkte mit einem Mal nervös und zappelig. Sein linkes Bein wippte auf und ab. Marc sah in Sams Richtung, die nach wie vor in der langen Schlange zu den Getränken anstand. Sie sah ungeduldig zu ihm herüber. Mit einer Handbewegung bedeutete er ihr, dass er alles im Griff hatte.

»Wir … Ich …«, begann Roland stotternd. Doch dann verstummte er und knetete nervös seine Finger.

»Roland, wenn du etwas weißt, ist es besser, es zu sagen, damit nicht ein Unschuldiger für eine Sache bestraft wird, die er nicht getan hat. Jeder von uns macht im Laufe seines Lebens Fehler, aber man muss dazu stehen und versuchen, sie zu korrigieren. Findest du nicht, dass es unfair wäre, einem anderen Menschen zu schaden oder sein Leben zu zerstören, nur weil man Angst hat, die Wahrheit zu sagen? Diese Schuld trägt man, solange man lebt, mit sich herum und sie wird am Ende das eigene Leben zerstören. Irgendwann kommt die Wahrheit ohnehin ans Licht. Und dann?«

Roland sah Marc erschrocken ins Gesicht. »Ich habe Dennis gesagt, wir sollten die Tabletten lieber nicht nehmen.«

Marcs Augenbrauen schossen blitzartig nach oben, und er verfolgte die Mimik des Jungen aufmerksam. Jetzt wurde es interessant. »Warum wolltet ihr dieses Zeug überhaupt nehmen? Und von wem hattet ihr die Tabletten?«

Roland schwieg, und es deutete sich an, dass er sich in sein Schneckenhaus zurückziehen würde.

»Na los, Roland! Wenn du darüber sprichst, geht es dir im Anschluss besser. Das bist du Dennis schuldig. Findest du nicht?«, blieb Marc am Ball. Er durfte unter keinen Umständen kurz vor dem Ziel aufgeben.

»Na ja, wir wollten halt ... Wir wollten auch Muskeln haben. Mädchen finden gut gebaute Jungs cooler«, gab Roland zu und lief bei diesem Geständnis puterrot an.

Marc musste schmunzeln, obwohl der eigentliche Grund für dieses Gespräch alles andere als amüsant war. »Soso, ihr wolltet mehr Muskeln. Aber einen sportlichen Körper bekommt man nicht von Tabletten, Roland. Um langfristig Muskeln aufzubauen, muss man Sport treiben, regelmäßig trainieren und sich gesund ernähren. Das allein ist der Schlüssel zum Erfolg, eine Frage von Disziplin und Willensstärke und nicht irgendwelche Drogen.«

»Haben Sie immer nur trainiert, um so auszusehen?«, fragte Roland schüchtern und sah auf Marcs Oberarme.

»Du kannst mich ruhig duzen. Ja, ich trainiere regelmäßig. Von nichts kommt nichts. Aber ich bin erwachsen, du dagegen wächst noch, daher solltest du es mit dem Training nicht übertreiben. Als ich in deinem Alter war, war ich total schlaksig und mein Gesicht übersät von Pickeln. Die Mädchen haben mich ausgelacht und gehänselt. An ein Date war nicht im Traum zu denken. Oh Gott, kam ich mir damals hässlich vor!« Marc lachte.

»Echt? Das kann ich mir nicht vorstellen.«

»Wenn ich es dir doch sage. Das Aussehen allein ist nicht wichtig. Es sind in erster Linie die inneren Werte, die zählen. Zugegeben, ich gucke auch lieber einer hübschen Frau hinterher als einer Vogelscheuche.« Roland grinste verstohlen. »Aber glücklicherweise sind die Geschmäcker unterschiedlich. Oft merkst du erst hinterher, dass das hübsche Mädchen am Ende total doof ist.«

»Das sagst du! Die Mädchen in meiner Klasse schauen mich noch nicht einmal an, vor allem Chiara. Für sie bin ich einfach nur Luft.«

»Ach, Roland, dann ist sie es nicht wert. Ich glaube, auf lange Sicht kannst du eine Frau mit Ehrlichkeit, Humor und Mut mehr beeindrucken als mit einem Berg Muskeln. Wie ich gesagt habe, es ist nicht die Verpackung, letztendlich kommt es auf den Inhalt an.« Marc klopfte dem Jungen freundschaftlich auf die Schulter.

»Ehrlich?«

»Ehrlich. Das sind echte Werte. Alles andere ist vergänglich. Denk mal drüber nach.«

In diesem Moment kam Sam mit den Getränken zurück.

»Na, Jungs! Hier kommen die Getränke«, sagte sie und reichte den beiden die Flaschen mit der braunen Brause. »Ich dachte schon, ich komme heute nicht mehr dran. Habt ihr gesehen, was da los war?« Sie ließ sich stöhnend neben Marc auf die Bank fallen.

»Ja, aber wir haben die Wartezeit gut rumbekommen, oder Roland?«

Dieser nickte und trank einen großen Schluck.

Nachdem sie ausgetrunken hatten, verabschiedeten sich Sam und Marc von Roland. Als sie außer Hörweite waren, platzte Sam beinahe vor Neugierde.

»Worüber habt ihr euch unterhalten? Hat er was zu den Tabletten gesagt? Von wem Dennis sie hatte?«, bohrte sie ungeduldig nach.

Marc holte tief Luft und legte einen Arm um Sams Schulter. »Direkt hat er nicht gesagt, von wem sie sie bekommen haben, aber ich bin mir ziemlich sicher, er wird sich die Sache nochmal durch den Kopf gehen lassen und eine Aussage machen.«

»Was macht dich so sicher?«

Marc blieb stehen, sah Sam tief in die Augen und steckte ihr eine widerspenstige Haarsträhne hinters Ohr. »Vertrau mir einfach und sei nicht allzu pessimistisch. Geben wir ihm ein bisschen Zeit. Er ist noch jung, aber eine ehrliche Haut. Du wirst sehen.«

»Hoffentlich behältst du recht«, murmelte Sam. »Übrigens hat mich Tom eben angerufen, während ich in der Schlange gewartet habe. Er hat uns zum Essen eingeladen.«

»Nett. Gibt es einen besonderen Anlass?«, wollte Marc wissen.

»Nein, dennoch habe ich ein komisches Gefühl. Tom klang anders als sonst. Er verschweigt mir etwas, davon bin ich überzeugt«, bemerkte Sam und kaute nachdenklich auf ihrer Unterlippe.

»Na, dann können wir gespannt sein.«

Pünktlich zur verabredeten Zeit betraten Sam und Marc das Restaurant, zu dem ihr Bruder sie bestellt hatte. Sam hielt Ausschau nach Tom und entdeckte ihn alsbald. Jedoch war er nicht allein, sondern in Begleitung.

»Hallo, schön, dass ihr es einrichten konntet!«, begrüßte Tom seine Gäste und freute sich diebisch über deren entgeisterte Gesichter.

»Na, das nenne ich eine Überraschung«, fand Sam als Erste ihre Sprache wieder.

Im dichten Getümmel auf der Promenade war es nicht schwer gewesen, den beiden unauffällig zu folgen. Er war sich absolut sicher, dass sie keinerlei Verdacht schöpften und sich unbeobachtet fühlten. So konnte er sich relativ frei bewegen. Einmal war er ganz dicht an ihm vorbeigegangen, als er mit einem Jungen auf einer Bank saß und sich unterhielt. Sie stand derweil in einer langen Schlange vor einem Getränkestand und blickte immer wieder zu ihrem Begleiter. Sie machte einen nervösen Eindruck auf ihn. Den Grund für ihre Anspannung kannte er nicht, war aber überzeugt, dass es nicht mit seiner Anwesenheit in Verbindung stand. Er lehnte sich lässig gegen das weiße Holzgeländer der Promenade und ließ sich die leichte Nordseebrise ins Gesicht wehen. Knappe fünfzig Meter trennten ihn von ihr und ein aufregendes Kribbeln durchfuhr seinen Körper. Sofort mahnte ihn seine innere Stimme zur Vorsicht. Seine Leichtsinnigkeit konnte in Sekundenschnelle alles zunichtemachen. Er war weit gekommen und musste dankbar sein, dass das Schicksal ihm wohlgesonnen war. In Gedanken ließ er den

Weg seiner Reise Revue passieren. Die Idee, sie unter Zuhilfenahme eines fiktiven Unfalls zu finden, gefiel ihm noch im Nachhinein. Er hatte vorgetäuscht, ihren Wagen beschädigt zu haben und die Angelegenheit auf dem kleinen Dienstweg regeln zu wollen. Mithilfe eines alten Bekannten bei der Polizei war er auf diesem Weg an ihre neue Adresse gelangt. Im Grunde simpel, aber in seinen Augen ein genialer Schachzug seinerseits. Ein zufriedenes Lächeln umspielte seine Mundwinkel. Schlagartig drang ein Lachen an sein Ohr, das er gut kannte. Das sonderbare Lachen eines Kollegen. Normalerweise traf er nie eine bekannte Seele, wenn er Urlaub machte, warum ausgerechnet jetzt, fragte er sich verärgert. Wahrscheinlich lag es daran, dass er keinen gewöhnlichen Urlaub machte. Das Auftauchen dieses Störfaktors gefährdete seinen Plan schon wieder in erheblichem Maße. Möglichst unauffällig drehte er den Kopf in die Richtung, aus der die Stimme kam. Dann sah er ihn. Fieberhaft überlegte er, was er tun konnte, damit es nicht zum Showdown kam. Denn sollte dies passieren, würde auch sie ihn unweigerlich entdecken. Schnell zog er sich die Kapuze tiefer in die Stirn, steckte die Hände in die Taschen seiner Jeans und schlenderte, den Kopf gesenkt, ein paar Meter weiter. Er darf mich nicht sehen, sagte er immer wieder zu sich selbst, einem Mantra ähnlich. Dann kam der rettende Einfall. Er ging die nächste kleine Treppe runter zum Strand und setzte sich in einen der unbesetzten Strandkörbe. Bis der Strandkorbwärter kam, um die Miete einzufordern, wäre die Gefahr längst gebannt, so hoffte er, und er könnte sein vorübergehendes Versteck verlassen. Immer wieder spähte er vorsichtig aus dem Korb heraus zur Promenade. Sie stand noch immer in der Getränkeschlange, war jedoch ein beachtliches Stück weitergerückt, während der Kollege mit seiner Familie zum Strandübergang am Schwimmbad zusteuerte. Noch ein paar Minuten und er würde nicht mehr zu sehen sein.

»Moin, das macht zehn Euro bitte!«

Er zuckte zusammen und blickte in ein wettergegerbtes Gesicht, aus dem ihn zwei helle, freundliche Augen erwartungsvoll ansahen.

»Da habe ich scheinbar etwas verpasst?«, bemerkte Sam und nahm auf dem Stuhl neben Kim Platz.

»Ich habe eben auch meine Geheimnisse«, erwiderte Tom. Dabei schenkte er Kim ein vielsagendes Lächeln, der daraufhin die Röte in die Wangen stieg. »Kim und ich haben eine wichtige Entdeckung gemacht, die euch interessieren sollte.«

»Dann raus mit der Sprache, und spannt uns nicht länger auf die Folter!«, forderte Sam ihren Bruder auf.

»Bitte, Kim! Fang an, schließlich hast du am meisten zu der Sache beigetragen.« Tom blickte sie aufmunternd an.

Sam und Marc sahen die junge Frau erwartungsvoll an.

»Also, sowohl das Hotel als auch der Wellnessbereich sind gut ausgelastet, obwohl Feltdmann offiziell stets das Gegenteil behauptet.«

»Das stimmt«, fiel Sam ein. »Britt hat neulich etwas in der Art durchblicken lassen, als ich einen weiblichen Gast in den Terminkalender eintragen wollte.«

»Er redet permanent von Einsparungen und jammert nach außen hin über ausbleibende Gäste«, erklärte Kim weiter und sah zu Tom, der zustimmend nickte.

»Den Verdacht, dass die Zahlen nicht stimmen können, hegt Beate seit geraumer Zeit«, betonte Tom.

»Beate Brühling ist die Inhaberin des Hotels«, ließ Sam Marc wissen.

»Aha. Lebt sie nicht auf Sylt?«, fragte dieser.

»Nein, sie lebt in der Nähe von Hamburg. Sie will sich nach und nach aus dem Geschäftsleben zurückziehen. Das Hotel in List ist ihr allerdings eine Herzensangelegenheit, es war ein Geschenk ihres mittlerweile verstorbenen Mannes an sie«, erklärte Tom. »Jedenfalls hat sie mich kürzlich angerufen und gebeten, ein Auge auf das Hotel zu werfen. Sie misstraut Feldtmanns aktuellen Geschäftspraktiken. Er hat zwar keine Ahnung, dass ich mit Beate befreundet bin, aber ich kann trotzdem nicht einfach in sein Büro spazieren und um die Herausgabe der Unterlagen bitten. Selbst mit Beates Zustimmung würde es vermutlich problematisch werden. Daher hat sich Kim freundlicherweise bereiterklärt, mir bei der Beschaffung der Dokumente zu helfen. Feldtmann hätte mir ganz sicher nie die richtigen Unterlagen gegeben, selbst wenn Beate ihn darum gebeten hätte, sie mir auszuhändigen.« »Und? Hat es geklappt?«, erkundigte sich Sam und nahm einen großen Schluck von ihrem Getränk.

»Es war nicht einfach, an die Sachen heranzukommen«, berichtete Kim. »Mir ist jetzt noch ganz schlecht vor Aufregung, wenn ich daran denke. Aber letztendlich ist es mir geglückt.« Sie strahlte in Toms Richtung.

»Wie hast du es angestellt?«, bohrte Sam nach.

»Ich habe gewartet bis Feldtmann zu Tisch gegangen ist. Gunda, seine Sekretärin, hat ebenfalls für einige Zeit das Haus verlassen, um eine Besorgung zu machen. Das Telefon hat sie auf den Empfang umgestellt. Anschließend bin ich schnell in Feldtmanns Büro gelaufen. Ich weiß ja, wo der Ersatzschlüssel dafür aufbewahrt wird. Der Laptop stand aufgeklappt auf dem Schreibtisch, aber das Passwort kenne ich natürlich nicht. Da ich aber von Gunda weiß, dass er sich nicht auf die moderne Technik verlässt und alles ausdruckt, habe ich mich zunächst in den Aktenschränken und dann in den Schreibtischschubladen auf die Suche gemacht.«

»Und?«, fragte Sam, die ihrer Kollegin gespannt an den Lippen hing.

»Ich habe eine Mappe gefunden, in der er über mehrere Seiten alle Zahlen fein säuberlich aufgeführt hat. Viel Zeit hatte ich nicht. Daher habe ich den Inhalt schnell mit meinem Smartphone abfotografiert. Eigentlich dürfen wir das Handy während der Dienstzeit nicht benutzen. Ich habe es anschließend schnell wieder in meinem Spind verschwinden lassen, ohne dass es jemand gemerkt hat. Trotzdem hatte ich dauernd das Gefühl, dass jeden Augenblick jemand um die Ecke kommt und mich beim Spionieren erwischt. Als ich die Unterlagen gerade in die Schublade zurücklegen wollte, habe ich Schritte auf dem Flur gehört.«

»Feldtmann?«, unterbrach Sam sie. Kim nickte. »Oh Mist! Konntest du dich erklären?«

»Ich habe mich im Schrank versteckt.«

Sam musste lachen. »Im Schrank? Das klingt wie in einer Räuberpistole!«

»Mein Herz schlug mir bis zum Hals, das kannst du mir glauben. Glücklicherweise ist er nur kurz reingekommen, hat etwas vom Schreibtisch genommen und ist verschwunden.«

»Hat er keinen Verdacht geschöpft, weil die Tür nicht verschlossen war?«, erkundigte sich Marc.

»Offensichtlich nicht. Vielleicht hat er gedacht, dass Gunda in der Zwischenzeit zurückgekommen ist.«

»Das Wichtigste hast du ausgelassen«, bemerkte Tom.

»Ach ja, Feldtmann war nicht allein«, fuhr Kim fort.

»Was heißt das?«, hakte Sam nach. »Wer war außer ihm noch da?«

»In der offenen Bürotür stand Torben.«

»Seht ihr! Ich hatte immer das Gefühl, dieser Schleimer würde sich bei jeder bietenden Gelegenheit beim Chef einschmeicheln! Sicher hat er einen Sonderauftrag erhalten.« Sam fiel Alex' Äußerung ein, als er behauptete, die beiden würden sich hervorragend verstehen.

»Der besagte Schleimer ist Feldtmanns Sohn«, ließ Kim die Bombe platzen und blickte in Sams ungläubiges Gesicht.

»Was? Sein Sohn? Woher weißt du das?« Sams Stimme überschlug sich beinahe.

»Er hat ihn mit Papa angesprochen, worauf Feldtmann ihn sofort ermahnt hat, ihn nicht so zu nennen.«

»Das ist unglaublich!«, echauffierte sich Sam. »Deshalb setzt Feldtmann sich derart für ihn ein. Da wird mir Einiges klar.«

»Glaubst du, die beiden machen gemeinsame Sache? Hast du dir die Zahlen, die Kim kopiert hat, angesehen?«, überlegte Marc an Tom gewandt, der relativ entspannt wirkte.

»Davon, dass die beiden unter einer Decke stecken, gehe ich aus. Zumal die Zahlen eindeutig belegen, dass Feldtmann betrügt. Er manipuliert die Gewinne nach unten, daran bestehen keine Zweifel.«

»Dann steckt er sich den Rest in die eigene Tasche?«, mischte sich Sam ein.

»Nicht nur das. Aus zuverlässiger Quelle weiß ich, dass Feldtmann das Hotel gern kaufen würde. Allerdings nicht zum momentanen Kurs, das kann er sich nicht leisten. Wird es jedoch als unrentabel und sanierungsbedürftig eingestuft, sinkt selbstverständlich der Kaufpreis rapide«, fasste Tom die Situation zusammen.

»Ich könnte ihm den Hals umdrehen. Was für ein Mistkerl!«, brauste Sam auf.

»Beruhig dich, Schwesterchen! Dazu wird es nicht kommen. Ich habe bereits mit Beate telefoniert. Sie will Anzeige erstatten.«

»Ich finde, man sollte die Kommissarin darüber in Kenntnis setzen, dass Torben Niermann Feldtmanns Sohn ist. Vielleicht sieht sie dann alles in einem anderen Licht und versteift sich nicht dermaßen auf Sam«, schlug Kim vor.

»Unbedingt! Ich bin nach wie vor davon überzeugt, dass Torben mit Drogen dealt«, beteuerte Sam. »Nur leider habe ich keine Beweise, mit denen ich ihn überführen könnte.«

»Ich habe Patrick die Information bereits zukommen lassen. Er kümmert sich um alles. Tu mir den Gefallen, Sam, und unternimm nichts auf eigene Faust. Noch läuft der Mörder eures Kollegen frei herum. Ich hatte ohnehin wegen Kims Einsatz schon ein schlechtes Gewissen. Im Grunde war es leichtsinnig und unverantwortlich. Ich will nicht, dass einem von euch etwas passiert.« Tom legte Kim seine Hand auf den Unterarm.

»Es ist alles gutgegangen, außerdem habe ich gern geholfen.« Ihr Blick in Toms Richtung war eindeutig.

»Meine Güte, die Ereignisse überschlagen sich förmlich! Du warst sehr mutig, Kim. Ich glaube, ich wäre vor Angst in dem Schrank gestorben. Vermutlich wäre Feldtmann vorher durch mein lautes Zähneklappern aufmerksam geworden«, bemerkte Sam mit einem kurzen Lachen.

»Ja, ich hatte wirklich mehr Glück als Verstand«, versicherte Kim.

»Lasst uns auf die gelungene Mission anstoßen!« Tom erhob sein Glas und die anderen taten es ihm gleich.

Am nächsten Morgen trat Sam wie gewohnt ihren Dienst im Hotel an, während Marc bei ihr in der Wohnung blieb. Mit einem mulmigen Gefühl betrat sie die Personalumkleide. Optisch erinnerte nichts mehr an die Gräueltat, die vor Kurzem dort stattgefunden hatte, aber in ihrem Kopf hatte sich der Anblick des toten Alex, der in seinem eigenen Blut lag, fest verankert. Daran änderte auch der strenge Geruch nach Reinigungsmitteln nichts, der den Raum erfüllte. Sam ging zu ihrem Spind und vermied es, an die besagte Stelle zu blicken. Sowohl ihr Magen als auch ihr Herz krampften sich trotz allem zusammen. Als sie ein Geräusch hinter sich vernahm, fuhr sie blitzartig herum.

»Sorry, ich wollte dich nicht erschrecken.« Lorena stand im Türrahmen.

Sam sah sie abwartend an. Sie war nicht sicher, ob ihre Kollegin ihr nach dem gestrigen Auftritt wohlgesonnen war.

»Ich wollte mich bei dir wegen gestern entschuldigen«, räumte Lorena ein. »Es tut mir leid, aber das war einfach so furchtbar!« Tränen ließen ihren Blick verschwimmen.

Sam machte einige Schritte auf sie zu und nahm sie tröstend in den Arm. »Schon gut!«, flüsterte sie und hielt den schluchzenden Körper fest, bis sich Lorena einigermaßen gefangen hatte.

»Alex hat mit mir Schluss gemacht und immer von dir geschwärmt. Und dann hat ihn jemand erstochen. Das war alles zu viel für mich. Ich war unglaublich wütend und traurig zugleich.«

»Das verstehe ich, aber ich habe wirklich nichts mit seinem Tod zu tun.«

»Ich weiß.«

»Alex wollte mit mir sprechen. Hast du eine Ahnung, was er mir sagen wollte? Hat er dir gegenüber Andeutungen gemacht, worum es gehen könnte?«, wollte Sam wissen und hoffte, von Lorena den Grund zu erfahren, der ihr keine Ruhe ließ.

»Nein. Ich weiß von nichts. Mir gegenüber hat er nichts erwähnt.« Lorena wischte sich über die nassen Augen. »Ich muss weiter. Ich wollte dir nur sagen, dass es mir leid tut.« Mit diesen Worten drehte sich die junge Frau um und eilte aus der Umkleide.

Sams Arbeitstag verlief erschreckend normal. Die Aufregung unter den Gästen bezüglich des Mordes war beinahe verflogen. Einerseits war es wichtig, wieder zur Tagesordnung überzugehen, gleichzeitig empfand Sam diese Ungerührtheit als beängstigend. Ein Mensch war auf brutalste Weise umgebracht worden. Dementsprechend niedergeschlagen machte sie sich auf den Heimweg. Als sie die Wohnung betrat, wurde sie von Marc begrüßt.

»Hallo, Sam! Wie war dein Tag? Du siehst müde aus«, stellte er fest.

»Es ist ein beklemmendes Gefühl zu wissen, dass Alex nie wiederkommen wird.« Sie seufzte und genoss Marcs Umarmung. Er roch unglaublich gut.

»Was hältst du davon, wenn wir heute Abend zusammen kochen?«, schlug er vor. »Wir machen etwas Leckeres zu essen und setzen uns anschließend gemütlich auf den Balkon.«

»Ich habe nichts eingekauft, im Kühlschrank herrscht quasi Ebbe. Es ist nur noch ein bisschen Salat da«, gab Sam zu bedenken.

»Macht nichts! Ich flitze schnell um die Ecke zum Supermarkt. Ich habe auch schon eine Idee, was wir machen können.« Marc zog sich Schuhe an, schlüpfte in seine Jacke und griff nach dem Autoschlüssel. »Mach es dir in der Zwischenzeit bequem, ich bin gleich zurück!«

»Okay. Dann kann ich anfangen, den Salat zu schneiden, bis du wiederkommst«, bot Sam an. Mit einem Kuss verabschiedete Marc sich von ihr und machte sich auf den Weg.

Sam ging ins Schlafzimmer und schlüpfte in bequeme Kleidung. Dann ging sie in die Küche, wusch den Salat und begann, ihn zu schneiden. Dabei fielen ihr immer wieder vereinzelt Strähnen ins Gesicht. Genervt unterbrach sie ihre Arbeit, um Abhilfe zu schaffen. Als sie sich einen Pferdeschwanz binden wollte, vermisste sie ihr Lieblingshaarband. Sie überlegte, wann sie es zuletzt getragen hatte. Wo konnte es geblieben sein? Sie hatte es sicherlich in ihrem Wagen liegen lassen. Daraufhin schnappte sie sich den Autoschlüssel und rannte leichtfüßig die Treppe nach unten zum Parkplatz. Als sie ihr Auto erreicht hatte, sah sie etwas, und ihr Herz drohte auf der Stelle auszusetzen. Wie angewachsen stand sie neben ihrem Auto und starrte auf die rote Rose hinter der Windschutzscheibe. Das konnte kein Zufall sein. Ängstlich sah sie sich nach allen Seiten um. Dann flüchtete sie zurück in die Wohnung. Sie rannte die Treppe nach oben und nahm jedes Mal gleich zwei Stufen auf einmal. Krachend fiel die Tür hinter ihr ins Schloss und ihr Puls raste. Vorsichtig sah sie aus dem Wohnzimmerfenster nach unten, konnte aber niemand Verdächtiges entdecken, der sich in der Nähe des Hauses aufhielt und sie beobachtete. Spielte die Fantasie ihr einen Streich? Nach den Ereignissen der letzten Zeit wäre es nicht verwunderlich. Aber sie hatte sie mit eigenen Augen gesehen, die rote Rose. Das hatte sie sich nicht eingebildet. Nein, er hatte sie gefunden. Das Läuten der Klingel riss sie aus ihren Gedanken. Marc! Gott sei Dank, er war zurück. Hastig riss sie die Tür auf, doch niemand stand davor. Sie machte einen kleinen Schritt vorwärts, um ins Treppenhaus zu spähen und trat dabei auf etwas Weiches, das auf der Fußmatte lag. Schnell zog sie ihren Fuß zurück. Der Anblick trieb ihr Tränen der Verzweiflung in die Augen.

Kommissarin Jensen fuhr nach List und hielt mit ihrem Wagen direkt vor dem Hotel. Die Fahrt über hatte sie überlegt, wie sie in dem Mordfall und dem Drogendelikt weiter vorgehen sollte. Der Staatsanwalt saß ihr im Nacken und wollte Ergebnisse sehen. Zwei schwere Verbrechen auf einer der beliebtesten Ferieninseln schadeten in erheblichem Maße dem Tourismus, hatte er zu bedenken gegeben. Als sei dies das größte Problem. Außerdem nervte der arrogante Anwalt der Bachner gewaltig. Eine überraschende Zeugenaussage sowie das Ergebnis der Obduktion im Fall Alex Koch hatten ihre bisherigen Überlegungen zunichte gemacht. Sie stieg aus und ging direkt zum Empfang.

»Kann ich bitte Frau Bachner sprechen?«, fragte sie die junge Frau an der Rezeption.

»Tut mir leid, Frau Bachner ist bereits im wohlverdienten Feierabend.«

»Hm. Und Herr Feldtmann? Oder Herr Niermann?«

»Die haben beide ebenfalls vor wenigen Minuten das Haus verlassen. Kann ich ihnen etwas ausrichten?«

»Nein, vielen Dank.« Mit diesen Worten zog die Kommissarin frustriert den Rückzug an. Lief denn heute wirklich alles schief?, fragte sie sich, während sie den Wagen startete. Vorhin hatte sie zu allem Überfluss diesen merkwürdigen Anruf erhalten, in dem ihr ein anonymer Anrufer mitgeteilt hatte, er hätte ein paar äußerst aufschlussreiche Hinweise zum Drogenfall um Samaya Bachner. Als sie näher nachfragen wollte, hatte der Anrufer unvermittelt aufgelegt. Zunächst hatte sie sich nicht näher mit der Sache beschäftigen wollen, doch dann war sie neugierig geworden und hatte einige Nachforschungen angestellt. Samaya Bachner war tatsächlich in einen Fall, in dem es um Drogen ging, involviert gewesen, aber sie hatte sich nichts zu Schulden kommen lassen. Im Nachhinein ärgerte sich die Kommissarin über diese Zeitverschwendung. In der aktuellen Sache brachte sie dies keinen Schritt weiter. Warum tat der Anrufer dermaßen geheimnisvoll? Wenn er eine sachdienliche Aussage zu machen hatte, sollte er dies ohne Umschweife machen. Für solche Spielereien brachte die Kommissarin kein Verständnis auf.

Vor ihr auf der Fußmatte lag ein kleiner Strauß rote Rosen. Sam starrte erschrocken auf die Blumen, als sie plötzlich neben sich eine Stimme hörte.

»Hallo, Engel!«

Die Worte ließen ihr augenblicklich das Blut in den Adern gefrieren. Jegliche Farbe war aus ihrem Gesicht gewichen. »Du?«, stammelte sie und blickte den Besucher entgeistert an.

»Ja, ich. Mit mir hast du nicht gerechnet, nehme ich an?« Zufriedenheit und Stolz mischten sich gleichermaßen unter seine Worte.

»Was willst du?«, brachte Sam mit brüchiger Stimme hervor. Der Schock saß tief, und sie musste ihn erst verdauen.

Ohne eine Antwort zu geben, setzte der ungebetene Gast seinen Weg wie selbstverständlich an Sam vorbei in die Wohnung fort.

»Nett hier!«, befand er und sah sich demonstrativ um. »Bestimmt nicht sehr preiswert diese Wohnlage. Und sogar mit Meerblick. Herrlich!« Er spähte zum Fenster nach draußen und zog dann mit einem Ruck den Vorhang zu.

Sams Herzschlag drohte für einen Moment auszusetzen, und ihre Angst ließ sie versteinern, obwohl sie am liebsten die Flucht ergriffen hätte.

»Geh! Auf der Stelle!«, presste sie mühsam hervor, als sie sich einigermaßen aus ihrer Schockstarre gelöst hatte.

»Ich bin doch eben erst gekommen, warum sollte ich also gehen?« Er verzog amüsiert das Gesicht. »Das ist nicht sehr gastfreundlich von dir, wo du sonst immer überaus korrekt bist.« Das zuvor amüsierte Grinsen verschwand aus seinem Gesicht. Sam hatte Angst vor diesem Mann. Zu keiner Zeit hatte sie vermutet, dass ihr Lehrerkollege Achim Wagner derjenige sein könnte, der sie über Monate verfolgt und beobachtet hatte. Er musste es gewesen sein, davon war sie jetzt überzeugt. Die Blumen, die kleinen Geschenke, die Nachrichten und die Rosen hinter der Windschutzscheibe – das alles ging auf sein Konto. Wie hatte er sie ausfindig machen können? Sie war absolut sicher, keinerlei Spuren hinterlassen zu haben, die auf ihren jetzigen Aufenthaltsort hinwiesen. Es hatte eine Zeit gegeben, da hatte sie die Rolle des stillen Beobachters Thilo Moll, dem unscheinbaren Physiklehrer, zugetraut, von dem sie wusste, dass er insgeheim in sie verliebt war. Jeder an der Schule hatte es gewusst, es war ein offenes Geheimnis gewesen. Nervös schielte Sam in Richtung der Wohnungstür. Marc müsste jeden Moment vom Einkaufen zurückkehren. Wo blieb er nur so lange?

»Wenn du deinen Freund erwarten solltest, der wird so schnell nicht hier aufkreuzen«, sagte Achim plötzlich, als könne er ihre Gedanken lesen.

Sam erschrak und malte sich die schlimmsten Szenarien in ihrem Kopf aus. Hatte Achim ihm womöglich etwas angetan? Sie versuchte, sich ihre Angst nicht anmerken zu lassen.

»Was willst du hier?«, fragte sie erneut und sah sich dabei unauffällig nach ihrem Handy um. Verdammt, sie hatte es im Schlafzimmer an das Ladekabel gehängt.

»Ich habe dich gefunden, obwohl du dir solche Mühe gegeben hast, vor mir davonzulaufen«, bemerkte Achim zufrieden und betrachtete die Bücher im Regal. Dabei ließ er seine Finger leicht über die einzelnen Buchrücken wandern.

»Ich bin nicht deinetwegen weggezogen«, behauptete Sam und ließ ihn nicht aus den Augen. Nachdem Achim die Wohnung verlassen hatte, würde sie jedes einzelne Buch abwischen, beschloss sie.

»Warum hast du dann niemandem gesagt, wohin die Reise geht? Mir kannst du nichts vormachen, Engel! Ich hätte dich überall auf der Welt gefunden. Ich folge dir wie ein Schatten, egal wohin du gehst.« Sein dröhnendes Lachen durchflutete den Raum und verstärkte ihr Unbehagen.

»Wie hast du mich gefunden?«, setzte sie an, um sich Zeit für das Sortieren ihrer Gedanken zu verschaffen. Ihre nächsten Schritte mussten wohl überlegt sein.

»In diesem Fall hat mich das Kennzeichen deines Wagens zu dir geführt. Aber das ist eine andere Geschichte«, erklärte er eher beiläufig. »Über das Bild in der Zeitung hätte ich dich sowieso gefunden. Tja«, er machte eine Kunstpause, »vielleicht hättest du dir lieber einen weniger bekannten Lover suchen sollen als diesen Marc Nahringer.« Achim spuckte den Namen beinahe verächtlich aus und verzog angewidert den Mund. »Aber mit normalsterblichen Männern gibt sich mein Engel eben nicht ab.«

Offenbar war dieser Satz als Kompliment gemeint, aber Sam war in der augenblicklichen Situation für Komplimente jeglicher Art nicht empfänglich. Sie überlegte fieberhaft, was sie als Nächstes tun sollte.

»Hat es dir die Sprache verschlagen, Engel?« Achim stand nun dicht vor ihr. Sie konnte seinen Atem riechen, der nach Zwiebeln roch. Angewidert drehte sie ihren Kopf zur Seite. Daraufhin packte er sie am Kinn und riss ihren Kopf zu sich.

»Sieh mich gefälligst an, wenn ich mit dir rede«, zischte er ihr zu und sein Blick flackerte bedrohlich.

Sam riss erschrocken die Augen auf. Von der Handgreiflichkeit wurde sie überrascht und empfand nichts als Abscheu und Ekel für diesen Mann. Sie spürte Erleichterung, als er sie losließ und ein paar Schritte von ihr weg trat.

»Engel, Engel. Das hätte ich niemals von dir gedacht. Du hast mich sehr enttäuscht. Weißt du das? Ich habe euch beobachtet, wie ihr euch mit Blicken fast verschlungen habt. Du hast mit ihm geschlafen. Gib dir keine Mühe, es zu leugnen. Das hat mir nicht gefallen. Gar nicht gefallen. Ich möchte, dass du dich in Zukunft von ihm fernhältst. Haben wir uns verstanden?«

Sam war zunächst unfähig zu reagieren, und blieb wie angewurzelt stehen. Die Situation ähnelte einem Albtraum. Dann fand sie ihre Sprache wieder. »Du bist krank, Achim.«

»Ich bin nicht krank, mir geht es prächtig. Ich glaube eher, du steckst ganz schön tief im Schlamassel. Ist mir jedenfalls zu Ohren gekommen. Drogen! Mord! Alles nicht schön. Gar nicht schön.« Er schüttelte übertrieben den Kopf. »Was machen wir bloß mit dir? Hast du nicht schon einmal mit Drogen zu tun gehabt?«

In Sams Kopf arbeitete es unaufhörlich. Woher wusste Achim von der Sache mit Kay? Doch ehe sie nachhaken konnte, sprach Achim weiter.

»Die Polizei wird sich sicher sehr für die Angelegenheit interessieren. Meinst du nicht auch? Ich hatte vorhin ein kurzes Gespräch mit einer Kommissarin Jensen.« Er wartete auf Sams Reaktion.

»Ich habe mir nichts vorzuwerfen. Geh!«, forderte Sam ihren Besucher abermals auf. Versuchte er, sie mit der alten Geschichte unter Druck zu setzen? Das wäre sinnlos. Selbst ein Hinweis bei der Polizei wäre wertlos, da sie sich nichts zu Schulden hatte kommen lassen, schoss es Sam durch den Kopf. Vermutlich wollte Achim mit seinem Wissen lediglich seine Macht ihr gegenüber demonstrieren und ihr Angst machen, entschied Sam.

»Du wirst mit mir kommen«, stellte Achim klar, und der Ton seiner Stimme klang mit einem Schlag gefährlich ernst.

»Nein«, erwiderte Sam selbstbewusst und war von ihrem eigenen Auftreten überrascht. »Ich werde nirgendwo mit dir hingehen. Verlass auf der Stelle meine Wohnung.«

Achim schien für den Bruchteil einer Sekunde aus dem Konzept zu geraten, was sein irritierter Gesichtsausdruck verriet.

»Aber, aber, mein Engel! Jemand muss sich um dich kümmern, oder willst du im Gefängnis landen?« Achim schien sich schnell von dem Schock zu erholen und sich seiner Sache sicher zu fühlen.

»Ich werde nicht ins Gefängnis kommen, weil ich nichts verbrochen habe.« Sams Hände zitterten vor Anspannung. Wehr dich, meldete sich ihre innere Stimme.

»Ich möchte, dass du jetzt ein paar Sachen einpackst und anschließend mit mir kommst«, machte Achim ihr unmissverständlich klar.

»Ich werde nirgendwo mit dir hingehen. Verschwinde, Achim! Sonst rufe ich die Polizei.« Sam wusste, dass diese Drohung an ihm abprallen würde. Aber sie musste es wenigstens versuchen, um sich ein Quäntchen Respekt zu verschaffen.

»Oh, du mimst die Widerspenstige? Soll mir recht sein. Langweilige Frauen interessieren mich ohnehin nicht«, entgegnete Achim unbeeindruckt.

Sam überlegte fieberhaft ihren nächsten Schritt. Immer wieder schielte sie zu dem Messer, das sie auf den Esstisch gelegt hatte, bevor sie leichtsinnigerweise die Tür geöffnet hatte, aber sie stand zu ungünstig, um es unbemerkt an sich zu nehmen. Sie musste Zeit gewinnen. Zeit, bis Marc zurückkam. Achim hatte sicherlich nur geblufft, als er behauptet hatte, Marc würde so bald nicht wiederkommen. An diesen Gedanken klammerte sie sich wie eine Ertrinkende an den berühmten Strohhalm.

»Los, Samaya! Ich möchte dir ungern wehtun müssen.« Sein Ton wurde bedrohlicher, wobei sein Gesicht einen seltsamen Ausdruck annahm.

Sams Angst verstärkte sich, denn die Lage spitzte sich zu. Sie war diesem Verrückten mehr oder weniger schutzlos ausgeliefert. Ihr blieben lediglich ihre Selbstverteidigungstricks, um vorläufig aus seinen Fängen zu entkommen. Als sie dabei war, ihre Optionen zu erwägen, klingelte es erneut an der Tür.

»Erwartest du außer deinem Supermann weiteren Besuch?«, wollte Achim wissen und machte zwei Schritte zum Fenster, um durch den Vorhang nach unten zu spähen.

Diesen Moment der Unachtsamkeit nutzte Sam aus und sprintete blitzartig zur Wohnungstür, betätigte mit einer Hand den Summer und mit der anderen die Türklinke. Keine Sekunde später spürte sie einen heftigen Schmerz, als Achim sie mit brutaler Gewalt an den Haaren zurück ins Wohnzimmer zog. Tränen schossen ihr ins Gesicht und ihre Kopfhaut brannte.

»Das war äußerst unklug von dir«, schnaubte er wütend. Dann schleuderte er sie gegen das Bücherregal. Durch die Wucht des Aufpralls blieb ihr für einen kurzen Moment die Luft weg und sie presste eine Hand gegen die schmerzenden Rippen.

»Ich habe dich gewarnt, Engel!« Achim kam näher. »Ich dulde keine miesen Tricks. So gut solltest du mich kennen. Wer sich mir in den Weg stellt, wird es am Ende bitter bereuen.«

Schlagartig hatte Sam das Bild des toten Alex vor Augen. War Alex auf Achim aufmerksam geworden, während er sie beschattete? Und wollte er ihn zur Rede stellen? War es das gewesen, was ihr Kollege ihr so dringend hatte erzählen wollen? Sam durchlief ein eisiger Schauer bei der Vorstellung. Hatte Alex womöglich ihretwegen sein Leben verloren, weil er ihr helfen wollte? Eine unerträgliche Vorstellung. Ihr wurde schwindlig und übel zugleich.

»Hey!«, erklang plötzlich eine tiefe Männerstimme. Marc stand mitten im Raum. »Was ist hier los? Wer sind Sie und was wollen Sie?« Er wirkte abgehetzt, als wäre er eine beachtliche Strecke gerannt.

»Sieh mal einer an! Mr. Right persönlich.« Ein spöttisches Grinsen machte sich in Achims Gesicht breit. »Halt! Keinen Schritt weiter!«

Sam erkannte plötzlich eine blitzende Klinge in Achims Hand. Er musste blitzschnell nach dem Küchenmesser gegriffen und es an sich genommen haben. Ehe sie ihm ausweichen konnte, hatte er sie gepackt und drückte ihr das kalte Metall an den Hals. Marc stoppte in der Bewegung und hob beschwichtigend die Hände.

»Schon gut! Ganz ruhig. Ich werde nicht näher kommen!«, versicherte er, um die brisante Situation zu entschärfen. »Was wollen Sie von Sam? Sie hat Ihnen nichts getan.«

»Was macht dich da so sicher? Du kennst sie nicht. Das ist eine Sache zwischen ihr und mir. Keine Tricks, verstanden? Das ist mein voller Ernst. Wenn du näher kommst, schneide ich ihr die Kehle durch!« Sam spürte den zunehmenden Druck an ihrer Kehle und kämpfte gegen den aufsteigenden Würgereflex an.

Marc wusste genauso gut wie Sam, dass Menschen, die in die Enge getrieben wurden, zu allem fähig sein konnten.

»Lass mich los, Achim!«, krächzte Sam. »Das hat doch alles keinen Sinn.«

»Sei still!«, herrschte er sie an und verstärkte den Druck an ihrem Hals. »Mach Platz und lass uns vorbei! Sam wird jetzt mit mir kommen. Und zwar allein. Ich werde ihr künftig das Leben bieten, das ihr gebührt. Bei mir ist sie in Sicherheit.«

Ein Schwall von Achims aufdringlichem Rasierwasser zog Sam in die Nase. Um Haaresbreite hätte sie sich übergeben. Auf einmal wusste sie, was ihr am Tag des Mordes in der Umkleide bekannt vorgekommen war. Der merkwürdige

Geruch stammte unter anderem von Achims Rasierwasser. Sie hatte diesen Duft zu Schulzeiten schon nicht ertragen können. War das der Beweis dafür, dass er Alex' Mörder war? Aber was hatte Achim in der Umkleide zu suchen gehabt? Hatte er ihr dort aufgelauert? Etwas musste dringend passieren, damit dieser Albtraum ein Ende nahm. Als hätte er ihre Gedanken erraten, machte Marc einen Schritt auf den Geiselnehmer und sein Opfer zu.

»Nehmen Sie das Messer runter, und wir reden in aller Ruhe über alles. Bitte. Wir finden ganz bestimmt eine Lösung«, sagte er so ruhig wie möglich.

»Hör auf mit dem Psychogequatsche!«, blaffte Achim ihn an. »Ich weiß genau, was du willst. Du willst sie für dich haben, ihren wundervollen Körper berühren, sie lieben. Auf diese Masche falle ich nicht herein. Du glaubst, nur weil du sie flachgelegt hast, gehört sie dir?« Er lachte abfällig und kleine Speicheltröpfchen streiften Sams Schläfe. »Nein! Außer mir wird sie niemals einem anderen Mann gehören.«

Bei seinen Worten spürte Sam, wie Achim sie fester gegen seinen Unterleib presste. Der enge Körperkontakt zu ihrem Peiniger widerte sie an, und sie begann erneut zu würgen.

»Wenn Sie wollen, dass Sam in Sicherheit ist, und Ihnen offensichtlich so viel an ihr liegt, wie Sie behaupten, dann lassen Sie sie gehen«, versuchte Marc, Zeit zu gewinnen.

Vielleicht würde dieser Mann einen Fehler machen, der ihnen zugutekam. Sam wusste, dass Marcs Versuche, Achim von seinem Vorhaben abzubringen, vergeblich waren. Das kannte sie aus ihrer Zeit als Lehrerin nur allzu gut. Je mehr man ihm Paroli bot oder Widerstand leistete, desto mehr war er darauf bedacht, seinen Willen durchzusetzen. Dabei war ihm beinahe jedes Mittel recht. Achim war nicht nur besessen von dem Gedanken, sie zu besitzen, sondern stand gleichzeitig unter dem Zwang, seinen Rivalen auszuschalten. Dass dies keine glückliche Kombination darstellte, konnte man erkennen, auch ohne einen Abschluss in Psychologie erworben zu haben.

»Geh zur Seite und lass uns vorbei, Nahringer!«, polterte Achim los und schob Sam wie einen schützenden Schild ein paar Schritte vor sich her. Er schwitzte immer stärker und drückte die Klinge des Messers derart fest an Sams Hals, dass es schmerzhaft brannte. Sie sog die Luft scharf ein, als sie etwas Warmes an ihrem Hals hinunterlaufen spürte. Marcs entsetztes Gesicht bestätigte ihren Verdacht, dass es sich um Blut handelte. Ihr eigenes.

»Was sind Sie für ein elender Schwächling, wenn Sie sich durch eine Frau schützen müssen?«, startete Marc einen verzweifelten Gegenangriff, der offensichtlich Wirkung zeigte, denn Achim hielt plötzlich mitten in der Bewegung inne und drehte den Kopf direkt in seine Richtung.

Seine Augen verengten sich zu kleinen Schlitzen und seine Kiefermuskeln mahlten vor Zorn. »Ach ja? Ausgerechnet du nennst mich einen Schwächling? Wenn du ein so toller Hecht bist, worauf wartest du dann? Komm doch und hol sie dir!«, konterte Achim feindselig.

Um seinen Widersacher zu reizen, fuhr Achim mit seiner Hand demonstrativ langsam über Sams Körper. Vom Hals über ihre Brüste bis zum Reißverschluss ihrer Jeans. »Na, worauf wartest du? Fühlt sich sicher toll an, wenn man es ihr richtig besorgt!«

Als Marcs Beherrschung zu schwinden drohte, erklang ein Geräusch im Flur. Achim war für den Bruchteil einer Sekunde abgelenkt. Diese Gelegenheit packte Sam beim Schopf und versetzte ihrem ehemaligen Kollegen einen heftigen Tritt in sein bestes Stück. Er stieß einen Schrei aus Wut und Schmerz aus, dabei versuchte er blindlings nach Sam zu stechen. Bei Sams verzweifeltem Versuch, sich zu befreien, fand die scharfe Klinge ihr Ziel und ließ sie ebenfalls schmerzvoll aufschreien.

Sie griff sich an den rechten Oberarm, aus dem es blutete. Wie aus dem Nichts tauchten mehrere Personen in der Wohnung auf, unter ihnen Kommissarin Jensen, die eine Waffe auf Achim richtete.

»Keine Bewegung!«, rief sie. »Nehmen Sie die Hände hinter den Kopf! Wird's bald?!«

»Er hat uns mit dem Messer bedroht!«, rief Marc ihr zu und schloss seine Arme schützend um Sam.

Achim war zu keiner Reaktion fähig. Er lehnte mit schmerzverzogenem Gesicht gekrümmt gegen das Bücherregal, kniff die Augen zusammen und schien um sich herum, nichts und niemanden wahrzunehmen. Die Kommissarin gab ihren Kollegen ein Zeichen, worauf Achim von zwei Beamten abgeführt wurde, ohne nennenswerten Widerstand zu leisten.

»Ist alles in Ordnung mit Ihnen?«, fragte die Kommissarin und betrachtete Sam prüfend, die sich erschöpft auf einem Stuhl niedergelassen hatte. »Sie bluten an Arm und Hals.«

»Ich sehe mir das an.« Sams Nachbar, Doktor Westerkamp, war wie aus dem Nichts aufgetaucht und kniete sich zu ihr, um die Verletzung näher zu inspizieren. Vermutlich war er durch den Lärm und das Auftauchen der Polizei auf die Geschehnisse aufmerksam geworden und sofort zu Hilfe geeilt.

»Danke«, erwiderte Sam mit schwacher Stimme und ließ die Untersuchung über sich ergehen.

Marc saß derweil neben ihr und hielt ihre Hand.

»Der Schnitt am Arm ist nicht sehr tief, sollte aber vorsichtshalber genäht werden. Die Verletzung am Hals ist nur ein oberflächlicher Kratzer. Am besten fährt ihr Freund sie gleich in die Klinik«, stellte Doktor Westerkamp fest. »Sie haben Glück gehabt. Ich hatte mich gewundert, als ich nach Hause kam und laute Stimmen aus ihrer Wohnung gehört habe. Außerdem stand die Tür einen Spalt offen. Ich war gerade dabei, die Polizei zu alarmieren, als die Kommissarin die Treppe heraufkam.«

»Wer war der Verrückte überhaupt, und was wollte er von Ihnen?«, erkundigte sich die Kommissarin.

»Achim Wagner ist ein ehemaliger Lehrerkollege von mir. Wir haben an derselben Schule unterrichtet. Er muss mir nach Sylt gefolgt sein, obwohl ich niemandem erzählt habe, wohin ich gehe«, erklärte Sam sichtlich mitgenommen. »Wir waren nicht immer einer Meinung, ein Wort gab das andere, aber dass er so weit gehen würde, übersteigt meine Vorstellungskraft.« Sowohl Erschütterung als auch Erschöpfung standen ihr ins Gesicht geschrieben.

»Der Typ ist total irre! Er wollte Sam angeblich in Sicherheit bringen. Dabei hätte er sie beinahe umgebracht!«, ergänzte Marc noch sichtlich aufgewühlt von dem, was soeben geschehen war.

»Er ist auf dem Weg aufs Revier. Ich werde mich gleich um die Angelegenheit kümmern«, versicherte Kommissarin Jensen routiniert wie immer. »Hat er Sie früher schon einmal belästigt?«

»Nein, nicht so direkt«, gab Sam widerwillig zu.

»Was bedeutet nicht so direkt? Hat er oder hat er nicht? Sie müssten schon genauer werden«, hakte die Kommissarin unwirsch nach.

»Ich wusste, dass mich jemand über Wochen beobachtete, vermutlich sogar länger. Ab und zu erhielt ich Blumen oder auch kleine Geschenke. Zunächst dachte ich an einen heimlichen Verehrer und fühlte mich geschmeichelt. Als später eindeutige Mitteilungen in Form von Zetteln dazukamen, überkam mich ein ungutes Gefühl. Ja, sogar Angst, da sich niemand dazu bekannte. Egal, wo ich mich aufhielt, hatte ich das Gefühl, beobachtet zu werden. Es war schrecklich.« Sam machte eine kurze Pause. »Jetzt bin ich mir relativ sicher, dass es mein Ex-Kollege gewesen sein muss.«

»Ich werde das alles überprüfen. Vorläufig brauchen Sie sich diesbezüglich keine Sorgen zu machen.«

»Wieso waren Sie eigentlich zur Stelle?«, bat Sam Kommissarin Jensen um eine Erklärung, während Doktor Westerkamp Sams Wunde desinfizierte und fachmännisch verband.

»Ich war auf dem Weg zu Ihnen, weil ich eine Nachricht übermitteln wollte. Persönlich.«

»Eine Nachricht?«, fragte Sam skeptisch.

»Der Täter, der Alex Koch mit dem Messer tödlich verletzt hat, war eindeutig Linkshänder. Das hat die Obduktion zweifelsfrei ergeben. Sie scheiden daher als Täterin aus. Bezüglich des Drogendelikts sind Sie weiterhin unsere Hauptverdächtige. Daher dürfen Sie die Insel bis auf Weiteres nicht verlassen. Bitte halten Sie sich zu unserer Verfügung.«

»Ich habe nicht vor, in absehbarer Zeit zu verreisen«, gab Sam erschöpft zurück.

»Gut.« Mitten im Gehen hielt Kommissarin Jensen plötzlich inne. »Sie wissen nicht zufällig, ob jemand aus Ihrem Kollegenkreis gerade stark erkältet ist?«, fragte sie.

Sam stutzte. »Nein, nicht, dass ich wüsste. Warum fragen Sie? Hat das was mit dem Mord zu tun?«

»Vielleicht. Wir haben in der Nähe der Umkleiden ein Nasenspray gefunden.«

»Nasenspray«, wiederholte Sam leise und starrte vor sich hin.

»Sam? Was ist los?« Marc sah, wie sie schlagartig kreidebleich wurde.

»Achim!«, flüsterte sie. »Er verwendet zu jeder Jahreszeit Nasenspray. Womöglich hat er wirklich …« Sie erinnerte sich, dass sie sich wahnsinnig geärgert hatte, als sie über das Fläschchen gestolpert war. Niemals hatte sie auch nur einen Gedanken daran verschwendet, dass es Achim gehören könnte. Diesen Namen hatte sie nach ihrer Ankunft auf Sylt bis zum heutigen Tag erfolgreich aus ihrem Gedächtnis gestrichen. Plötzlich traf sie die Erkenntnis, dass Achim Alex getötet haben musste, wie ein Schlag. Traf sie eine gewisse Mitschuld am Tod ihres Kollegen, weil Achim auf dem Weg zu ihr gewesen und Alex ihm zufällig in die Quere gekommen war? War er tatsächlich so skrupellos, einem Menschen die Kehle durchzuschneiden? Sie wollte sich nicht ausmalen, was passiert wäre, wenn Doktor Westerkamp und die Kommissarin nicht rechtzeitig eingetroffen wären. Hätte er sie am Ende ebenso kaltblütig ermordet, wenn sie sich geweigert hätte, mitzugehen? Doch wie war es ihm im Vorfeld gelungen, an ihr Messer zu kommen?

»Wenn es sich um sein Nasenspray handeln sollte, ist es kein Problem, dies herauszufinden. Danke für Ihren Hinweis«, erklärte die Kommissarin wie immer in sachlichem Ton.

Im Krankenhaus wurde Sams Wunde mit einigen Stichen genäht. Marc wich ihr die gesamte Zeit über nicht von der Seite.

»Ich hatte solche Angst um dich«, gab er auf der Rückfahrt zu. »In letzter Zeit bist du arg gebeutelt.« Er verzog den Mund zu einem schiefen Grinsen.

»Ich habe mir ehrlich gesagt auch einen ruhigeren Start in mein neues Leben vorgestellt.«

»Und du hast nie zuvor gemerkt, dass dieser Achim derjenige sein könnte, der dir nachgestellt hat?«

»Nein. Er hat zwar regelmäßig den Macho gespielt und mich angemacht, aber wie gesagt, dass er so weit gehen würde, hätte ich niemals angenommen. Als ich damals an die Schule gekommen bin, hat er sich um mich gekümmert, eine Art Patenschaft, die die älteren Lehrkräfte für Neulinge übernehmen, um ihnen den Einstieg zu erleichtern.«

»Vermutlich hat er Patenschaft mit Partnerschaft verwechselt«, spekulierte Marc.

»Ich habe ihm schnell klar gemacht, dass unsere Beziehung nicht über das kollegiale Verhältnis hinausgehen würde.«

»Wie hat er reagiert?«

»Zunächst war er stinksauer, aber nach einiger Zeit hat er sich damit abgefunden. Dachte ich zumindest. Die Rolle des Stalkers hätte ich eher einem anderen Kollegen, Thilo Moll, zugetraut. Er war heimlich in mich verliebt, das wusste ich. Obwohl ich mir nicht vorstellen kann, dass er so weit gegangen wäre«, erwiderte Sam nachdenklich.

»Wie du gesehen hast, kann man in niemanden hineinschauen. Wer weiß, was dieser Moll alles angestellt hätte?«

»Das möchte ich mir lieber nicht vorstellen! Mein Bedarf an durchgeknallten Verehrern ist für die nächsten 100 Jahre gedeckt«, betonte Sam und rang sich ein Lächeln ab.

»Willst du nicht Tom informieren? Er macht sich sicher Sorgen, falls er von der Sache hört«, wunderte sich Marc, als sie wieder in der Wohnung angekommen waren.

»Wie sollte er? Nein, das hat Zeit bis morgen. Er regt sich bloß unnötig auf. Außerdem glaube ich, hat er heute Abend Besseres vor.« Sie zwinkerte Marc zu.

»Das ist deine Entscheidung. Meinst du denn, das mit Kim wird was Ernstes?«

»Glaub schon. Tom wirkt anders, wenn Kim da ist. Irgendwie entspannter. Außerdem scheint er ihr zu vertrauen, sonst hätte er sie niemals auf Feldtmann angesetzt. Das bedeutet sehr viel«, versicherte Sam. »Ich kenne meinen Bruder.«

»Hast du eigentlich noch Hunger, oder ist dir der Appetit mittlerweile vergangen?«, erkundigte sich Marc. »Ich könnte es dir nicht verdenken.«

»Ich könnte durchaus etwas vertragen, aber Lust auf Kochen habe ich nicht mehr.«

»Dann lass uns einfach eine Pizza bestellen«, schlug er vor.

»Akzeptiert.«

Ein leises Rascheln ließ Sam mitten in der Nacht aus dem Schlaf aufschrecken. Sie richtete sich kerzengrade im Bett auf und lauschte. Marc lag neben ihr und schlief tief und fest, was sein gleichmäßiges Atmen bestätigte. Jetzt herrschte absolute Stille. Vermutlich ging Sams Fantasie nach den Vorkommnissen mit ihr durch. Als sie sich zurücklehnen wollte, hörte sie es erneut. Ein Rascheln, als hantiere jemand im Wohnzimmer mit Papier. Hatte sich jemand unbefugt Zutritt zu ihrer Wohnung verschafft? Mit angsterfülltem Blick rüttelte sie Marc an der Schulter. Dieser gab ein brummendes Geräusch von sich und hob den Kopf.

»Was ist?«

»Psst!«, entgegnete Sam im Flüsterton. »Ich glaube, da ist jemand.«

»Du hast geträumt.«

»Nein. Hör doch mal!«

Beide hielten gespannt den Atem an und lauschten in die Dunkelheit.

»Ich höre nichts. Schlaf weiter, Sam.« Mit diesen Worten ließ sich Marc zurück in sein Kissen fallen.

»Da! Da war es wieder!« Sam saß kerzengerade im Bett und starrte mit weit aufgerissenen Augen zur Tür.

»Was?«, murmelte Marc schlaftrunken.

»Das!«

»Wenn du das meinst, kann ich dich beruhigen, das ist bloß mein Fuß«, erklärte Marc und wackelte demonstrativ mit dem Fuß, woraufhin das verdächtige Geräusch unmittelbar einsetzte.

»Dein Fuß?«

»Ich bewege meine Füße hin und wieder, während ich schlafe.« Er grinste verlegen.

»Du hast mich zu Tode erschreckt!« Der Versuch, einen besonders strengen Blick aufzusetzen, misslang gründlich und endete in einem Schmunzeln.

»Sorry, aber jetzt kannst du beruhigt weiterschlafen.« Er rutschte dichter zu ihr und schmiegte sich an sie.

Nach einem ausgiebigen Frühstück im Bett fuhren Marc und Sam zum Hotel, um Sams Krankschreibung abzugeben, da sie für die nächsten Tage arbeitsunfähig war. Auf dem Weg dorthin klingelte Sams Handy.

»Oh, das ist Tom«, sagte sie mit Blick auf das Display.

»Er wird wissen wollen, was passiert ist«, nahm Marc an.

»Hallo, Tom!«, nahm Sam das Gespräch entgegen.

Nach wenigen Minuten legte sie auf. Marc sah sie fragend an.

»Patrick hat ihm erzählt, was geschehen ist, weil er zuvor mit Kommissarin Jensen gesprochen hat.«

»War Tom sauer, weil du ihn nicht angerufen hast?«

»Nicht direkt. Er hat sich Sorgen gemacht«, erklärte Sam leicht zerknirscht.

»Verständlich«, gab Marc zurück.

Sam gab ihre Krankmeldung bei der Sekretärin ab. Ihren Chef bekam sie nicht zu Gesicht, konnte ihn aber durch die geschlossene Bürotür telefonieren hören. Offenbar führte er eine hitzige Debatte, da er ein ums andere Mal seine Stimme lautstark erhob. Aus der Tatsache, dass er sich im Büro aufhielt, entnahm Sam, dass ihn die Polizei aufgrund seiner Betrügereien noch nicht festgenommen hatte. Vielleicht hatte Beate Brühling bislang keine Anzeige erstattet. Sam verabschiedete sich bei seiner Sekretärin und ging zurück zum Wagen, in dem Marc auf sie wartete.

»Und jetzt?«, fragte er. »Was wollen wir machen?«

»Lass uns nach Kampen fahren und am Roten Kliff ein Stück am Strand spazieren gehen«, schlug Sam vor.

»Ist das nicht zu viel für dich? Ich meine wegen deiner Verletzung?«

»Sei nicht albern! Ich laufe auf den Füßen und nicht auf den Armen!« Sam boxte Marc spielerisch gegen den Oberarm.

»Ich bin lediglich besorgt um dich.«

»Ich weiß, aber ihr braucht euch nicht dauernd um mich zu sorgen. Das habe ich Tom bereits gesagt. So schwach und zerbrechlich bin ich nicht.«

»Das weiß ich. Das hast du eindeutig bewiesen.« Er sah zu ihr und fuhr mit seiner Hand sanft über ihre Wange. »Du bist eine unglaublich starke Frau.«

»Mach mich nicht verlegen und fahr lieber los!«, lachte Sam.

»Ich glaube, ich lege mich für eine halbe Stunde hin«, beschloss Sam, nachdem sie beinahe zwei Stunden am Strand gelaufen waren.

»Mach das«, sagte Marc. »Ich muss noch ein paar Telefonate erledigen.«

Nach einer halben Stunde schlich Marc ins Schlafzimmer und legte sich neben Sam.

»Leistest du mir Gesellschaft?«, fragte sie und öffnete die Augen.

»Ich dachte, du schläfst. Habe ich dich geweckt?«

»Nein, ich habe bloß ein wenig gedöst.« Sie rückte näher an ihn heran und ließ ihre Hand unter seinen Pullover gleiten. »Du bist so schön warm«, flüsterte sie und wanderte mit den Fingern seinen Bauch entlang.

»Hoppla! Du bist verletzt. Ich weiß nicht, ob das jetzt gut ist. Andererseits bin ich für jegliche Heilungsmethoden offen«, gab Marc ihr zu verstehen.

»Du bist unmöglich!« Sie drehte sich auf den Rücken und zog ihn zu sich.

Marc begann, ihren Hals zu küssen. »Am liebsten würde ich den restlichen Tag mit dir hier verbringen«, flüsterte er ihr ins Ohr. Annähernd zeitgleich konnte man sein Handy im Wohnzimmer klingeln hören.

»Willst du nicht rangehen?«, fragte Sam, als er keine Anstalten machte, das Gespräch anzunehmen.

»Ich bin beschäftigt«, murmelte er und biss ihr zärtlich ins Ohrläppchen, worauf sie zu kichern begann und sich enger an ihn schmiegte.

Plötzlich spürte er, wie sich Sams Körper versteifte.

»Was ist? Doch keine Lust?«

»Das ist es nicht. Siehst du das?« Sie deutete auf die Kommode an der gegenüberliegenden Wand.

Marc folgte mit seinem Blick zu der Stelle, auf die Sam zeigte. »Nein. Was soll dort sein?«

»Da! Unter der Kommode glitzert doch etwas«.

Aufgeregt rappelte sie sich vom Bett auf, während Marc sie verdutzt ansah. Vor dem Möbelstück legte sie sich flach auf den Boden und angelte mit der Hand nach etwas.

»Sam? Alles okay?«, wollte Marc wissen.

Sie richtete sich auf und hielt ihm mit spitzen Fingern ein kleines glitzerndes Tütchen vor die Nase.

»Was ist das?«, wollte Marc wissen und begutachtete das metallisch schillernde Objekt in Sams Hand.

»Sieht aus wie …«

Sie sprach nicht weiter, denn schlagartig pochte ihr Herz wild vor Aufregung.

»Was ist los? Warum sprichst du nicht weiter?«

»Das ist es!«, fiel es ihr wie Schuppen von den Augen. »Das ist der ultimative Beweis!«

»Beweis wofür? Sam, bitte, ich habe überhaupt keine Ahnung, was du mir damit sagen willst«, drängte Marc. »Ich sehe bloß ein Stück bunte Folie oder etwas in der Art. Sieht aus wie ein Bonbonpapier.«

»Eben! Und wenn man es genauer betrachtet, findet man asiatische Schriftzeichen darauf.« Sie hielt das Fundstück gegen das Licht.

»Gut, aber ich verstehe deine Aufregung nicht. Warum denkst du, handelt es sich um einen Beweis?«

»Marc, dieses Papier stammt von den Bonbons, die Torben andauernd vertilgt. Er bestellt sie direkt aus Asien übers Internet, weil man sie in Deutschland nirgendwo kaufen kann. Verstehst du denn nicht?«

Marc zuckte hilflos die Schultern. Er konnte ihr noch immer nicht folgen.

»Torben muss es hier verloren haben!«, half Sam ihm auf die Sprünge.

»Du denkst, er war in deiner Wohnung, hat dir die Drogen untergeschoben und dabei das Papier verloren?«

»Genau! Den Schlüssel hatte er sich aus meinem Spind geholt. Nachdem klar ist, dass er Feldtmanns Sohn ist, dürfte es für ihn kein Problem gewesen sein, an alle Schlüssel zu gelangen.«

»Du meinst, sie haben gemeinsame Sache gemacht?«, fragte Marc verblüfft.

»Gut möglich. Feldtmann betrügt die Hotelinhaberin, und sein Sohn dealt mit Drogen. Wer weiß, was die beiden außerdem alles auf dem Kerbholz haben.«

»Das verschlägt mir glatt die Sprache«, gestand Marc.

»Ich muss sofort die Jensen anrufen!« Sam rannte aus dem Zimmer.

Kurze Zeit später betrat die Kommissarin Sams Wohnung.

»Frau Bachner, was gibt es denn so Dringendes? Mein Kollege sagte, sie hätten eine überaus aufschlussreiche Entdeckung gemacht. Halten Sie wieder einen ungebetenen Gast zur Abholung bereit?« Ein leichtes Schmunzeln huschte über ihr herbes Gesicht.

»Nein, dieses Mal nicht. Dafür habe ich das hier gefunden.« Sam deutete auf das kleine Stückchen Folie, das mitten auf dem Esstisch lag.

»Sie rufen mich wegen eines Stücks Plastikmüll an? Das kann unmöglich Ihr Ernst sein.« Ein leichter Anflug von Ärger schwang in ihrer Stimme mit.

»Das würde ich niemals machen«, erwiderte Sam versöhnlich und erklärte der Kommissarin, was es mit dem Papier auf sich hatte.

»Tja«, sagte die Kommissarin nach Sams Berichterstattung, »Das erklärt einiges. Ich wollte ohnehin zu Ihnen, weil ich Sie ebenfalls über ein paar Neuigkeiten in Kenntnis setzen wollte. Offensichtlich hat sich Ihr Anwalt bislang nicht mit Ihnen in Verbindung gesetzt?« Sam schüttelte den Kopf. »Die Staatsanwaltschaft hat heute Morgen ein Ermittlungsverfahren gegen Herrn Feldtmann in einem Wirtschaftsdelikt eingeleitet. Mehr darf ich Ihnen in dieser Angelegenheit nicht sagen. Außerdem sind meine Kollegen eben mit einem Durchsuchungs- und einem Haftbefehl für Herrn Torben Niermann unterwegs ins Hotel.«

»Torben ist übrigens Feldtmanns Sohn«, betonte Sam.

»Das ist mir durchaus bekannt.«

»Weshalb?«, wollte Marc wissen und bot der Kommissarin eine Tasse Kaffee an, die sie jedoch dankend ablehnte.

»Weshalb was? Weshalb er sein Sohn ist?«

»Nein, weshalb nehmen sie ihn fest?«, bohrte Marc neugierig nach.

»Herr Niermann steht unter dem dringenden Verdacht, Drogen an Minderjährige verkauft zu haben, unter anderem an Dennis Hauwinkel. Uns liegt eine glaubwürdige Zeugenaussage vor, die ihn diesbezüglich schwer belastet.«

»Der Junge«, murmelte Marc vor sich hin.

Für einen kurzen Moment beäugte die Kommissarin ihn misstrauisch, als zöge sie in Erwägung, dass Marc bei der Zeugenaussage seine Finger im Spiel haben könnte. Dann wich ihre Skepsis, und sie erwiderte knapp: »Auch dazu kann ich Ihnen keine Details nennen.«

Marc verzichtete auf eine Nachfrage und warf stattdessen Sam einen verstohlenen Blick zu.

»Sind Sie denn im Mordfall Alex Koch ein Stück weitergekommen?«, erkundigte sich Sam. Sein Tod lastete nach wie vor schwer auf ihrer Seele.

»Erfreulicherweise auch das. Auf jeden Fall werden die Ermittlungen, was Ihre Person betrifft, Frau Bachner, eingestellt.«

Sam fiel ein riesiger Stein vom Herzen. »Heißt das, Sie haben den wahren Mörder gefunden?«

»Es sieht danach aus. In diesem Zusammenhang hat uns Ihr Freund Achim Wagner unbewusst einen wertvollen Dienst erwiesen.«

»Er ist nicht mein Freund!«, stritt Sam vehement ab.

»Welcher Dienst soll das gewesen sein?«, hakte Marc nach und drückte beruhigend Sams Hand.

»Wir haben bei ihm einen Briefumschlag gefunden, der an Sie adressiert war, Frau Bachner.«

»Interessant. Was befand sich in dem Umschlag?«, unterbrach Marc sie ungeduldig.

»Wenn Sie mich ausreden lassen würden, könnte ich es Ihnen sagen«, konterte Kommissarin Jensen gereizt. »Der Brief stammte augenscheinlich von Alex Koch. Darin befand sich eine kurze handschriftliche Notiz und ein Foto.« Als weder Sam noch Marc nachfragten, sondern ihr gebannt an den Lippen hingen, fuhr sie fort. »Auf dem Foto sind, obwohl es ein bisschen unscharf ist, zweifelsfrei Torben Niermann sowie zwei weitere Personen zu erkennen. Die Aufnahme wurde gemacht, als Torben Niermann gerade ein Päckchen entgegennimmt. Es wurde am Hörnumer Hafengelände aufgenommen, unweit des Golfplatzes.«

»Drogen«, platzte es aus Sam heraus. »Und was steht in der Notiz?«

»Darin schreibt Alex Koch, dass er Torben Niermann zufällig dabei beobachtet hat, wie er sich an Ihrem Spind zu schaffen gemacht hat. Er wollte Sie warnen und Ihnen gleichzeitig mit dem Foto den Beweis zu Ihrer Entlastung zukommen lassen. Offensichtlich wollte er den Brief in Ihren Spind schieben und wurde dabei von Torben Niermann gesehen.«

»Dann hat Torben ihn umgebracht?«, spekulierte Sam.

»Die Fakten sprechen dafür. Selbst wenn er Handschuhe getragen hat, ein Tatort wimmelt immer von Spuren. Manchmal reicht ein einzelnes Haar, ein paar Hautschuppen oder eine Faserspur der Kleidung aus, um den wahren Täter zu überführen«, erklärte die Kommissarin nüchtern.

»Aber wie kam mein Messer dorthin?«, wollte Sam wissen.

»Vermutlich hat er es aus deiner Wohnung geholt. Ebenso, wie er die Tabletten in deiner Kommode versteckt hat, um den Verdacht auf dich zu lenken«, führte Marc den Gedanken zu Ende.

»Richtig. Deshalb befanden sich ausschließlich Ihre Fingerabdrücke auf der Tatwaffe.«

»Oh Gott, mir wird jetzt noch schlecht, wenn ich daran denke, dass er hier ein und aus gegangen ist.« Diese Tatsache musste Sam erst sacken lassen, bevor sie sich erneut an die Kommissarin wandte. »Was geschieht eigentlich mit Achim Wagner?«

»Gegen ihn wird ebenfalls Anklage erhoben. Mit dem Mord an Alex Koch hat er nach jetzigem Ermittlungsstand nichts zu tun.«

»Was hatte er in der Umkleide zu suchen? Wollte er mir etwa auflauern?« Sam musste bei der Vorstellung schlucken.

Die Kommissarin zögerte einen kleinen Moment, bevor sie antwortete. »Selbstverständlich haben wir ihn gefragt, was er am Tatort zu suchen hatte. Daraufhin hat er zugegeben, Ihretwegen dort gewesen zu sein. Angeblich wollte er sich Ihnen näher fühlen. Man könnte auch der Einfachheit halber sagen, er hat ihnen hinterher spioniert. Ob er sich Ihnen gezeigt hätte, lässt sich nur vermuten.« Sie zuckte gleichgültig mit den Schultern.

»Wollen Sie damit andeuten, er hat den Mord an Alex hautnah miterlebt und nichts unternommen, um die Tat zu verhindern?«, stieß Sam fassungslos hervor.

Erneut ließ sich die Kommissarin Zeit mit ihrer Antwort. »Sagen wir mal, er könnte als Zeuge eine wichtige Rolle spielen, da er …« Sie brach mitten im Satz ab. »Nein, das führt an dieser Stelle zu weit. Wie Sie wissen, darf ich Ihnen zu laufenden Ermittlungen keine Details nennen. Dafür haben Sie sicherlich Verständnis.«

»Dann glauben Sie, dass er mit dem Tod von Alex Koch auf jeden Fall in Verbindung steht, selbst wenn er als Täter ausscheidet? Schließlich hat er den Brief an sich genommen«, gab Marc zu bedenken.

»Was ich glaube, Herr Nahringer, spielt keine Rolle. Die Kollegen und ich werden alles haarklein überprüfen, da können Sie vollkommen beruhigt sein. Wie geht es überhaupt Ihrem Arm?«, wechselte sie abrupt das Thema und deutete auf Sams Oberarm.

»Geht schon wieder. Es ist von Vorteil, einen Arzt als Nachbarn zu haben.«

»Nun gut. Dann mache ich mich auf den Weg. Das hier nehme ich mit.« Sie zog sich einen dünnen Handschuh über und steckte das Bonbonpapier in einen Beutel. Im Gehen machte sie kehrt und zog etwas aus ihrer Umhängetasche.

»Das hatte ich vergessen. Das gehört vermutlich Ihnen. Wir haben es bei Herrn Wagners Sachen gefunden.« Sie zog amüsiert eine Augenbraue hoch.

»Wie ist das möglich?« Sam starrte auf den BH mit passendem Slip, den sie, verpackt in eine durchsichtige Plastiktüte, in ihren Händen hielt. »War er etwa vorher schon einmal hier?«

»So sieht es aus. Das hat er sogar zugegeben. Schönen Tag noch, ich muss weiter.« Mit diesen Worten ließ die Kommissarin das Paar stehen.

»Das ist doch mal ein Souvenir der etwas anderen Art «, bemerkte Marc.

»Das ist nicht lustig, Marc«, protestierte Sam. »Er ist in meiner Wohnung rumgeschlichen!« Ihr lief ein kalter Schauer über den Rücken.

»Entschuldige, ich weiß. Der Typ ist ein echter Psychopath. Aber nun bist du ihn los. Außerdem bist du unschuldig, Sam!«

»Ich kann erst wieder durchatmen, wenn beide hinter Schloss und Riegel sitzen. Ich hätte Alex gleich zuhören müssen, dann wäre er noch am Leben. Ich mache mir solche Vorwürfe.«

»Nein, Sam. Hör auf, die Schuld für seinen Tod bei dir zu suchen. Alex war ein erwachsener Mann. Er hätte sich mit seinem Wissen direkt an die Polizei wenden müssen. Der Wunsch, dir zu helfen, war zwar ehrenhaft, aber gleichzeitig gefährlich. Das Risiko hat er unterschätzt«, stellte Marc deutlich klar.

»Danke, dass du mir zur Seite stehst, Marc.«

»Das ist selbstverständlich.«

»Wer hat eigentlich vorhin angerufen?« Sie deutete auf sein Handy auf dem Tisch.

»Das war mein Freund Jonas. Er fragt, ob wir uns gleich in Westerland am Brandenburger Strand treffen wollen. Er war ziemlich hartnäckig«, wunderte sich Marc im Nachhinein.

»Wo sich die Surfer in die Wellen stürzen?«

»Ja.«

»Worauf warten wir?«

»Bist du sicher? Nach der ganzen Aufregung?«

»… kann ich Abwechslung gut gebrauchen«, beendete Sam seine Worte. »Außerdem gibt es doch etwas zu feiern.«

»Tatsächlich?«

»Ich bin unschuldig. Das hast du selbst gesagt«, erinnerte sie ihn.

»Klar! Dann los!«

Die Sonne hatte den dichten Wolken am Vormittag den Kampf angesagt und strahlte nun als Sieger vom blauen Himmel herab. Auf der Promenade in Westerland herrschte dichtes Gedränge. Die sonnenhungrigen Urlauber flanierten auf und ab, saßen in den Strandkörben oder den Lokalen. In der Musikmuschel gab ein Shantychor seine Lieder zum Besten. Die Tribüne davor war beinahe bis auf den letzten Platz besetzt. Als Sam und Marc den Brandenburger Strand, den nördlichsten Strandabschnitt Westerlands, erreicht hatten, sahen sie sich nach Jonas um. Unter den vielen Surfern und Sonnenanbetern war er nicht leicht auszumachen.

»Siehst du ihn?«, fragte Sam und schirmte ihre Augen mit einer Hand gegen das grelle Sonnenlicht ab, da sie ihre Sonnenbrille vergessen hatte.

»Nein, bislang nicht. Komm, lass uns ein Stück weitergehen.« Marc nahm sie an die Hand, und sie marschierten durch den feinen Sand.

»Ich finde es komisch, dass Patrick sich noch nicht gemeldet hat oder Tom«, stellte Sam unterwegs fest.

»Wahrscheinlich wollen sie dir einfach ein wenig Ruhe gönnen«, suchte Marc nach einer passenden Erklärung.

»Vermutlich hast du recht. Da! Da hinten ist Jonas!«

Aus einiger Entfernung winkte ihnen ein blonder Mann in Shirt und Badeshorts zu. Als sie näherkamen, erkannte Sam zu ihrer Überraschung, dass Jonas nicht das einzig bekannte Gesicht war, das ihnen entgegen strahlte. Kim und Tom sowie Patrick schlossen sie zur Begrüßung in die Arme.

»Kann mir einer erklären, was hier vor sich geht?«, fragte Sam und sah zu Marc, der unwissend dreinblickte.

»Alles Gute zum Geburtstag!« Jonas ging auf seinen Freund zu und klopfte ihm freundschaftlich auf den Rücken.

»Geburtstag?« Sam riss erstaunt die Augen auf. »Warum hast du denn nichts gesagt?«

»Ich stehe nicht so drauf, daran erinnert zu werden, dass ich älter werde.« Marc verzog gequält das Gesicht.

»Was macht ihr eigentlich hier?«, wandte Sam sich ihrem Bruder und dessen Begleiterin zu.

»Jonas hat Kim im Hotel angerufen und alles organisiert«, löste Tom das Rätsel.

»Es gibt noch eine Überraschung!« Jonas nickte in die Richtung der Promenade.

Als Marc sich daraufhin umdrehte, erkannte er eine Gruppe Menschen, die sich ihnen winkend und rufend näherte. Vorweg stürmten ein paar Kinder direkt auf ihn zu.

»Das glaube ich nicht!«, murmelte er und ging in die Hocke, um die Kinder in Empfang zu nehmen.

»Onkel Marc!«, rief ein kleines Mädchen mit blonden Löckchen und riss ihn beinahe zu Boden, als es in seine Arme sprang. Drei Jungen folgten ihrem Beispiel.

»Hey, ihr Süßen, was macht ihr hier?«, fragte Marc.

»Das ist eine Überraschung, hat Mama gesagt. Weil du hast doch Geburtstag«, erklärte die Kleine mit ernster Miene.

Sam ging das Herz auf, als sie sah, wie liebevoll Marc mit den Kindern umging. Ihnen waren mehrere Erwachsene gefolgt.

»Claire!«, wurde eine Frau von Marc begrüßt. »Vor euch ist man nirgendwo sicher!« Er lachte.

»Alles Gute, kleiner Bruder! Nein, du entkommst uns nicht, ganz egal, wo du dich versteckt hältst. Dank Jonas konnten wir dich ausfindig machen.« Sie sah zu Sam. »Hallo! Ich nehme an, du bist Sam?«

»Ja, die bin ich!«, erwiderte diese und reichte ihr die Hand.

»Ich freue mich, dich kennenzulernen. Wie es aussieht, bekommst du heute die geballte Ladung Familie zu spüren. Unser kleiner Bruder macht sich gern mal an seinem Geburtstag aus dem Staub. Aber den Dreißigsten sollte man nicht allein verbringen. Daher sind wir ihm nachgereist. Sylt ist ein durchaus lohnenswerter Ort. Außerdem wollten wir die Frau kennenlernen, die es mit einem Schlägertrupp aufnimmt, um unseren Bruder zu retten.«

Sam schoss augenblicklich die Röte in die Wangen. »Na ja«, stammelte sie verlegen. »Das hätte jeder andere auch getan.«

»Da bin ich mir nicht sicher. Jetzt komm mit, ich stelle dich den anderen vor. Maren! Rebecca! Kommt doch eben mal!«

»Rebecca ist Grafikerin, und Maren arbeitet als freie Journalistin«, erklärte Marc. »Ich sage dir, mit drei Schwestern aufzuwachsen, ist kein Geschenk.«

»Pass bloß auf und werde nicht frech, kleiner Bruder!«, scherzte Claire und hob mahnend den Zeigefinger.

Nach den Schwestern lernte Sam Marcs restliche Familie kennen. So viel Wärme und Liebe unter den Familienmitgliedern trieb ihr vor Rührung die Tränen in die Augen. Wie gerne wäre sie Teil einer solchen Familie. Sie selbst hatte außer Tom niemanden. Marc schien ihre Gemütslage zu erkennen und legte behutsam einen Arm um sie.

»Du hast ihr Herz im Sturm erobert«, sagte er. Dann zögerte er einen Moment, bevor er weitersprach. »Claire ist übrigens Ärztin. Ihr Spezialgebiet ist die plastische Chirurgie. Sie kann dir vielleicht helfen, deine Narbe ein bisschen unauffälliger zu machen, falls das dein Wunsch ist. Mich stört sie nicht.«

»Mal sehen. Gib mir ein bisschen Zeit, mich zu entscheiden«, erwiderte Sam.

»Niemand drängt dich. Es ist allein deine Entscheidung.«

Sie verbrachten viele unbeschwerte Stunden gemeinschaftlich am Strand. Es wurde erzählt, gelacht und reichlich gegessen und getrunken. Jonas hatte mit Kims Hilfe ein wundervolles Picknick organisiert.

»Du hättest mir ruhig einen Tipp geben können, dass Marc heute Geburtstag hat«, bemerkte Sam, als sie mit Kim für Getränkenachschub sorgte.

»Dann wäre es keine richtige Überraschung geworden.« Sie strahlte.

»Wie läuft es mit Tom?«

»Er ist unglaublich!«, verfiel Kim ins Schwärmen. »Er ist aufmerksam, unglaublich charmant und zuvorkommend.«

»Stopp, bevor du ihn auf einen Sockel hebst und zur Gottheit machst, solltest du wissen, dass er ein absolutes Arbeitstier und ein Kontrollfreak ist«, gab Sam ihr zu verstehen.

»Das stört mich nicht. Ich fahre morgen mit ihm nach Hamburg.«

»Oh.« Sam konnte sich nicht erinnern, wann ihr Bruder zuletzt ein weibliches Wesen – abgesehen von der Reinigungskraft – in seine eigenen vier Wände gelassen hatte.

»Von da aus begleite ich ihn auf eine Geschäftsreise nach Südamerika«, fuhr Kim fort.

»Das klingt vielversprechend. Ich freue mich sehr für euch«, gestand Sam. »Willkommen in der Minifamilie Bachner. Aber was ist mit deinem Job im Hotel?«

»Britt vertritt mich. Und was danach kommt, muss ich abwarten. Ich werde das entscheiden, wenn ich weiß, wer Feldtmanns Nachfolger wird«, erklärte Kim. »Was ist mit dir? Bleibst du auf Sylt?«

»Das habe ich vor«, erwiderte Sam. »Ich bin quasi eben erst hier angekommen, und ansonsten gefällt es mir sehr gut auf der Insel.«

»Sicher bist du erleichtert, dass die Sache jetzt überstanden ist. Ich hätte mir nie vorstellen können, dass Torben mit Drogen dealt und sogar zu einem Mord fähig ist. Dir war er ja von Anfang an suspekt.«

»Sagen wir mal, wir waren uns nie besonders sympathisch. Einen Mord hätte ich ihm allerdings auch nicht zugetraut«, gab Sam zu.

»Patrick sagt, dass Torben in der Vergangenheit schon mit Drogen zu tun hatte. Seine Mutter ist mit ihm nicht mehr fertig geworden, deshalb hat ihn Feldtmann unter seine Fittiche genommen«, berichtete Kim.

»Meinst du, Feldtmann hat gewusst, dass er immer noch Drogen verkauft?«

»Wie ich Patrick verstanden habe, wusste er davon und hat ihm ein Ultimatum gestellt, damit aufzuhören.«

Sam musste bei Kims Worten an das Streitgespräch zwischen den beiden neulich denken, bei dem sie ungewollt Zeuge geworden war. »Hat anscheinend nicht besonders gut funktioniert. Ich frage mich die ganze Zeit, ob er das Messer mit der Absicht, Alex damit umzubringen, aus meiner Wohnung mitgenommen hat? Um mir die Sache letztendlich anzuhängen, wenn irgendetwas schief gehen sollte? Und das ist es ja letztendlich.«

»Zuzutrauen wäre es ihm nach alledem. Das Messer diente zur Absicherung, da er nicht wissen konnte, ob du oder Alex ihn in der Drogensache verpfeifen würdet. Alex hat ihn gesehen und fotografiert. Wir wissen nicht, ob Torben das wusste.«

»Davon gehe ich aus. Deshalb hat er ihn getötet, sei es auch bloß im Affekt gewesen.«

»Tja, und du hättest ihm bei seinen Geschäften gefährlich werden können. Schließlich hast du die Tabletten in der Schublade gefunden. Daher musste er dich auf andere Weise ausschalten, indem er dir das Zeug untergeschoben hat«, fasste Kim zusammen.

»Abscheulich, das alles. Traurig und abscheulich. Damit meine ich auch den Betrug von Feldtmann.« Sams Blick wanderte nachdenklich zum Horizont.

»Stimmt. Aber ein schwacher Trost bleibt.« Sam sah Kim fragend an. »Die wahren Täter wurden überführt und sitzen alle hinter Schloss und Riegel.«

»Ja, wenigstens das.«

Marc war gerade im Begriff, einen Scampi seines schützenden Panzers zu berauben, als Tom an ihn herantrat.

»Kannst du bitte kurz kommen?«, bat er ihn.

Dann winkte er Sam zu sich und entfernte sich mit beiden ein paar Meter von der Gruppe.

»Was ist los, Tom?«, fragte Sam nervös.

»Ich möchte euch einen Vorschlag machen.«

»Einen Vorschlag?«, wiederholte Marc.

»Ich habe heute Vormittag ein ausführliches Telefonat mit Beate Brühling geführt. Nachdem Manfred Feldtmann dem Hotel durch seine Betrügereien einen nicht unerheblichen Schaden zugefügt hat, will sie es verkaufen und sich endgültig aus dem Geschäftsleben zurückziehen. In Anbetracht ihres Alters und Gesundheitszustandes will sie noch ein bisschen was von der Welt sehen und die ihr verbleibende Zeit nicht mit Zahlenkolonnen und Bilanzen verbringen.«

»Kann ich nachvollziehen«, bemerkte Marc.

»Was geschieht dann mit dem Hotel?«, bohrte Sam nach. »Verliere ich etwa meinen Job?«

»Um es kurz zu machen: Ich werde es übernehmen.«

»Ist das dein Ernst?«

»Ja, Sam. Es wird seine Einzelstellung behalten und nicht in der übrigen Hotelkette aufgehen. Daher möchte ich euch fragen, ob ihr die Leitung des Hotels übernehmen möchtet.«

Sam und Marc sahen einander sprachlos an.

»Wir?«, antworteten sie wie aus einem Mund.

»Das wäre auch Beates Wunsch. Du, Marc, hast BWL studiert und warst im Vertrieb tätig, daher denke ich, du wärst der Aufgabe gewachsen. Und du, Samaya, könntest die Leitung und den Ausbau des Sportbereichs übernehmen. Ich würde den Schwerpunkt gern mehr darauf legen. Was sagt ihr?« Er sah sie nacheinander an.

»Das ehrt mich sehr, Tom. Außerdem klingt das Angebot äußerst verlockend«, gab Marc zu.

»Ihr müsst euch nicht sofort entscheiden. Denkt in aller Ruhe in den nächsten Tagen über mein Angebot nach.«

»Das haut mich ein wenig um«, gestand Sam.

»Dachte ich mir.« Tom grinste. Dann zog er einen Schlüsselbund aus der Hosentasche und reichte ihn Sam. »Da wäre noch etwas. Hier!«

»Was soll ich damit?«

»Das sind die Schlüssel zu deinem neuen Heim. Ich nehme an, dass du nach den Vorkommnissen nicht mehr allzu gerne in deiner aktuellen Wohnung leben möchtest. Und außerdem möchte ich, dass meine zukünftigen Manager standesgemäß wohnen. Habt ihr eigentlich vor, demnächst zusammenzuziehen? Dann würde ich den Inneneinrichter entsprechend instruieren.«

»Tom! Wie oft soll ich es dir noch sagen …«, plusterte sich Sam auf.

»Dass du kein Geld von mir willst, ich weiß. Spring bitte einmal über deinen Schatten und sei nicht so furchtbar stolz! Wenn du unbedingt willst, kannst du mir auch Miete zahlen«, versuchter er, sie zu besänftigen.

Als sie in die warmherzigen Augen ihres Bruders blickte, konnte sie ihm nicht länger böse sein. »Danke, Tom! Du bist wunderbar!« Sie schloss fest ihre Arme um ihn.

Die Sonne verabschiedete sich mit einem spektakulären Schauspiel vom Tag und versank glutrot im Meer. Unzählige Handys wurden hochgehalten, um diesen Moment für immer festzuhalten. Sam und Marc standen Hand in Hand oben auf der Promenade und blickten auf den Horizont.

»Meinst du, wir schaffen das?«, fragte Sam.

»Was genau?«, erkundigte sich Marc.

»Alles. Unsere Beziehung, das Hotel und alles, was noch kommt«, erwiderte Sam.

»Natürlich schaffen wir das. Wir sind das perfekte Team, falls du es noch nicht bemerkt haben solltest.« Er spitzte verschwörerisch die Lippen.

»Versprichst du mir etwas?«

»Alles, was du willst.«

»Nenn mich niemals Engel!«

Er lachte und küsste sie anschließend auf die Stirn. »Versprochen.«

Sam lehnte ihren Kopf gegen seine Schulter und war einer der glücklichsten Menschen auf Sylt.

Die Autorin

Sibylle Narberhaus wurde 1968 in Frankfurt am Main geboren. Heute lebt und arbeitet die gelernte Versicherungsfachwirtin in der Nähe von Hannover. Schon früh entwickelte sie eine große Liebe zur Insel Sylt. So oft es die Zeit zulässt, stattet sie „ihrer“ Lieblingsinsel einen Besuch ab. Bei ausgedehnten Strandspaziergängen bei Wind und Wetter entstehen immer neue Ideen für ihre Geschichten rund um Sylt. Ihr erster Krimi „Syltleuchten“ erschien 2017 im Gmeiner Verlag. 2018 erschien „Mittsommernachtsangst“ im acabus Verlag und „Syltstille“ im Gmeiner Verlag.

Weitere Titel der Bedey Media GmbH

Sibylle Narberhaus

Mittsommernachtsangst. Sylt-Krimi

ISBN: 978-3-86282-560-8
320 Seiten
Paperback

Am Strand von Rantum wird ein toter Taucher angespült. Haben es die Sylter Ermittler mit einem Mordfall zu tun? Die Nachforschungen der Polizei laufen auf Hochtouren, als Pia Könemann nach einer gescheiterten Beziehung Zuflucht bei ihrer Tante Clara auf Sylt sucht. Die Begegnung mit dem Meeresbiologen Alexander Kramer weckt langsam wieder ihre Lebensgeister. Da verändert ein schrecklicher Unfall plötzlich alles.

Gleichzeitig verdichten sich die Hinweise, dass ausgerechnet an Mittsommer, wo überall auf der Insel ausgelassen gefeiert wird, ein Terroranschlag geplant ist. Die Lage spitzt sich dramatisch zu, wobei auch Pia in große Gefahr gerät. Die Katastrophe erscheint unausweichlich …

Julius Rodenberg

Stillleben auf Sylt – Eindrücke und Erinnerungen eines Schriftstellers

ISBN: 978-3-96345-137-9
140 Seiten
Hardcover

„Dazu ist das Badeleben höchst monoton. Keine Musik, kein Tanz, keine Gesellschaften.“

Sylt, bevor der Hindenburgdamm gebaut wurde und die Touristenflut begann: Julius Rodenbergs Tagebucheinträge von 1859 und 1876 zeigen Sylt im Wandel. Die ersten Touristen reisen zu den Badeanlagen in Westerland. Sie kommen bei Privatleuten unter, ohne fließend Wasser und Komfort. Sie veränderten die Insel zu dem Urlaubsort, den wir heute kennen. Julius Rodenberg beschreibt den Beginn des Tourismusbetriebs und die Lebensgeschichten der Einwohner und Besucher lebensnah.

Julius Rodenberg (1831–1914) war Gründer der Deutschen Rundschau.

Veronika Bicker

Denn die Nacht bringt das Meer

ISBN: 978-3-86282-500-4
280 Seiten
Paperback

Ein Leuchtturm an der Nordsee – hier versucht Marit, ihrem Alltag zu entfliehen. Doch nachts rauben nicht nur der tosende Sturm und die um den Turm peitschenden Wellen ihr den Schlaf. Sie fühlt sich beobachtet, als würde jemand in dem alten Gemäuer herumschleichen. Auch werden in ihr düstere Erinnerungen wach. Vor Jahren wäre ihre Tochter Janna hier beinahe ertrunken.

Im Dorf trifft sie auf kauzige Küstenbewohner, die von Geistern und Meermännern sprechen. Marit steht vor einem Rätsel: Was hat es mit den vielen ertrunkenen Kindern an diesem Ort auf sich? Warum fuhr Janna damals ganz allein aufs Meer hinaus?

Und dann kommt erneut ein junges Mädchen zu Tode …

Danise Juno

Winterloh. Bragolins düstere Legende

ISBN: 978-3-86282-599-8
484 Seiten
Paperback

1938: Von seiner letzten Seereise bringt Kapitän Konrad Ockenfels aus Venedig zwei Gemälde des Künstlers Bragolin mit. Nichts ahnend, dass es Dinge gibt, die man nicht malen darf …

2008: Auf der Flucht aus einer unglücklichen Ehe tritt Hannah Abel eine Stelle bei der wohlhabenden Familie Ockenfels in Remagen an. Sie ist sehr beeindruckt von der alten Rhein-Villa, doch hat sie Schwierigkeiten mit Helene Ockenfels. Die alte Dame glaubt, Hannah sei Teil einer Verschwörung und wolle sie bestehlen.

Hannah gibt nicht auf und kann schließlich ihr Vertrauen gewinnen. Bald erzählt Helene ihr von ihrer Ehe mit Konrad Ockenfels, der scheinbar getrieben von Dämonen versucht habe, sie umzubringen. Doch alle Hinweise aus früheren Zeiten, die Hannah in der Villa findet, erzählen eine andere Geschichte.

Leidet Frau Ockenfels an beginnender Demenz oder verbirgt sich mehr dahinter? Als das verstörende Gemälde eines weinenden Kindes auftaucht, häufen sich ungewöhnliche Vorfälle und Hannah beginnt, um ihr Leben zu fürchten …